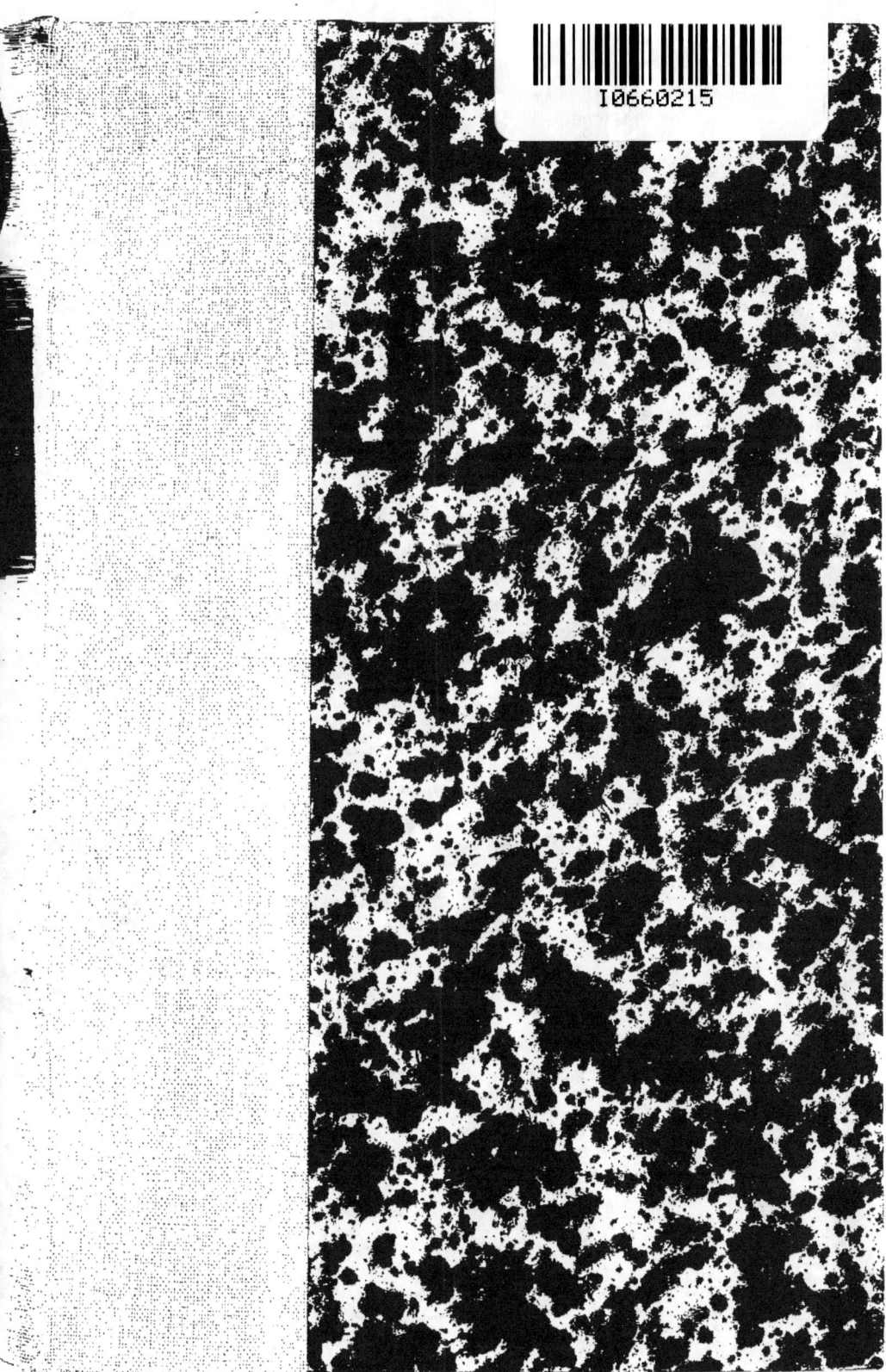

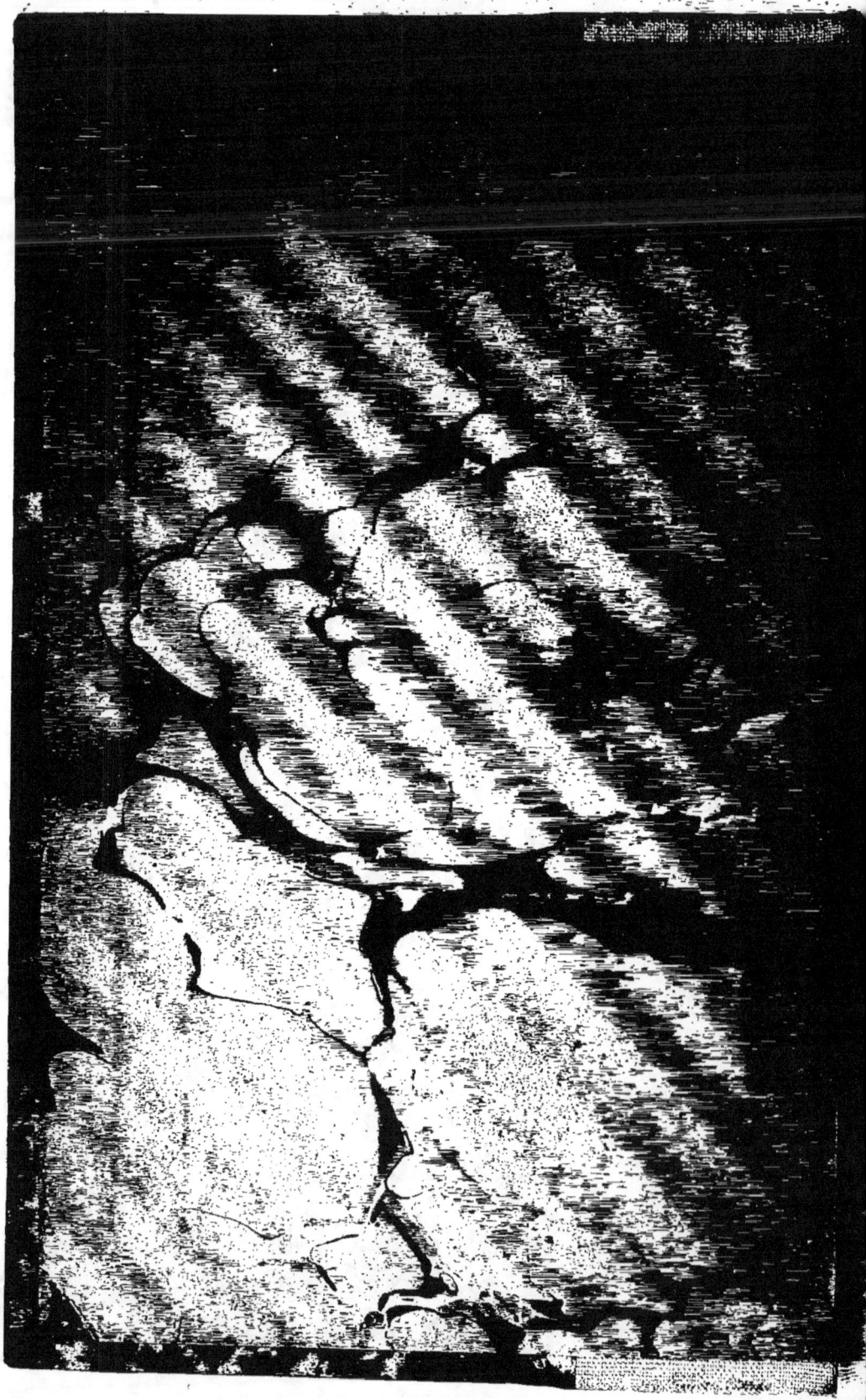

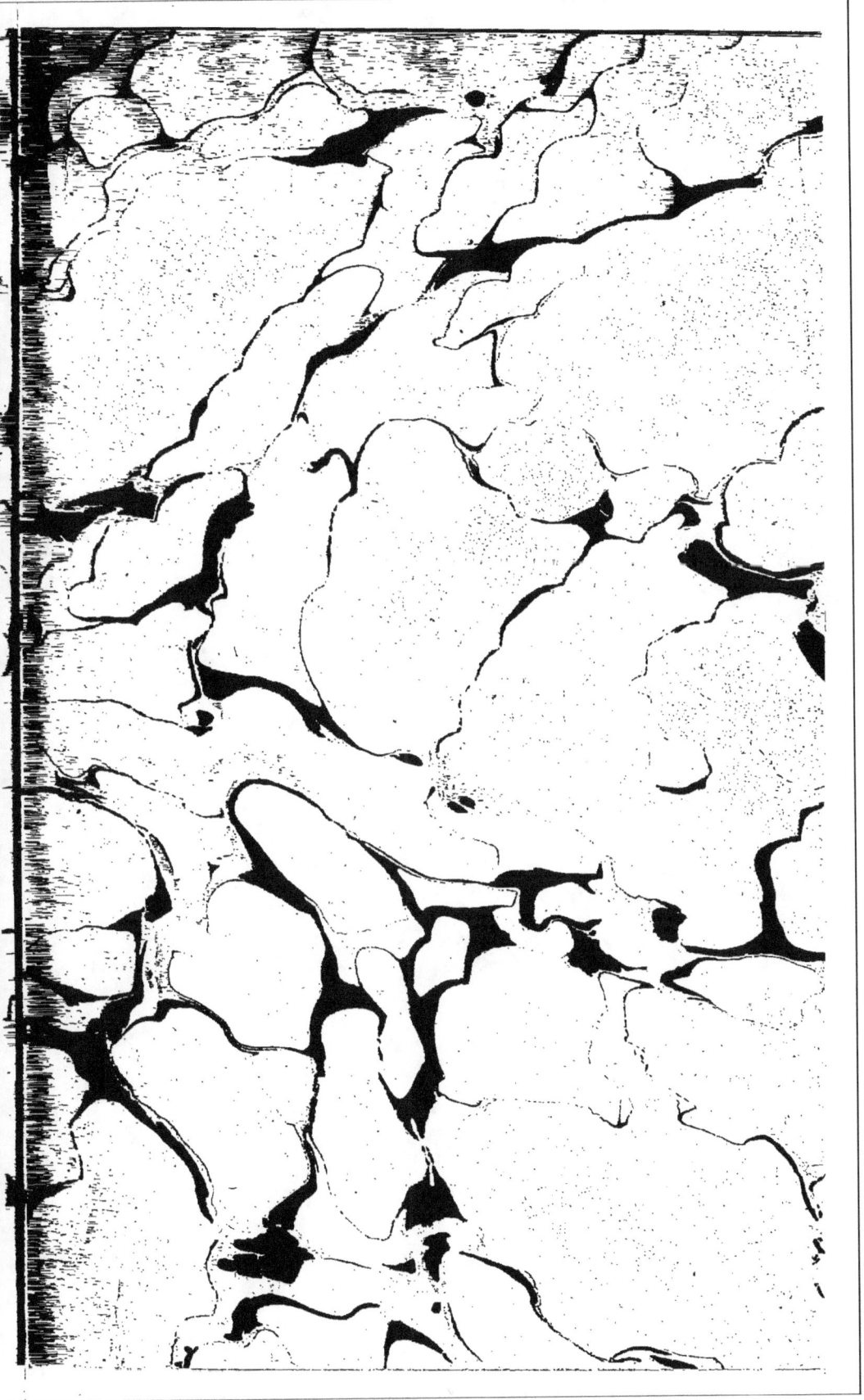

E. BOULANGER

DÉMOCRATIE

ROMAN AMÉRICAIN

PARIS

E. PLON et Cⁱᵉ, IMPRIMEURS-ÉDITEURS

RUE GARANCIÈRE, 10

1883

Tous droits réservés

DÉMOCRATIE

L'auteur et les éditeurs déclarent réserver leurs droits de traduction et de reproduction à l'étranger.

Ce volume a été déposé au ministère de l'intérieur (section de la librairie) en novembre 1882.

PARIS. TYPOGRAPHIE DE E. PLON ET Cie, RUE GARANCIÈRE, 8.

DÉMOCRATIE

ROMAN AMÉRICAIN

PARIS

E. PLON et Cie, IMPRIMEURS-ÉDITEURS

10, RUE GARANCIÈRE

1883

AVANT-PROPOS

Publié simultanément il y a quelques mois, à New-York, par MM. Henry Holt et Cie, à Londres, par MM. Macmillan et C[ir], ce roman, dont l'auteur a rigoureusement tenu à conserver l'anonyme, malgré les tentatives et les suppositions sans nombre faites pour le découvrir, a produit en Amérique aussi bien qu'en Angleterre une profonde sensation, tant au point de vue littéraire qu'au point de vue politique, sensation dont les revues et les journaux de toutes les opinions se sont faits les échos.

Bien loin donc de vouloir insinuer en quoi que ce soit, ainsi qu'il est de mode, que les personnages mis en scène par l'auteur ne sont que des masques cachant des personnalités françaises, nous tenons à bien constater l'origine du livre que nous soumettons au public : auteur américain, éditeur américain, roman américain.

Si, malgré cet avertissement, le lecteur persiste à trouver des analogies entre la démocratie et le parlementarisme américains et la démocratie et le parlementarisme français, la faute n'en sera pas à nous.

LE TRADUCTEUR.

20 novembre 1882.

DÉMOCRATIE.

I.

Pour des raisons que bien des gens trouvaient ridicules, Mrs. Lightfoot Lee avait résolu de passer l'hiver à Washington.

Tout en jouissant d'une santé parfaite, elle alléguait, pour donner un motif à son voyage, que le climat de Washington lui serait favorable.

A New-York, ses amis étaient innombrables, et tout à coup elle manifesta le désir de revoir ceux qui habitaient les bords du Potomac, lesquels étaient pourtant bien moins nombreux.

A quelques intimes seulement elle avoua qu'elle était minée par l'ennui.

Depuis cinq ans que son mari était mort, elle avait perdu tout goût pour la société de New-York; le taux de l'argent ne lui inspirait nul intérêt, et les gens qui s'en occupaient ne lui en inspiraient guère davantage; la misanthropie avait envahi son esprit chagrin.

Que valait cette foule d'hommes et de femmes, aussi monotones que les brunes maisons de pierre qu'ils habitaient?

Contre son désespoir, la pauvre veuve avait eu recours à des moyens désespérés.

Elle avait lu des ouvrages philosophiques allemands, et dans l'original encore!... et plus elle lisait, plus elle se décourageait, découvrant que tant de science n'aboutissait à rien... absolument à rien.

Quand une soirée tout entière elle avait causé d'Herbert Spencer avec un commissionnaire en marchandises fort lettré, versé dans la philosophie transcendantale, elle ne trouvait son temps nullement mieux employé que lorsque jadis elle s'occupait à flirter avec quelque jeune agent de change moins lettré, mais beaucoup plus agréable; bien au contraire, car sa flirtation pouvait la conduire à un résultat... elle l'avait, une fois du moins, menée au mariage; tandis que la philosophie ne pouvait la conduire à rien; sinon peut-être à quelque autre soirée du même genre, ceux qui cultivent la philosophie transcendantale étant généralement des hommes âgés, mariés le plus souvent, et, s'ils sont dans les affaires, quelque peu enclins le soir à une douce somnolence.

Cependant Mrs. Lee fit de son mieux pour donner à ses études une application pratique. Elle se lança dans la philanthropie, visita les prisons, inspecta les hôpitaux, s'adonna à la littérature morale, et principalement à la lecture des ouvrages traitant du paupérisme et du crime, s'imprégnant à tel point des statistiques du vice que son esprit faillit en perdre la notion de la vertu.

Un jour, elle finit par en être révoltée contre elle-même, et elle reconnut qu'elle usait inutilement ses forces.

Cette voie-là non plus ne semblait mener nulle part.

Mrs. Lee dut s'avouer qu'elle avait perdu le sentiment du devoir, et que tous les mendiants et tous les criminels de New-York pourraient se lever dans toute leur majesté et prendre la direction de tous les chemins de fer du continent, sans qu'elle s'en inquiétât.

Pourquoi s'en soucierait-elle?... Que lui importait la ville?.... Elle n'y pouvait rien trouver qui fût digne d'être sauvé.

Les nombres avaient-ils une vertu particulière? Pourquoi un million d'hommes qui se ressemblaient tous seraient-ils plus intéressants qu'un seul homme? Que pouvait-elle chercher à inculquer à l'esprit de ce grand monstre à un million de bras, pour le rendre digne de son affection ou de son estime?

La religion?.... Mais mille puissantes Églises faisaient de leur mieux, et elle croyait inutile de créer une nouvelle foi dont elle serait le prophète inspiré.

L'ambition?.... Un idéal populaire élevé?.... La passion du sublime et du pur?....

Rien que ces mots l'irritaient. N'était-elle pas elle-même dévorée par l'ambition, et ne se rongeait-elle pas le cœur parce qu'elle ne pouvait trouver un seul objet digne d'un sacrifice?

Était-ce de l'ambition, de l'ambition réelle, ou seulement l'agitation de son esprit, qui rendait Mrs. Lightfoot Lee si amère contre New-York et contre Philadelphie, contre Baltimore et contre Boston, contre tous les genres de vie en général et contre la vie américaine en particulier?

Que désirait-elle donc?

Ce n'était pas une position sociale, car, par sa naissance, elle était une Philadelphienne éminemment respectable; son père avait été un pasteur célèbre; son mari avait été également irréprochable; ce dernier descendait d'un rameau des Lee de Virginie, qui s'était embarqué pour New-York à la recherche de la fortune, et qui l'avait trouvée, du moins en quantité suffisante pour retenir le jeune homme dans cette ville.

Sa veuve avait dans la société une place unique, que personne ne lui disputait. Quoiqu'elle ne fût pas plus brillante que ses voisines, le monde persistait à la classer parmi les femmes d'esprit; elle était riche, ou du moins assez riche pour se procurer tous les agréments que l'argent peut donner à une femme raisonnable dans une ville américaine; elle avait maison et voiture; elle s'habillait bien; sa table était bonne et son mobilier était toujours le premier enrichi des modèles les plus nouveaux de l'art décoratif.

Elle avait fait le tour de l'Europe et, après un grand nombre de voyages, qui avaient duré plusieurs années, elle était revenue en Amérique, portant, pour ainsi dire, d'une main un paysage d'un vert grisâtre, spécimen remarquablement gracieux du talent de Corot, et de l'autre plusieurs ballots de tapis et de broderies de la Perse et de la Syrie, de bronzes et de porcelaines du Japon.

Elle prétendait avoir épuisé l'Europe pour trouver cela, et elle avouait franchement qu'elle était Américaine jusqu'au bout des ongles ; elle ne savait, et au fond elle ne s'en souciait guère, s'il faisait meilleur vivre en Europe ou en Amérique ; ni l'une ni l'autre ne lui inspirait un amour violent, et rien ne l'empêchait de médire de l'une et de l'autre ; elle avait l'intention de jouir de tout ce que la vie américaine pouvait lui offrir, en bien comme en mal, de vider la coupe jusqu'à la lie, bien résolue à en tirer tout ce qu'on pouvait en tirer et à en faire tout ce qu'on en pouvait faire... et puis c'était tout.

— Je sais bien, — disait-elle, — que l'Amérique produit du pétrole et des porcs ; j'ai vu tout cela sur les steamers ; on m'a dit qu'elle produit aussi de l'argent et de l'or. Toute femme peut donc faire son choix.

Pourtant, comme on l'a vu, le succès n'avait pas couronné les premiers efforts de Mrs. Lee.

Elle fut bientôt amenée à déclarer que New-York pouvait très-bien représenter le pétrole ou les porcs, mais qu'elle ne pouvait découvrir dans cette ville l'or de la vie.

La variété n'y manquait pas cependant : variété de peuples, d'occupations, de desseins et de pensées ; mais tout cela s'arrêtait court après avoir poussé jusqu'à une certaine hauteur. Tout cela était incapable de se maintenir.

Mrs. Lee connaissait plus ou moins intimement une

douzaine de gens dont la fortune variait entre un million et quarante millions de dollars.

De leur argent faisaient-ils quelque chose qui différât de ce qu'en faisaient les autres?

Il est absurde, après tout, de dépenser plus d'argent qu'il ne faut pour satisfaire tous les besoins ; il est insensé d'habiter deux maisons dans la même rue et d'atteler six chevaux de front à sa voiture.

Et pourtant, après avoir mis de côté un certain revenu suffisant pour tous besoins, que peut-on faire du reste?

Le laisser s'accumuler?

Le grand grief de Mrs. Lee était que cet argent s'accumulait sans changer les qualités de ses possesseurs.

Le dépenser en œuvres de charité et pour le bien public était sans doute louable, mais était-ce bien prudent?

Mrs. Lee avait lu assez d'ouvrages d'économie politique et assez de traités sur le paupérisme pour être presque convaincue qu'à l'État seul incombait le soin d'entretenir ces œuvres, et que de grandes charités privées faisaient autant de mal que de bien.

Et en supposant même qu'on dépensât son argent pour ces œuvres, pouvait-on faire autre chose qu'augmenter et perpétuer cette même espèce humaine dont elle se plaignait tant?

Ses amis de New-York ne savaient ce qu'ils devaient répondre à ces questions; quelquefois, ils avaient recours aux lieux communs en honneur, mais qu'elle foulait aux pieds avec une suprême indifférence, affirmant que bien qu'elle admirât beaucoup le génie de M. Gulliver, le célèbre voyageur, elle n'avait jamais pu admettre, depuis qu'elle était veuve, la doctrine de Brobdingnac; elle niait que celui qui faisait pousser deux brins d'herbe, là où auparavant il n'en poussait qu'un seul, eût mieux mérité du genre humain que toute la race des politiciens.

Elle n'aurait rien eu à reprocher au philosophe, s'il avait exigé du moins que l'herbe fût aussi d'une meilleure qualité.

— Mais, — disait-elle, — je ne saurais affirmer en toute sincérité que je serais heureuse de voir deux hommes de New-York où je n'en vois maintenant qu'un seul; cette idée est trop ridicule; un homme et demi me ferait déjà mourir.

Puis venaient ses amis de Boston, qui lui suggéraient que ce qu'il fallait pour sa ville, c'était une culture supérieure et qu'elle devrait se lancer dans une croisade en faveur d'universités et d'écoles d'art.

Mrs. Lee se tournait vers eux avec un doux sourire : —

— Savez-vous bien que nous avons à New-York la plus riche université de l'Amérique; mais que jamais, et ses maîtres en sont consternés, on n'a pu trouver d'étudiants même en les payant? Voulez-vous donc que je descende dans les rues et que je tende un guet-apens aux jeunes gens? Si ces païens refusent de se convertir, puis-je m'arroger le droit de les contraindre à la conversion par le fer ou par le feu? Admettons-le cependant..... Admettons que je conduise tous les jeunes gens

de la Cinquième Avenue[1] à l'Université pour leur ensei-
gner comme il faut le grec, le latin, la littérature
anglaise, la morale et la philosophie allemande. Et
puis?.... Cela se fait à Boston. Or, dites-moi franchement, qu'en advient-il? Je conviens que vous y avez
une société brillante; un grand nombre de poëtes, de
savants, de philosophes, et d'hommes d'État du haut
en bas de Beacon Street. Vos soirées doivent être étin-
celantes. Votre presse doit scintiller. Mais, alors, comment se fait-il que nous autres gens de New-York
nous n'entendions jamais parler de tout cela? Nous
n'allons pas beaucoup dans votre société; mais, quand
elle nous reçoit, elle ne nous parait pas meilleure que
la nôtre. Il en est de vous comme de nous : vous
croissez jusqu'à une hauteur de six pouces, et vous
vous arrêtez. Pourquoi personne ne veut-il croitre
assez pour devenir un arbre et donner de l'ombre?

La moyenne des membres de la société new-yorkaise,
quoique habituée à ce genre de raillerie méprisante
de la part de ses *leaders,* usait de représailles dans
son aveugle bon sens.

— Que veut cette femme? — disait-on. — Les Tui-
leries et Marlborough-House lui ont-elles tourné la
tête?.... Se croit-elle créée pour un trône?.... Pourquoi
ne revendique-t-elle pas les droits de la femme?....
Pourquoi ne monte-t-elle pas sur les planches?.... Si
elle ne peut pas être heureuse comme tout le monde,
qu'a-t-elle besoin de nous dire des sottises, uniquement

[1] Avenue des millionnaires

parce qu'elle regrette de n'être pas plus grande que nous-mêmes?.... Quel avantage espère-t-elle retirer de sa médisance?.... Et, que sait-elle, après tout?....

Mrs. Lee certainement n'était pas une encyclopédie. Elle avait lu avec avidité et pêle-mêle un sujet, puis un autre.

Ruskin et Taine dansaient la ronde dans son esprit, tenant par la main Darwin et Stuart Mill, Gustave Droz et Algernon Swinburne.

Elle avait même cultivé la littérature de son propre pays. Elle était, peut-être, la seule femme de New-York qui connût un peu l'histoire d'Amérique.

Elle n'aurait certainement pas pu réciter la liste des Présidents dans leur ordre chronologique, mais elle savait que la Constitution divisait le gouvernement en trois pouvoirs : l'Exécutif, le Législatif et le Judiciaire ; elle savait que le Président, le Speaker[1] et le Chief-Justice[2] étaient des personnages importants, et elle se demandait instinctivement si ces personnages ne pourraient pas lui fournir la solution du problème qu'elle voulait résoudre et si ce ne seraient pas là les arbres ombreux qu'elle entrevoyait dans ses rêves.

Voilà donc où l'on pouvait trouver le mot de l'énigme, l'explication de son malaise, de son mécontentement, de son ambition, appelez cela comme vous le voudrez.

Tel un passager sur un grand steamer n'a ni trève ni repos qu'il n'ait visité les machines et causé avec l'ingénieur.

[1] Président de la Chambre des Représentants.
[2] Président de la Cour Suprême.

Elle voulait étudier de ses propres yeux l'action des forces premières ; toucher du doigt le lourd mécanisme de la société ; mesurer avec son propre esprit la puissance des forces motrices.

Elle était déterminée à pénétrer jusqu'au cœur de ce grand mystère américain de la démocratie et du gouvernement en Amérique.

Elle ne se souciait guère de savoir où sa course la conduirait, car elle n'accordait pas à la vie une valeur excessive, ayant déjà épuisé, comme elle le disait, au moins deux existences, et étant devenue, par suite, insensible à l'excès.

— Quand on pleure un mari et un enfant, — disait-elle, — sans perdre ni le courage ni la raison, on devient ou très-dure ou très-douce. Je suis maintenant dure comme l'acier. Frappez mon cœur avec un marteau de forge, et le marteau rebondira.

Peut-être, après avoir épuisé le monde politique, tenterait-elle encore quelque autre étude ; elle ne disait pas où elle irait alors, ni ce qu'elle ferait ; mais pour le moment elle voulait voir ce que la politique renferme de curieux et d'amusant.

Ses amis lui demandaient quelle espèce d'amusement elle s'attendait à trouver dans cette fourmilière illettrée de gens communs qui, à Washington, représentaient des corps électoraux si déplorablement, qu'en comparaison, New-York était une nouvelle Jérusalem et Broad Street un bosquet d'Académus.

A quoi elle répliquait que si la société de Washington était vraiment mauvaise, elle aurait trouvé tout ce qui lui manquait, car, satisfaite de sa découverte, elle retournerait alors avec plaisir à New-York, ayant précisément éprouvé la sensation qu'elle recherchait.

Au fond, cependant, l'idée de n'étudier que les hommes ne lui souriait guère. Ce qu'elle désirait voir, avant tout, c'était le choc des intérêts de quarante millions d'âmes et de tout un continent, concentrés à Washington, dirigés, contenus, contrôlés par des hommes ordinaires, ou ne se laissant ni diriger, ni contenir, ni contrôler ; les formidables forces du gouvernement et le mécanisme de la société à l'œuvre. Ce qu'elle voulait étudier, c'était le POUVOIR.

Peut-être la force de la machine se confondait-elle un peu dans son esprit avec celle de l'ingénieur, le pouvoir avec les gens qui en jouaient.

Peut-être était-ce, après tout, l'intérêt humain qui l'attirait vers la politique, et, quoiqu'elle le niât fortement, la passion d'exercer le pouvoir pour le pouvoir même suffisait-elle amplement à éblouir et à égarer une femme dont la curiosité avait épuisé toutes les ressources ordinaires.

Mais pourquoi épiloguer sur les motifs qui la poussaient ?

Le théâtre était devant elle, le rideau allait se lever, les acteurs étaient prêts à entrer en scène ; elle n'avait qu'à se promener tranquillement au milieu des comparses, voir comment la pièce était jouée et comment se produisaient les effets dramatiques ; comment les grands tragédiens déclamaient ; comment le directeur jurait.

Le 1er décembre, Mrs. Lee prit le train pour Washington, et, à cinq heures de l'après-midi, elle faisait
son entrée dans la maison qu'elle avait récemment
louée Square Lafayette.

Au premier coup d'œil, elle haussa les épaules d'un
geste tout à la fois de dédain et de dépit, en découvrant des barbarismes étranges dans le choix des
rideaux, des papiers et des tentures, et elle consacra
ses deux premières journées à se rendre maîtresse, au
prix d'efforts surhumains, de tout ce qui l'entourait.

Dans ce combat inégal et terrible, l'intérieur de
cette malheureuse maison souffrit comme si un démon
l'eût habitée; pas une chaise, pas un miroir, pas un
tapis, ne restèrent en place; et au milieu de la plus
affreuse confusion, la nouvelle locataire était assise,
calme, semblable à la statue d'Andrew Jackson dans le
square qui était sous ses fenêtres, donnant ses ordres avec
autant de sang-froid que ce héros en a jamais montré.

Vers la fin du deuxième jour, la victoire couronna
ses efforts : cette maison hérétique, plongée jusqu'alors
dans les ténèbres de l'ignorance, inaugurait une nouvelle ère.

Les richesses de la Syrie et de la Perse avaient été
semées sur les mélancoliques tapis de Wilton; les
comètes brodées et l'or tissé du Japon et de Téhé-
ran dissimulaient de méchants rideaux; un mélange
bizarre d'esquisses, de peintures, d'éventails, de broderies, de porcelaines, jetés çà et là, cloués, accrochés
au mur; finalement, le fameux tableau, l'autel domestique, le paysage mystique de Corot fut hissé à la
place voulue, au-dessus de la cheminée du petit salon,
et alors, seulement alors, tout fut terminé : les rayons
du soleil couchant se glissèrent doucement à travers
les fenêtres, et la paix régna dans cette maison rache-
tée du mauvais goût, comme dans le cœur de sa
maîtresse.

— Je crois que cela finira par aller, Sibylle, — dit
Mrs. Lee en passant la revue de l'appartement.

— Il le faut bien, — répliqua Sibylle. — Il ne te reste
plus ni une assiette, ni un éventail, ni une écharpe de
couleur. Tu seras forcée d'envoyer acheter quelques-
uns de ces foulards que portent les vieilles négresses
des rues, si tu as encore quelque chose à couvrir. Mais
à quoi bon tout cela? Espères-tu que ce sera du goût
d'un être humain quelconque, à Washington? On te
croira folle!

— Que m'importe! pourvu que j'aie une meilleure
opinion de moi-même, — répliqua sa sœur avec calme.

Sibylle — Miss Sibylle Ross, — était la sœur de Madeleine Lee.

Le plus perspicace des psychologues n'eût pu découvrir le moindre trait, la moindre qualité appartenant

à la fois aux deux sœurs, et c'était là, précisément, le motif de l'amitié dévouée qui les unissait.

Madeleine avait trente ans, Sibylle en avait vingt-quatre.

Madeleine était impénétrable, Sibylle transparente.

Madeleine était d'une taille moyenne; elle avait un gracieux visage, une tête bien posée, et une chevelure d'or avec des reflets bruns, assez abondante pour encadrer un visage mobile et plein d'expression. Ses yeux n'avaient jamais la même nuance pendant deux heures consécutives, mais ils étaient plus souvent bleus que gris. Les gens qui lui enviaient son sourire disaient qu'elle cultivait l'humour afin de montrer ses dents. Peut-être avaient-ils raison; mais il faut reconnaître, en revanche, que jamais elle n'aurait pris l'habitude d'accompagner ses paroles de gestes divers, multiples, si elle n'avait eu conscience que ses mains étaient non-seulement belles, mais encore expressives. Elle s'habillait avec la même recherche que les femmes de New-York; mais, les années venant, elle manifestait les symptômes d'une tendance dangereuse à s'écarter des conventions.

On l'avait entendue exprimer une opinion peu flatteuse sur le compte de celles de ses compatriotes qui se prosternaient aveuglément devant le veau d'or de M. Worth, et elle avait même dû livrer un combat, aussi long qu'acharné, contre une de ses amies des plus coquettes, qui avait accepté une invitation au thé de l'après-midi chez M. Worth et y était allée.

La vérité était que Mrs. Lee avait des tendances artistiques qu'il convenait d'enrayer à temps ; impossible autrement de savoir ce qui en adviendrait. Jusqu'alors ces tendances n'avaient pas causé grand mal ; elles contribuaient plutôt à lui donner ce genre vaporeux, le privilège de quelques femmes, aussi indescriptible que le reflet du crépuscule, aussi impalpable que le brouillard d'un été de la Saint-Martin, et qui n'existe que pour les personnes qui sentent plutôt qu'elles ne raisonnent.

Sibylle n'avait rien de tout cela. Où elle se trouvait, l'imagination abandonnait toute contrainte pour prendre son essor. Rarement jeune femme plus droite, plus nette, plus gaie, plus sympathique, plus superficielle, plus chaleureuse, plus rigidement pratique, ne passa sur notre planète. Il n'y avait place dans son esprit ni pour les monuments funèbres, ni pour les Guides des Voyageurs ; elle n'aurait pu vivre ni dans le passé, ni dans l'avenir, eût elle-même passé ses journées dans des églises et ses nuits dans des tombeaux.

Elle n'était pas excentrique comme Madeleine, Dieu merci !

Madeleine n'était pas un membre fort orthodoxe de l'Église ; les sermons l'ennuyaient, et les pasteurs ne manquaient jamais d'agacer son système nerveux, qu'elle avait fort irritable.

Sibylle adorait simplement et dévotement le dieu des ritualistes ; elle s'inclinait humblement devant les Pères Paulistes [1]. Quand elle allait à un bal, elle avait

[1] Congrégation formée par des ecclésiastiques épiscopaliens ou anglicans.

toujours le meilleur cavalier de la fête, chose qui lui semblait toute naturelle, car elle l'avait demandé dans ses prières, et sa foi en devenait en quelque sorte encore plus vive. Sa sœur avait grand soin de ne jamais se moquer d'elle à ce sujet, ni de heurter ses opinions religieuses.

— Elle aura bien le temps, — disait-elle, — d'oublier la religion le jour où la religion lui manquera.

Madeleine n'était pas femme à déranger ses habitudes pour se rendre régulièrement à l'église. Pour son propre compte, elle n'était pas entrée dans une église depuis des années ; elle prétendait que les pratiques religieuses faisaient naître en elle des sentiments peu chrétiens ; mais Sibylle avait une excellente voix, bien formée et bien cultivée : Madeleine insista pour qu'elle chantât à l'église, dans le chœur, et, par cette petite manœuvre, elle rendit moins frappante la divergence de leur conduite.

Madeleine, ne chantant pas, ne pouvait accompagner sa sœur à l'église.

Ce sophisme exorbitant semblait parfaitement suffire à Sibylle qui l'acceptait de bonne foi, comme un principe évident par lui-même.

Madeleine était raisonnable dans ses goûts. Elle ne gaspillait pas l'argent. Elle n'étalait aucun luxe. Elle allait plus souvent à pied qu'en voiture et elle ne portait ni diamants ni brocarts. Et pourtant elle produisait généralement l'impression d'une femme aimant le luxe.

Sa sœur, au contraire, recevait ses toilettes de Paris, et elle les portait, comme toutes ses parures, selon les règles de la mode; elle était correcte avec bonne humeur, et elle pliait ses épaules rondes et blanches sous tel fardeau que l'autocrate de Paris daignait leur imposer.

Madeleine ne se mêlait jamais de rien, et c'était elle qui payait toujours les notes.

Avant d'avoir passé dix jours à Washington, les deux sœurs s'y étaient fait une situation agréable et elles suivaient sans aucun effort le courant mondain.

La société les avait accueillies avec bonté; il n'y avait pas de raison pour qu'il en fût autrement.

Mrs. Lee et sa sœur n'avaient pas d'ennemis; elles n'avaient aucune charge publique, et elles faisaient de leur mieux pour se rendre populaires.

Sibylle n'avait pas en vain passé des étés à Newport [1] et des hivers à New-York; ni sa tournure, ni son visage, ni sa voix, ni ses manières, n'avaient besoin d'apologie. La politique n'était pas son fort. Elle se laissa entraîner une fois au Capitole, où elle s'assit pendant dix minutes dans la tribune du Sénat.

Personne ne sut jamais quelle impression elle y éprouva; avec son tact féminin, elle fit en sorte de ne pas se trahir. A dire vrai, la notion qu'elle avait des corps législatifs était bien vague; quelque chose d'intermédiaire entre l'église et l'opéra; mais il lui en était resté dans le cerveau l'idée d'une représentation quelconque.

Dans son esprit, le Sénat était un endroit où l'on

---

[1] Le Trouville de l'Amérique.

allait pour réciter des discours, et elle supposait naïvement que ces discours avaient une utilité et un but;
mais comme ils ne l'intéressaient pas, elle ne retourna
jamais en entendre d'autres.

Cette idée du Congrès est assez répandue, si répandue
que bien des membres du Congrès la partagent eux-
mêmes.

Sa sœur avait plus de persévérance et plus de courage : pendant deux semaines elle alla au Capitole
presque tous les jours.

Au bout de ce temps, l'intérêt qu'elle y trouvait commença à se détendre, et elle se dit qu'il valait mieux
lire tous les matins les débats dans le *Congressional
Record* [1]. Quand elle s'aperçut que c'était une tâche
laborieuse et quelquefois peu instructive, elle commença
à sauter les passages ennuyeux; et quand les questions
intéressantes vinrent à faire défaut, elle se résigna à la
fin à passer le tout.

Toutefois elle avait encore assez d'énergie pour aller
de temps en temps dans la tribune du Sénat, quand elle
apprenait que quelque brillant orateur devait prendre
la parole sur une question intéressant profondément
le pays.

Elle écoutait alors avec l'intention sincère d'admirer,
si elle le pouvait; et chaque fois qu'elle en eut l'occasion, elle admirait réellement.

Elle ne disait rien, mais elle écoutait attentivement.
Elle avait envie d'apprendre comment fonctionnait le

[1] Compte rendu sténographique officiel.

mécanisme gouvernemental et quelle était la valeur des hommes qui le faisaient mouvoir.

Les uns après les autres, elle les fit passer dans son creuset et les éprouva par les acides et par le feu. Bien peu sortirent entiers de cette épreuve, et s'ils en réchappaient, ils étaient plus ou moins défigurés, selon qu'elle avait trouvé en eux plus ou moins d'impuretés.

De tous ceux qui subirent cette épreuve, un seul conserva assez d'originalité pour l'intéresser après l'expérience.

Dans ses premières visites au Congrès, Mrs. Lee était quelquefois accompagnée de John Carrington, avocat de Washington, âgé d'environ quarante ans, qui, en sa qualité de Virginien et de parent éloigné de son mari, se donna lui-même le titre de cousin et prit un pied d'intimité, que Mrs. Lee accepta parce que Carrington lui plaisait et parce qu'il avait été rudement traité par la vie.

Il appartenait à cette malheureuse génération du Sud née en pleine guerre civile, et, comme la plupart des Virginiens instruits de la vieille école de Washington, il avait compris dès le début de la guerre que sa propre ruine et celle de son pays en seraient de toutes les façons la conséquence, prévision qui avait accru son malheur peut-être.

A vingt-deux ans il s'était engagé comme simple soldat dans l'armée confédérée et avait modestement porté le fusil pendant une campagne ou deux; puis, il s'était peu à peu élevé au grade de capitaine en premier dans son régiment et avait terminé son service dans l'état-major d'un major général, faisant toujours scrupuleusement, mais sans enthousiasme, ce qu'il croyait être son devoir. Quand les armées du Sud eurent mis bas les armes, il était retourné sur la plantation de sa famille, ce qui ne lui fut pas difficile, attendu que cette plantation n'était qu'à quelques milles d'Appomatox [1], et il s'était mis immédiatement à étudier le droit; puis il avait laissé sa mère et ses sœurs tirer le parti qu'elles pourraient de la plantation épuisée, et s'était établi avocat à Washington, espérant ainsi subvenir à ses besoins et aux leurs.

Il eut un certain succès, et, pour la première fois de sa vie, l'avenir ne lui apparaissait pas absolument sombre.

La maison de Mrs. Lee était une oasis pour lui, et il était tout surpris lui-même de se trouver presque gai dans la société de ses cousines. Cette gaieté était d'une nature fort calme, et Sibylle, quoique sur un pied de parfaite amitié avec lui, le trouvait incontestablement terne; mais cette lourdeur avait un charme pour Madeleine, qui, s'étant mieux rendu compte que sa sœur des qualités diverses du vin de la vie, avait appris à apprécier certaines délicates nuances d'âge et de bouquet inappréciables pour des palais plus jeunes ou plus grossiers.

Il parlait avec lenteur et une certaine difficulté, mais il avait quelque chose de la dignité, d'autres disaient

---

[1] Endroit où a eu lieu la reddition de l'armée du Général Lee au Général Grant.

de la raideur, de la vieille école virginienne, et vingt
années de continuelles responsabilités et d'espérances
déçues y avaient ajouté une nuance de souci qui con-
finait à la tristesse.

Son grand charme consistait à ne jamais parler de
lui et à ne paraître même jamais penser à sa personne.

Instinctivement, Mrs. Lee lui accorda sa confiance.

— C'est un type! — dit-elle. — Il réalise l'idée que
je me fais de George Washington à trente ans.

Un matin de décembre, Carrington entra dans le
petit salon de Mrs. Lee, vers midi, et lui demanda si
elle voulait aller au Capitole.

— Vous aurez l'occasion d'entendre aujourd'hui, —
dit-il, — un grand discours qui pourrait être le dernier de cette importance de notre plus grand homme
d'État.... viendrez-vous?

— Un magnifique spécimen de notre matière brute
indigène, n'est-ce pas? — répondit-elle ironiquement.
Elle venait de lire, en effet, la fameuse description
des politiciens américains de Dickens.

— Précisément, — dit Carrington; — c'est le Géant
de la Prairie de Péonie; l'enfant chéri de l'Illinois;
l'homme à qui il n'a manqué que trois votes pour être
au printemps dernier le candidat de son parti à la Présidence, et qui a été battu uniquement parce que dix
petits intrigants sont plus malins qu'un seul grand
intrigant. Enfin c'est l'Honorable Silas P. Ratcliffe,
Sénateur de l'Illinois; il redeviendra sans doute candidat à la Présidence.

— Qu'est-ce que signifie le P. devant son nom ? — demanda Sibylle.

— Je ne me rappelle pas avoir jamais entendu prononcer son second nom, — dit Carrington. — Peut-être cette lettre signifie-t-elle Péonie ou Prairie ; je ne saurais le dire.

— C'est cet homme dont l'aspect m'a tant frappée lorsque nous sommes allés au Sénat la semaine dernière, n'est-ce pas ?.... Un grand homme massif, six pieds de haut, avec un air fort sénatorial et fort digne, une grosse tête et d'assez beaux traits ? — demanda Mrs. Lee.

— Lui-même, — répondit Carrington. — Il faut l'entendre parler. Il est la pierre d'achoppement du nouveau Président, qui n'aura de repos qu'il n'en vienne à un accommodement avec lui ; aussi est-ce l'opinion de tout le monde que le Géant de la Prairie de Péonie aura le choix entre le Département de l'Intérieur et celui des Finances. S'il en prend un des deux, ce sera celui des Finances, car il manie les affaires politiques sans scrupules, et il a besoin de patronage pour la prochaine Convention Nationale.

Mrs. Lee était charmée d'assister aux débats, et Carrington était charmé de se trouver à côté de sa cousine et d'échanger avec elle des remarques rapides sur les orateurs et les discours.

— Vous êtes-vous jamais trouvé avec le Sénateur ? — demanda-t-elle.

— J'ai souvent rempli les fonctions de conseil devant ses comités. C'est un excellent président, toujours attentif et généralement poli.

— Où est-il né?

— Sa famille est de la Nouvelle-Angleterre, et je la crois honorable. Il sera sorti de quelque coin de la vallée du Connecticut, je pense; mais je ne saurais dire si c'est du Vermont, du New-Hampshire ou du Massachusetts.

— Est-il instruit?

— Il a reçu une sorte d'éducation classique, là-bas, dans un des collèges de sa province. Je soupçonne qu'il n'a pas plus d'éducation qu'il n'en faut. Il est venu dans l'Ouest au sortir du collège, et, étant alors jeune et tout frais émoulu de la pépinière de l'abolitionnisme, il s'est lancé dans le mouvement anti-esclavagiste dans l'Illinois, et, après de longs efforts, il a fini par monter avec la marée. Il serait incapable de recommencer ce qu'il a fait.

— Et pourquoi?

— Parce qu'il est plus vieux, plus expérimenté, et moins sage. En outre, il n'aurait plus le temps d'attendre. Pouvez-vous voir ses yeux d'ici?.... Voilà ce que j'appelle des yeux yankees.

— Ne calomniez pas les Yankees [1], — dit Mrs. Lee; — je suis à moitié Yankee moi-même.

— Est-ce les calomnier?.... Pouvez-vous nier qu'ils ont des yeux?

— Je vous concède que certains d'entre eux ont des yeux; mais les Virginiens ne sont pas bons juges de l'expression qu'ils peuvent avoir.

[1] Les Yankees proprement dits sont les habitants de la Nouvelle-Angleterre, c'est-à-dire des États au nord-ouest de l'Union.

— Ses yeux sont froids, d'un gris d'acier, et plutôt petits; ils ne sont pas désagréables quand il est de bonne humeur, mais ils sont diaboliques quand il est en colère, et pires encore quand il lui vient des soupçons; oh! dans ces moments-là, ils vous surveillent comme si vous étiez un petit serpent à sonnettes bon à tuer au moment propice.

— Est-ce qu'il ne regarde pas les gens en face?

— Si; mais son regard n'est pas affectueux. Ses yeux semblent demander seulement quel avantage il pourrait tirer de vous. Oh! le Vice-Président[1] lui a accordé la parole; nous allons l'entendre. Une voix rude, n'est-ce pas? comme ses yeux. Des manières rudes, comme sa voix. Tout est rude en lui.

— Quel dommage qu'il ait l'air si horriblement sénatorial! — dit Mrs. Lee. — Autrement je l'admirerais presque.

— Le voilà à son affaire, — continua Carrington. — Remarquez comme il esquive tous les piéges du raisonnement. Quelle belle chose d'être Yankee! Avec quel génie ce gaillard-là dirige un parti! Voyez-vous comme tout cela est bien mené? Il flatte le nouveau Président et tâche de se concilier sa faveur; il réunit son parti et lui donne une vigoureuse direction. Voyons maintenant comment le Président en agira envers lui. Je parie dix contre un pour Ratcliffe. Venez, voilà cet âne bâté du Missouri qui se lève. Allons-nous-en.

Comme ils descendaient l'escalier et sortaient du

[1] Le Vice-Président de l'Union est en même temps Président du Sénat.

Capitole, Mrs. Lee se tourna vers Carrington, comme si, sortant d'une profonde réflexion, elle eût enfin pris une décision.

— Monsieur Carrington, — dit-elle, — je veux faire la connaissance du Sénateur Ratcliffe.

— Vous le rencontrerez demain soir à votre dîner de Sénateurs, — répondit Carrington.

Le Sénateur de New-York, l'Honorable Schuyler Clinton, était un vieil admirateur de Mrs. Lee, et sa femme était sa cousine, plus ou moins éloignée.

Il n'avait pas perdu de temps pour faire honneur à la lettre de crédit qu'elle avait ainsi sur eux, et il les avait invitées, elle et sa sœur, à un dîner solennel, aussi imposant qu'il pouvait l'être grâce à la présence de tout le monde de la haute politique.

M. Carrington, leur parent, avait été également invité, et, des vingt personnes qui étaient à table, il était presque le seul qui n'eût ni emploi, ni titre, ni commettants.

Le Sénateur Clinton reçut Mrs. Lee et sa sœur avec un touchant enthousiasme, car elles étaient des spécimens fort curieux des habitants de son district électoral. Il leur serra les mains, et il dut évidemment faire un effort pour ne pas les embrasser, car le Sénateur avait des égards excessifs pour les jolies femmes; il avait fait la cour à toutes les demoiselles ayant quelque prétention à la beauté, qui avaient fait leur apparition dans l'État de New-York depuis plus d'un demi-siècle. Il chuchota en même temps une excuse à l'oreille de Mrs. Lee : il regrettait beaucoup de devoir se priver

2

du plaisir de l'avoir à côté de lui à dîner ; Washington
était la seule ville d'Amérique où cela eût pu se faire ;
de fait, les dames y étaient très-pointilleuses quant à
l'étiquette ; mais, d'un autre côté, il avait la triste consolation qu'elle y gagnerait, car il lui avait destiné
pour voisin Lord Skye, le Ministre d'Angleterre.

— Un homme des plus agréables, et célibataire, ce
que j'ai le malheur de ne plus être ; et je me suis risqué
à placer à votre gauche le Sénateur Ratcliffe, de l'Illinois, dont je vous ai vue hier écouter avec transport
l'admirable discours. J'ai pensé que vous aimeriez
peut-être à faire sa connaissance. Ai-je eu raison ?

Madeleine l'assura qu'il avait deviné son plus secret
désir.

Il se tourna ensuite vers sa sœur avec une affection
encore plus chaleureuse : —

— Quant à vous, ma chère... chère Sibylle, que
puis-je faire pour vous rendre le dîner agréable ? En
donnant à votre sœur une couronne de noblesse, je
n'ai que le regret de ne pas avoir un diadème à vous
offrir. Mais j'ai fait tout ce qui était en mon pouvoir.
Le premier secrétaire de la Légation Russe, le comte
Popoff, vous conduira ; c'est un charmant jeune
homme, ma chère Sibylle ; et j'ai placé de l'autre côté
le sous-secrétaire au Département de l'Intérieur ; vous
le connaissez.

A l'heure convenable, les convives se rangèrent
autour de la table, et Mrs. Lee remarqua que les yeux
gris du Sénateur Ratcliffe se fixèrent un moment sur
son visage, lorsqu'on s'assit.

Lord Skye était très-fin, et, à toute autre époque de sa vie, Mrs. Lee n'aurait peut-être pas mieux aimé que de causer avec lui du commencement à la fin du dîner. Grand, mince, chauve, gauche, il recourait dans la conversation, chaque fois que cela lui convenait, à ce bégaiement étudié propre à une certaine classe d'Anglais. Observateur perspicace, doué d'un grand esprit qu'il avait l'habitude de dissimuler, humoriste se contentant de rire en silence de son propre esprit, diplomate se servant avec beaucoup de succès du masque de la franchise, Lord Skye était l'un des hommes les plus populaires de Washington. Tout le monde reconnaissait en lui un critique impitoyable des manières américaines; mais il avait l'art d'assaisonner ses sarcasmes avec une certaine bonne humeur, et il n'en était que plus aimé. Il était admirateur convaincu des femmes américaines; leur voix seule lui déplaisait; et il n'hésitait même pas à se moquer un peu, à l'occasion, des singularités nationales de ses propres compatriotes; une manière évidente de flatter leurs cousines d'Amérique.

Il se serait volontiers consacré tout entier à Mrs. Lee; mais la politesse exigeait qu'il accordât quelques attentions à son hôtesse, et il était trop bon diplomate pour manquer d'égards envers une hôtesse qui était la femme d'un Sénateur, alors surtout que ce Sénateur était le Président du Comité des Affaires Étrangères.

La première fois que Lord Skye détourna la tête, Mrs. Lee se jeta sur son Géant de Péonie, alors occupé à manger son poisson tout en se demandant pourquoi le Ministre d'Angleterre ne portait pas de gants, alors que lui-même avait fait le sacrifice de ses convictions, en mettant la plus grande et la plus blanche paire de gants de chevreau français qu'on eût pu se procurer pour de l'argent dans l'Avenue de Pennsylvanie.

Il fut quelque peu tourmenté par un certain sentiment de gêne qu'il éprouvait au milieu de ce monde élégant, et il sentait, dans ce moment, que le vrai bonheur ne se rencontre que parmi les simples et honnêtes enfants du travail.

Une certaine jalousie secrète contre le Ministre d'Angleterre se cache toujours dans le cœur de tout Sénateur américain, s'il est vraiment démocrate ; car la démocratie bien comprise est le gouvernement du peuple, par le peuple, au profit des Sénateurs, et il y est toujours à craindre que le Ministre d'Angleterre ne comprenne pas, comme il le devrait, ce principe politique.

Lord Skye courait le risque de commettre deux maladresses : il pouvait blesser le Sénateur de New-York en négligeant sa femme, ou vexer le Sénateur de l'Illinois en accaparant l'attention de Mrs. Lee.

Un Anglais encore jeune aurait fait l'un et l'autre ; mais Lord Skye avait étudié à fond la constitution américaine.

Aussi la femme du Sénateur de New-York le considérait-elle comme un homme des plus agréables, et le Sénateur de l'Illinois était-il arrivé à se convaincre qu'après tout, même dans les cercles frivoles et élégants, la vraie dignité ne court pas risque d'être méconnue ;

un Sénateur américain représente un État souverain ; le grand État de l'Illinois est aussi vaste que l'Angleterre, en en déduisant, comme il convient, le Pays de Galles, l'Écosse, l'Irlande, le Canada, l'Inde, l'Australie, et quelques autres îles et continents ; et, en somme, il était parfaitement clair pour lui que Lord Skye n'était pas très-redoutable, même dans une société légère ; Mrs. Lee n'avait-elle pas été assez bonne pour dire elle-même ou à peu près que nulle position n'équivalait à celle d'un Sénateur américain ?

Dix minutes suffirent à Mrs. Lee pour faire tomber à ses pieds l'homme d'État convaincu.

Ce n'était pas sans but qu'elle avait étudié le Sénat.

Elle avait saisi avec un instinct infaillible un trait caractéristique propre à tous les Sénateurs : une soif naïve et inextinguible de flatterie, engendrée par une dose journalière de cette flatterie qui leur est servie par leurs amis et par leurs subordonnés, qui leur devient à la fin nécessaire comme un petit verre de liqueur, et qu'ils avalent avec un grave sourire d'ineffable contentement.

Un seul regard jeté sur le visage de M. Ratcliffe avait montré à Madeleine qu'elle n'avait pas à craindre d'employer avec lui de trop grossières flatteries ; le respect qu'elle se devait à elle-même, et non celui qu'elle éprouvait pour lui, était la seule limite qu'elle dut observer dans l'usage qu'elle se proposait de faire de cette amorce féminine.

Elle commença l'attaque avec une simplicité et une gravité apparentes, un grand calme et une conscience

2.

évidente de sa propre force, ce qui promettait de la
rendre d'autant plus redoutable.

— J'ai entendu votre discours hier, monsieur Ratcliffe. Je suis heureuse d'avoir l'occasion de pouvoir
vous dire combien il m'a impressionnée. Il m'a paru
fait de main de maître. Ne trouvez-vous pas qu'il a
produit un grand effet?

— Je vous remercie, madame. J'espère qu'il contri-
buera à rallier notre parti; mais jusqu'à présent nous
n'avons pas eu le temps d'en apprécier les résultats.
Cela demandera encore plusieurs jours.

Le Sénateur parlait, en vrai Sénateur, un langage
étudié, condescendant, et il se tenait même un peu sur
la réserve.

— Savez-vous..., — dit Mrs. Lee en se tournant vers
lui, comme s'il eût été son ami le plus cher, et ses regards
plongeaient profondément dans ses yeux, — savez-vous
que tout le monde m'avait dit que je serais frappée
par l'infériorité des capacités politiques à Washington? Je n'en avais rien cru, et depuis que j'ai entendu
votre discours je suis certaine qu'on se trompait.
Et vous-même, croyez-vous qu'il y ait moins d'hommes
de valeur dans le Congrès de nos jours qu'autrefois?

— Oh! madame, il est bien difficile de répondre à
cette question. Le gouvernement n'est plus aussi simple
que jadis. Nos coutumes sont différentes. La vie publique compte nombre d'hommes fort capables, beaucoup
plus qu'auparavant, et la critique est aujourd'hui plus
développée et plus libre.

— Avais-je raison de croire qu'il y avait une grande

ressemblance entre votre façon de parler et celle de
Daniel Webster? Vous êtes du même pays, n'est-ce
pas?

Mrs. Lee avait touché là le point vulnérable de
M. Ratcliffe ; sa tête, en effet, avait dans ses lignes
générales une lointaine ressemblance avec celle de
Webster, et il en était fier, comme il l'était aussi de sa
parenté éloignée avec le commentateur de la Constitution ; il se mit à penser que Mrs. Lee était une personne décidément fort intelligente.

Il admit modestement que cette ressemblance de la
forme oratoire de Webster avec la sienne existait réellement ; ce qui fournit à Mrs. Lee l'occasion de parler
de l'éloquence de Webster, et la conversation passa
bientôt à la discussion des mérites de Clay et de
Calhoun [1].

Le Sénateur constata que sa voisine, une femme
élégante de New-York, habillée avec un goût exquis,
ayant une douceur séduisante dans sa voix et dans ses
manières, avait lu les discours de Webster et de
Calhoun.

Elle ne jugea pas à propos de lui dire qu'elle s'était
fait apporter les volumes par le bon Carrington, ni
que celui-ci lui avait marqué les passages dignes d'être
lus ; mais elle eut soin de diriger la conversation, et
elle critiqua avec quelque habileté et avec plus d'esprit
encore les points faibles de l'éloquence webstérienne,

---

[1] Webster, Clay, Calhoun, ont été les meilleurs orateurs
américains.

disant avec un fin sourire et en jetant un regard sur
les yeux étincelants de joie de Ratcliffe : —

— Mon jugement n'a pas grande valeur, monsieur
le Sénateur; mais il me semble que nos pères se sont
attribué une valeur trop grande, et, jusqu'à ce que
vous me démontriez le contraire, je persisterai à croire
que le passage de votre discours d'hier qui commence
ainsi : « Notre force repose dans l'entrelacement et
l'enchevêtrement de la masse des principes isolés...
C'est la chevelure du géant à moitié endormi.... qui
se nomme le Parti... », égale, quant au style et au pitto-
resque, tout ce que Webster a pu dire de plus fort.

Le Sénateur de l'Illinois happa cette mouche brillante comme l'aurait fait un énorme saumon de quelque
deux cents livres; son gilet blanc eut un chatoiement
argenté, quand lentement il vint à la surface avaler
l'hameçon. Il ne fit aucun effort perceptible pour se
débarrasser de l'arme barbelée, mais, nageant doucement jusqu'à ses pieds, il se laissa tirer à terre comme
s'il y avait trouvé un véritable plaisir.

De misérables casuistes pourront se demander si ce
jeu était loyal de la part de Mrs. Lee; si une flatterie
aussi grossière ne devait pas gêner sa conscience; et si
une femme, quelle qu'elle soit, peut, sans s'abaisser
elle-même, se rendre coupable d'aussi impudentes faus-
setés.

Elle aurait, quant à elle, hautement protesté contre
le soupçon d'hypocrisie. Elle aurait allégué pour sa
défense qu'elle avait moins loué Ratcliffe que critiqué
Webster, et que son opinion ainsi exprimée sur l'élo-

quence américaine à l'ancienne mode était parfaitement
sincère.

Mais elle ne pouvait nier qu'à dessein elle avait laissé
le Sénateur en tirer des conclusions bien différentes
des siennes.

Elle ne pouvait pas nier non plus qu'elle avait l'intention formelle de le flatter dans la mesure nécessaire
et qu'elle se félicitait d'y avoir réussi.

On ne s'était pas levé de table, que déjà le Sénateur
s'était tout à fait livré ; il s'exprimait naturellement,
finement, et avec quelque esprit. Il lui raconta des
histoires de l'Illinois ; il apprécia la situation politique
avec une liberté extraordinaire, et exprima enfin à
Mrs. Lee le désir de lui rendre visite, s'il pouvait
espérer la trouver chez elle.

— Je suis toujours chez moi le dimanche dans l'après-
midi, — dit-elle.

Il était aux yeux de Mrs. Lee le grand prêtre de la
politique américaine ; à lui incombaient l'interprétation
des mystères, la solution des hiéroglyphes politiques.
Avec son aide, elle espérait pouvoir sonder les pro-
fondeurs de la science du gouvernement et trouver
dans ce lit vaseux la perle qu'elle cherchait, la pierre
mystérieuse qu'elle croyait cachée quelque part dans
la politique. Elle voulait comprendre cet homme,
le tourner et le retourner, faire sur lui des expériences
et s'en servir comme les physiologistes modernes se
servent de grenouilles et de chats.

Qu'il fût bon ou mauvais, elle voulait se rendre
compte de ses idées.

Il était veuf, il venait de l'Ouest, et avait cinquante ans ; il habitait à Washington, dans une pension bourgeoise, un appartement plus que simple, meublé de documents officiels et égayé par des politiciens et des coureurs de places, comme lui, venus de l'Ouest.

L'été, il se retirait dans une maison solitaire, en bois, blanche, avec des volets verts ; autour quelques mètres carrés de gazon mal soigné et une barrière blanche ; son intérieur était encore plus lugubre : des poêles en fonte, de la toile cirée pour tapis, des murs blancs, froids, nus, et dans le salon une grande gravure représentant Abraham Lincoln ; et tout cela à Péonie, dans l'Illinois !

Quelle égalité pouvait-il y avoir entre ces deux combattants ? Qu'avait-il à espérer ? Qu'avait-elle à craindre ?

Et pourtant Madeleine Lee avait trouvé son égal dans M. Silas P. Ratcliffe.

III.

Mrs. Lee ne tarda pas à être très-connue; son salon devint le rendez-vous favori de cette catégorie d'hommes et de femmes qui ont l'art de toujours trouver une maitresse de maison chez elle, art délicat que bien des gens ignorent.

Carrington allait chez ses cousines plus souvent que tout autre, si bien qu'on le prenait presque pour un membre de la famille; si d'ailleurs Madeleine avait besoin d'un livre de la bibliothèque ou d'un domestique supplémentaire pour un diner, elle était toujours sûre que Carrington lui procurerait l'un ou l'autre.

Le vieux baron Jacobi, Ministre de Bulgarie, devint éperdument amoureux des deux sœurs, comme il avait coutume de le devenir de tout gentil minois et de toute figure agréable.

C'était un Parisien roué, spirituel, cynique et usé; depuis bien des années, il était retenu à Washington autant par ses dettes que par ses appointements de ministre; se lamentant sans cesse qu'il n'y eût pas d'Opéra à Washington, il faisait de temps en temps de mystérieuses visites à New-York; il dévorait les romans

français et allemands, et passait pour connaître tous
les personnages remarquables du siècle; ses souvenirs
étaient au demeurant chargés d'anecdotes amusantes;
excellent critique d'art, il ne craignait pas en musique
de juger la méthode de Sibylle; amateur de bric-à-brac,
il se riait de l'étalage que Madeleine faisait de riens de
toute sorte, et de temps en temps il lui apportait un
plat persan ou un morceau de broderie, tout en affirmant que ces objets lui faisaient horreur. Ce vieux
pêcheur ne croyait qu'à la perversité et au mal; il acceptait cependant les préjugés de la société anglo-saxonne,
étant trop intelligent pour importuner les autres de ses
opinions. Il eût été tout prêt à épouser sur-le-champ
l'une ou l'autre des deux sœurs, les deux à la fois plutôt
qu'une; mais comme il le disait avec une nuance de
regret sentimental à Sibylle : —

— Si j'avais quarante ans de moins, mademoiselle,
vous ne chanteriez pas devant moi avec autant de
calme.

Son ami Popoff était un jeune Russe, intelligent et
gai, aux traits kalmoucks très-prononcés, impression-
nable comme une jeune fille, et passionnément épris
de musique; il restait des heures entières au piano de
Sibylle, lui apportait des airs russes qu'ensuite il lui
enseignait; pour dire toute la vérité, il ennuyait même,
par ses assiduités, Madeleine, qui avait entrepris le rôle
de duègne auprès de sa jeune sœur.

Quant à M. C. C. French, c'était un visiteur d'un
genre tout à fait différent; jeune encore et membre
du Congrès, représentant du Connecticut, il aspirait à

jouer en politique le rôle du gentleman bien élevé qui
se donne pour mission la régénération morale de son
pays et de son temps. Il avait des principes de réformateur, mais malheureusement pour lui, il paraissait
infatué de sa personne. Au reste, assez riche, assez
intelligent, assez bien élevé, assez honnête, assez....
vulgaire; ses hommages se partageaient entre les deux
sœurs; il excitait la colère de la plus jeune en l'appe-
lant par son petit nom : Miss Sibylle, avec un air de
familiarité protectrice. Il se croyait un maître en ce
qu'il appelait « le badinage », et les maladroits efforts
qu'il ne cessait de faire pour faire de l'esprit exaspé-
raient Mrs. Lee. Quand il se mettait à pérorer avec la
solennité qui est de mise au *debatting club*[1], ce genre d'éloquence poussait bien mieux encore à bout la patience
de ses auditeurs que son badinage; mais, en dépit de
tous ces ridicules, il était utile, car il avait toujours les
poches pleines de racontars politiques, et il s'intéressait vivement à l'avenir de son parti.

. Tout autre était M. Hartbeest Schneidekoupon,
citoyen de Philadelphie, quoique résidant presque toujours à New-York; il s'était laissé séduire par les charmes
de Sibylle, et faisait tous ses efforts pour gagner son
jeune cœur en l'initiant aux mystères de la circulation
monétaire et du tarif protectionniste, questions auxquelles il s'était entièrement voué. Dans l'intérêt de ces
deux sujets, et aussi pour veiller sur le bonheur de Miss
Ross, il faisait des visites périodiques à Washington,

---

[1] Cercle d'étudiants s'exerçant dans l'art oratoire : Conférence
Molé de l'Amérique.

où il s'enfermait au sein d'innombrables commissions
et donnait des dîners dispendieux aux membres du
Congrès.

M. Schneidekoupon était riche, âgé d'environ trente
ans, grand et mince, les yeux brillants, le visage
glabre; ses manières étaient étudiées, et il était très-
loquace. Il avait la réputation d'exécuter avec la plus
grande aisance les acrobaties intellectuelles les plus
variées, autant pour s'amuser lui-même que pour étonner
le modee. Un jour, il parlait art et discutait science à
propos de tableaux faits par lui-même; le lendemain, il
était littérateur et écrivait dans un but humanitaire un
livre sur *La Noblesse de la Vie ;* plus tard, il se vouait au
sport, courait dans un steeple-chase, jouait au polo, et
se donnait un attelage à quatre; dernière métamor-
phose : il avait fondé à Philadelphie la *Revue Protectionniste,* en faveur de l'industrie américaine; *sa* revue,
qu'il rédigeait lui-même, était à ses yeux un marchepied
pour arriver au Congrès, au Ministère, et à la Présidence. Vers la même époque, il acheta un yacht, et ses
amis engagèrent de gros paris sur la question de savoir
lequel des deux, du yacht ou de la revue, coulerait le
premier. C'était, somme toute, un aimable et excellent
garçon malgré toutes ses excentricités, et il apportait à
Mrs. Lee les naïfs épanchements d'un politicien d'occasion.

M. Nathan Gore, du Massachusetts, présentait le type
d'un caractère beaucoup plus élevé; bel homme à la
barbe grise, au nez droit et finement découpé, aux
yeux pénétrants, dans sa jeunesse il avait cultivé la

poésie avec succès; ses satires avaient fait du bruit
dans leur temps, et on les cite encore pour le piquant
et l'esprit de quelques vers; puis M. Gore étudia l'Europe pendant plusieurs années, jusqu'à ce que sa
fameuse *Histoire de l'Espagne en Amérique* l'eût placé
subitement à la tête des historiens américains; il gagna
à cela le poste de ministre à Madrid, où il fut trop
heureux de rester pendant quatre ans, car on sait que
la diplomatie est pour un citoyen américain l'équiva-
lent le plus exact d'un titre de noblesse. Un mouvement du personnel l'avait de nouveau rendu à la vie
privée, et, après avoir passé quelques années dans la
retraite, il était revenu à Washington, dans l'espoir
que son ancien poste lui serait de nouveau confié. Tout
Président croit s'honorer en ayant au moins un littérateur à sa solde, et M. Gore avait beaucoup de chances
d'arriver à son but, car il avait l'appui énergique de la
majorité des délégués du Massachusetts. Il était horriblement égoïste, colossalement suffisant, et pas peu
vaniteux, mais il était fin; il savait se taire, flatter très-
adroitement, et il avait appris à fuir la satire. Ce n'était
qu'en confidence et en présence d'intimes seulement
qu'il parlait encore en toute liberté, mais Mrs. Lee
n'était pas encore de ceux-ci.

Voilà pour les hommes; quant aux femmes, il n'en
manquait pas dans le salon de Mrs. Lee; mais, après
tout, celles-là peuvent se dépeindre elle-mêmes beaucoup mieux que ne pourrait le faire un pauvre roman-
cier.

Il se formait généralement un double courant de

conversation parallèle : l'un autour de Sibylle, l'autre autour de Madeleine.

— Miss Ross, — dit le comte Popoff en introduisant un jeune et bel étranger, — vous m'avez permis de vous présenter mon ami le comte Orsini, secrétaire de la Légation d'Italie. Êtes-vous chez vous cette après-midi?... Le comte Orsini chante d'ailleurs.

— Nous serons ravies de recevoir le comte Orsini. Vous avez bien fait de venir si tard, car je rentre à l'instant; je viens de faire des visites aux membres du Cabinet. Quelles gens baroques!... J'ai ri aux larmes pendant une heure.

— Est-ce que vous trouvez ces visites amusantes? — demanda Popoff de l'air grave d'un diplomate.

— Certainement! J'y suis allée avec Julia Schneidekoupon, tu sais, Madeleine; les Schneidekoupon descendent de tous les rois d'Israël, et ils sont plus fiers que Salomon dans toute sa splendeur. Eh bien! figure-toi que nous étions allées chez une femme vulgaire, venue Dieu sait d'où, et que j'entendis entre elle et Julia cette stupéfiante conversation : « Quel peut être votre nom de famille, madame? » — « Mon nom est Schneidekoupon », répliqua Julia avec hauteur. — « Avez-vous des amis que je puisse connaître, par hasard? » — « Je ne crois pas », dit Julia d'un ton sec. — « Enfin!... je ne me souviens pas d'avoir entendu ce nom. Mais je suppose que cela ne fera rien. C'est égal, j'aime à connaître ceux qui me rendent visite. » Lorsque nous fûmes dans la rue, je me mis à rire au point que je faillis tomber dans une attaque de nerfs;

Julia, elle, ne voyait pas la plaisanterie du tout.

Le comte Orsini ne parut pas non plus comprendre la plaisanterie, car il ne rit que juste ce qu'il fallait, assez, cependant, pour montrer ses dents.

Rien n'égale la vanité et la suffisance naïve et enfantine d'une secrétaire de légation italienne à vingt-cinq ans.

Pourtant, craignant que l'effet de sa beauté personnelle ne fût peut-être diminué par un silence prolongé, il se risqua à murmurer incontinent : —

— Ne trouvez-vous pas très-étrange la société en Amérique?

— La société!.... — dit en riant Sibylle gaie et moqueuse. — Il n'y a pas de serpents en Amérique, pas plus qu'en Norvége.

— Des serpents, mademoiselle!... — répéta Orsini avec une expression de doute, semblable à celle d'un homme qui n'est pas sûr qu'il doive se risquer sur .de la glace peu épaisse et se décidant à avancer prudemment. — Des serpents!... moi, je les appellerais plutôt des colombes.

Un rire encourageant de Sibylle changea en conviction son espoir d'avoir fait un bon mot dans cette langue inconnue. Son visage s'éclaira, la confiance lui revint; une ou deux fois il se répéta doucement à lui-même :

— Non, pas des serpents.... ce seraient plutôt des colombes.

Mais l'oreille fine de Mrs. Lee avait saisi au vol la remarque de Sibylle, et elle y découvrit une certaine condescendance qui n'était pas de son goût.

Les impassibles figures de ces suaves secrétaires de légation paraissaient accepter trop facilement comme toute naturelle l'idée qu'il n'y avait pas de bonne société hors de l'ancien monde. Elle se jeta donc dans la conversation avec une énergie qui agita le colombier.

— La société en Amérique?.... Oui, certes, il y a une société en Amérique, et une très-bonne société encore; mais son code est particulier, et les nouveaux arrivés le comprennent rarement. Je vous dirai ce qu'il en est, monsieur Orsini, et vous ne courrez plus jamais le risque de commettre aucune erreur. La société, en Amérique, comprend toutes les femmes honnêtes, ayant de bonnes manières et un langage agréable, et tous les hommes bons, braves, et sans prétentions, qui respirent entre l'Atlantique et le Pacifique. Ils ont tous un laisser-passer pour toutes les villes et tous les villages, « valable pour la génération actuelle », il dépend de chacun de faire ou de ne pas faire usage de cette passe comme il lui convient et au gré de son caprice. Il n'y a absolument pas d'exceptions à cette règle, et ceux qui disent : « Abraham est notre père » fournissent à coup sûr de la matière à cet humour qui est le principal produit de notre pays.

Les jeunes gens alarmés, et ne comprenant pas le moins du monde la signification de cette sortie, regardèrent Mrs. Lee d'un air d'approbation douteuse, tandis que celle-ci, voulant mettre un morceau de sucre dans sa tasse, brandissait la pince à sucre sans avoir conscience de la légère absurdité de ce geste; Sibylle, de son côté, était tout ébahie et ouvrait de grands yeux, car sa sœur n'arborait pas souvent le drapeau américain avec autant d'énergie.

Quelles que fussent, d'ailleurs, leurs réflexions intimes, Mrs. Lee prenait la chose trop au sérieux pour s'en soucier ; soyons franc et avouons qu'elle ne se préoccupait de rien que de ce qu'elle venait de dire.

Lorsqu'elle fut arrivée à la fin de son discours, il y eut une petite pause ; puis, on reprit tranquillement le cours de la causerie, là où le sourire naissant de Sibylle l'avait arrêtée.

Carrington entra.

— Qu'avez-vous fait au Capitole ? — demanda Madeleine.

— Je suis allé au *lobby*[1].

Carrington fit cette réponse du ton sérieux qui caractérisait son esprit.

— Déjà ! et le Congrès n'a que deux jours d'existence !.... — exclama Mrs. Lee.

— Madame, — répondit Carrington avec une malice des plus calmes, — les membres du Congrès sont comme les oiseaux, il n'y a que le ver matinal qui puisse les attraper[2].

— Bonsoir, mistress Lee. Miss Sibylle, comment vous

---

[1] Le *lobby* — le vestibule et les couloirs du Parlement. C'est là où se rencontrent les membres du Congrès avec toutes sortes de chercheurs d'emplois, de politiciens, et d'intrigants. *Lobby*, verbe, signifie être au *lobby*, intriguer, faire de la politique. Les *lobbyistes* sont les courtiers plus ou moins honnêtes des transactions parlementaires.

[2] Proverbe américain renversé : C'est l'oiseau matinal qui attrape des vers.

portez-vous? Auquel de ces deux messieurs êtes-vous
en train de dévorer le cœur en ce moment?

C'était le style raffiné de M. French, s'abandonnant
à ce qu'il se plaisait à appeler « son badinage ».

Lui aussi revenait du Capitole, et il n'était entré que
pour prendre une tasse de thé.

Sibylle fit une moue qui exprimait clairement qu'elle
se réservait d'infliger quelque correction personnelle
à M. French; elle prétendit cependant ne pas avoir
entendu sa question.

French s'assit auprès de Madeleine.

— Avez-vous vu Ratcliffe hier? — demanda-t-il.

— Oui, — répondit Madeleine; — il était ici hier
soir avec M. Carrington et un ou deux autres de nos
amis.

— A-t-il parlé politique?

— Pas un mot. Nous avons surtout causé livres.

— De livres!.... Qu'y connaît-il?

— Demandez-le-lui.

— Allons! nous sommes tous dans la plus ridicule
des situations. Personne n'a le moindre renseignement
sur le nouveau Président. On jurerait qu'à cet égard
tout le monde est dans les ténèbres. Ratcliffe dit qu'il
n'en sait pas plus long que nous autres; mais ce ne
saurait être vrai, il est trop vieux politicien pour ne
pas tenir quelques fils dans les mains; et pas plus tard
qu'aujourd'hui un des pages du Sénat a confié à mon
collègue Cutter que Ratcliffe l'avait chargé hier d'une
lettre pour Sam Grimes, de North Bend, qui, tout le
monde le sait, fait partie de la coterie immédiate du

Président... Tiens! M. Schneidekoupon!... Comment vous portez-vous?... Et depuis quand arrivé?...

— Merci, ce matin, — répliqua M. Shneidekoupon, qui venait d'entrer dans le salon. — Que je suis donc heureux de vous revoir, mistress Lee! Comment trouvez-vous Washington? Je croyais que Julia était venue vous voir, et je pensais la trouver ici.

— Elle vient de nous quitter. Elle a passé toute l'après-midi à faire des visites avec Sibylle. Elle prétend que vous l'avez amenée ici pour vous servir dans vos affaires politiques... pour *lobbyer* en votre faveur, monsieur Schneidekoupon. Est-ce vrai?....

— C'est vrai, — fit-il en riant; — mais elle ne m'est pas d'une grande utilité; aussi suis-je venu pour vous enrôler vous-même.

— Moi!

— Oui, vous. Vous savez que nous nous attendons tous à voir le Sénateur Ratcliffe nommé Secrétaire du Trésor, et il est très-important pour nous autres qu'il marche droit, du moins en ce qui touche les questions de circulation monétaire et du tarif général. Je suis donc venu afin de me mettre avec lui en rapport plus direct, comme on dit en diplomatie. Je voudrais qu'il vint dîner avec moi au restaurant Welckley; mais sachant qu'il se méfie toujours quand on essaie de parler politique avec lui, j'ai cru que j'aurais plus de chance en l'invitant à un dîner prié, et j'ai amené Julia. Je tâcherai d'avoir Mrs. Schuyler Clinton, et je compte sur vous et sur votre sœur pour assister Julia.

— Moi!... à un dîner de lobby!... Est-ce convenable?

3.

— Pourquoi pas?.... Vous dresserez vous-même la liste des invités.

— Jamais je n'ai entendu chose semblable ; mais ce sera certainement amusant. Il est inutile que Sibylle m'accompagne ; mais vous pouvez compter sur moi.

— Pardon ; mais Julia compte également sur Miss Ross, et elle ne se mettra pas à table sans elle.

— Enfin, — consentit Mrs. Lee après quelques hésitations, — si vous pouvez décider Mrs. Clinton et si votre sœur y vient.... Et qui encore ?

— Choisissez vous-même vos invités.

— Je ne connais personne.

— Mais d'abord French : il n'est pas tout à fait ferré sur le tarif, mais il en sait assez pour les exigences du moment. Ensuite nous pouvons inviter M. Gore. Il a à faire son affaire, et il ne demandera pas mieux que de nous aider à faire les nôtres. Il ne nous reste plus à choisir que deux ou trois personnes, et un convive pour remplir les vides.

— Invitez le Président de la Chambre. J'ai envie de faire sa connaissance.

— Je l'inviterai, et Carrington, et mon Sénateur de Pennsylvanie. Tout ira à merveille. Rappelez-vous que ce sera chez Welckley, samedi, à sept heures.

Pendant tout ce temps, Sibylle était restée au piano ; quand elle eut fini de chanter, on eut bientôt persuadé à Orsini de la remplacer pour montrer qu'il était possible de chanter sans en faire souffrir la beauté.

Le baron Jacobi vint aussi, et il trouva à les critiquer tous deux.

La petite Miss Dare, surnommée par ses amis le Diable, et qui était sans cesse absorbée par quelque flirtation avec un secrétaire de légation quelconque, entra, ayant l'air d'ignorer tout à fait la présence de Popoff, ce qui ne l'empêcha pas de se retirer avec lui dans un coin, tandis qu'Orsini et Jacobi tracassaient la pauvre Sibylle et se contredisaient l'un l'autre au piano.

Chacun parlait sans prêter grande attention aux réponses qu'il recevait, quand enfin Mrs. Lee mit tout le monde à la porte.

— Nous sommes des gens rangés, — dit-elle, — et nous dînons à six heures et demie.

Le Sénateur Ratcliffe n'avait pas manqué de rendre sa visite de l'après-midi du dimanche à Mrs. Lee.

Peut-être ne serait-il pas conforme à la stricte vérité de dire qu'ils parlèrent livres toute l'après-midi; mais quelle qu'eût été la conversation, elle n'avait fait que confirmer l'admiration de M. Ratcliffe pour Mrs. Lee, qui, sans le vouloir, avait joué un rôle plus dangereux que n'eût pu le faire une coquette accomplie.

Rien n'exerçait sur le politicien, ennuyé de sa solitude, une impression si profonde que le repos qu'il trouvait dans le salon de Mrs. Lee, et lorsque Sibylle lui chantait un ou deux airs d'une grande simplicité, qu'elle donnait pour des cantiques étrangers, le Sénateur était ou passait pour être orthodoxe[1], le cœur de M. Ratcliffe ressentait pour cette charmante fille la tendresse d'un père ou celle d'un frère aîné.

[1] En Amérique, le dimanche, on ne peut faire que de la musique sacrée.

Ses collègues du Sénat eurent bientôt remarqué que le Géant de la Prairie prenait l'habitude de regarder du côté de la tribune des dames.

Un jour, M. Jonathan Andrews, correspondant spécial du *Sidereal System* de New-York, journal très-favorable à la politique de M. Ratcliffe, s'approcha fort perplexe du Sénateur Schuyler Clinton.

— Pouvez-vous me dire, — fit-il, — ce qui est arrivé à Silas P. Ratcliffe? Il n'y a qu'un moment, je l'entretenais à sa place d'un sujet très-important; je lui demandais son avis, qu'il me fallait envoyer à New-York le soir même, lorsque, au milieu d'une phrase, il s'arrêta, se leva sans me regarder, et quitta la salle des séances; et le voilà maintenant qui cause à la tribune avec une dame dont la figure m'est inconnue.

Le Sénateur Clinton, ayant fixé lentement ses lunettes d'or, regarda vers l'endroit indiqué.

— Ah! Mrs. Ligthfoot Lee!... Je vais lui dire quelques mots moi-même.

Et tournant le dos au correspondant spécial, il courut avec une agilité toute juvénile après le Sénateur de l'Illinois.

— Diable! — murmura M. Andrews, — qu'est-ce qui prend ces vieux fous?

Et voyant Mrs. Lee causer confidentiellement avec Ratcliffe, il murmura encore plus bas : —

— Ne serait-ce pas le cas d'en faire une *correspondance?*

Lorsque le jeune M. Schneidekoupon alla voir le Sénateur Ratcliffe pour l'inviter au dîner chez Welckley, il le trouva accablé de travail, il le lui dit du moins, et très-peu disposé à causer.

Non ! ce n'était pas le moment de dîner en ville. Dans la situation actuelle des affaires publiques, il lui était impossible de trouver du temps pour de semblables distractions. Il regrettait de décliner la politesse de M. Schneidekoupon, mais il avait des raisons impérieuses de s'abstenir pour le moment des plaisirs du monde; il n'avait fait qu'une exception à cette règle, et cela uniquement à la demande pressante de son vieil ami le Sénateur Clinton, et dans une occasion tout à fait particulière.

M. Schneidekoupon ne put dissimuler sa contrariété, d'autant moins qu'il avait eu l'intention de prier M. et Mrs. Clinton d'être de la partie, ainsi qu'une charmante dame qui allait rarement dans le monde, mais qui avait à peu près consenti à venir.

— Qui donc ? — demanda le Sénateur.

— Une certaine Mrs. Lightfoot Lee, de New-York. Vous ne la connaissez probablement pas assez bien pour l'admirer comme moi; mais je trouve que c'est la femme la plus intelligente que j'aie jamais rencontrée.

Les yeux froids du Sénateur restèrent pendant un instant fixés sur le visage ouvert du jeune homme avec une étrange expression de doute; puis il dit solennellement et de son ton sénatorial le plus grave : —

— Mon jeune ami, à mon âge, les hommes ont à s'occuper d'autres choses que des femmes si intelligentes qu'elles soient. Qui encore sera de votre dîner ?

M. Schneidekoupon lui nomma ses invités.

—- Et vous dites que c'est pour samedi soir à sept heures ?

— Samedi à sept heures.

— Il y a peu de chances que je m'y trouve, néanmoins je ne veux pas refuser d'une manière absolue. Peut-être au dernier moment pourrai-je m'y rendre. Mais ne comptez pas sur moi... ne comptez pas sur moi. Bonjour, monsieur Schneidekoupon.

Schneidekoupon était un jeune homme d'un esprit un peu naïf, ne voyant pas plus loin que ses voisins dans les secrets de l'univers, et il s'en alla en jurant cordialement contre « ces sacrés airs d'importance que les Sénateurs savent se donner ».

Il raconta à Mrs. Lee toute la conversation, comme il crut devoir le faire pour ne pas l'attirer à sa réunion sur de fausses apparences.

— Voilà ma mauvaise chance habituelle, — dit-il ; — me voici forcé de demander à une foule de gens de se rencontrer avec un homme qui, en même temps, me déclare qu'il ne viendra probablement pas. Pourquoi diable ne pouvait-il pas répondre, comme l'aurait fait tout autre, par oui ou par non ? J'ai connu une dou zaine de Sénateurs, mistress Lee, et ils sont tous comme cela. Ils ne songent jamais qu'à eux-mêmes.

Mrs. Lee sourit d'un sourire un peu forcé et calma son esprit irrité ; elle ne mettait pas en doute que le dîner serait très-agréable, que le Sénateur vînt ou non ; en tout cas, elle ferait tout son possible pour qu'il se passât bien, et Sibylle mettrait sa toilette la plus récente.

Pourtant elle paraissait un peu soucieuse, et M. Schnei-dekoupon ne put s'empêcher de lui dire qu'elle était une femme charmante ; qu'il avait déjà dit à Ratcliffe qu'elle était la femme la plus spirituelle qu'il eût jamais rencontrée, et il aurait pu ajouter la plus obligeante, et que, pour toute réponse, Ratcliffe n'avait fait que le regarder comme s'il eût été un singe vert.

Mrs. Lee rit de bon cœur à ces propos et le con-gédia dès qu'elle le put.

Après son départ, elle se promena de long en large dans le salon, réfléchissant.

Elle devina pourquoi Ratcliffe avait subitement changé de ton. Elle savait maintenant qu'il viendrait à ce dîner, et elle devinait les motifs qui le décidaient à y assister.

Était-il possible qu'elle se trouvât entraînée dans une aventure frisant de très-près une flirtation avec un homme qui avait vingt ans de plus qu'elle ; un poli-ticien de l'Illinois, un Sénateur énorme, massif, chauve, aux yeux gris, à la tête à la Webster, et qui vivait à Péonie ?

Cette idée était trop voisine de l'absurde pour être croyable ; mais, à tout prendre, la chose en elle-même était assez amusante.

— Je suppose que les Sénateurs savent se défendre aussi bien que les autres hommes, — telle fut sa conclusion finale.

Elle ne pensa qu'au danger qu'il courait lui-même ; elle ressentit une certaine compassion pour lui en pen-sant aux conséquences d'un amour profond et tyran-nique à l'âge du Sénateur.

Sa conscience était bien un peu troublée ; mais pour elle-même elle ne craignait absolument rien.

Pourtant il est bien avéré que de vieux Sénateurs ont exercé une étrange fascination sur des femmes jeunes et belles. Ces femmes-là avaient-elles pris garde à elles-mêmes ? Et qui, des Sénateurs ou des femmes, avait le plus besoin de se surveiller ?

Quand Madeleine et sa sœur arrivèrent au restaurant Welckley, le samedi soir suivant, elles trouvèrent le pauvre Schneidekoupon d'une humeur peu convenable pour un amphitryon.

— Il ne viendra pas !... Je vous avais bien dit qu'il ne viendrait pas !.... — fit-il à Madeleine en lui tendant la main. — Si jamais je deviens communiste, ce sera pour avoir le plaisir de tuer un Sénateur.

Madeleine le consola avec douceur, mais il continua, derrière le dos de M. Clinton, à se servir contre le Sénat du langage le plus blessant et le plus inconvenant, et à la fin il sonna et commanda d'un ton brusque au maître d'hôtel de servir le dîner.

A ce moment même, la porte s'ouvrit, et l'imposant Sénateur Ratcliffe apparut sur le seuil.

Ses regards rencontrèrent à l'instant ceux de Madeleine, qui faillit éclater de rire, lorsqu'elle vit que le Sénateur s'était habillé avec une recherche qui faisait absolument oublier la morgue sénatoriale ; il portait même une fleur à sa boutonnière... et de plus... il n'avait pas de gants !

Après avoir fait au Sénateur Ratcliffe une description si enthousiaste des charmes de Mrs. Lee, Schneidekoupon ne pouvait faire moins que de le prier de la conduire à table, ce qu'il fit incontinent.

Cette circonstance, ou le champagne, ou quelque influence occulte, produisit sur lui un effet extraordinaire. Il semblait avoir rajeuni de dix ans ; son visage était radieux ; ses yeux étincelaient ; il paraissait décidé à établir sa parenté avec l'immortel Webster, en le surpassant en jovialité. Il se lança tête baissée dans la conversation ; riant, plaisantant, s'amusant, aux dépens d'autrui, racontant des anecdotes en dialecte yankee et dans celui de l'Ouest ; traçant de petits croquis très-vifs de certains événements politiques fort drôles.

— Jamais de ma vie je n'ai été plus surpris, — dit à voix basse à Schneidekoupon le Sénateur Krebs, de Pennsylvanie, assis en face de lui. — Je ne croyais pas Ratcliffe si amusant.

Et M. Clinton, qui était placé près de Madeleine, de l'autre côté, murmura tout bas à son oreille : —

' — J'ai grand'peur, ma chère mistress Lee, que vous ne soyez responsable de tout cela. Il ne parle jamais comme cela au Sénat.

Bien plus : Ratcliffe, prenant un plus haut vol, se mit à retracer les derniers moments du Président Lincoln avec une émotion si vraie que les larmes en vinrent aux yeux de ses auditeurs.

Les autres invités étaient éclipsés. Le Speaker mangeait tout seul son canard et buvait son champagne à part sans faire un signe. M. Gore lui-même, qui n'avait pas l'habitude de mettre sa lumière sous aucune espèce de boisseau, ne fit aucun effort pour s'emparer de la

parole, et il applaudit avec enthousiasme à la conversation de Ratcliffe assis en face de lui.

De méchantes langues pourront dire que M. Gore
agissait ainsi parce qu'il voyait en M. Ratcliffe un
Secrétaire d'État possible ; toujours est-il que, dans un
aparté que tous les convives purent entendre, il dit à
Mrs. Clinton : —

— Quel brillant !... quel esprit original !... Quelle sensation il produirait à l'étranger !...

Il est bien vrai qu'abstraction faite de l'impression
qu'une conversation peut momentanément produire, il
y avait dans cet homme quelque chose de grand ; une
sagacité pénétrante et pratique ; une grande hardiesse
à s'affirmer ; une façon de parler avec largeur de ce
qu'il savait.

Carrington était la seule personne à table froidement
attentive et qui critiquât avec un parti pris d'hostilité.

L'impression que Ratcliffe fit sur Carrington commençait peut-être par être gâtée par une ombre de
jalousie, car il était de méchante humeur, et il ne par-
venait pas à cacher entièrement son irritation.

— Si seulement on pouvait avoir la moindre confiance
en cet homme ! — murmura-t-il à French, qui était assis
à côté de lui.

Cette malencontreuse remarque porta French à chercher le moyen de jouer un tour à Ratcliffe, et, selon sa
manière habituelle, produit d'un mélange de fatuité et
de principes élevés, il se mit à attaquer le Sénateur,
sous forme de badinage, sur le chapitre délicat de la
réforme de l'administration civile, sujet presque aussi

dangereux dans une conversation politique, à Washington, que l'était jadis, avant la guerre, la question de l'esclavage elle-même.

French était partisan de la réforme, et il ne perdait jamais l'occasion de faire étalage de ses opinions; mais malheureusement il ne pesait guère, et son procédé était parfaitement ridicule; si bien que Mrs. Lee, bien que chaudement disposée pour la réforme, se ralliait parfois au parti opposé, quand French se mettait à parler.

Il n'eut pas plus tôt décoché sa petite flèche au Sénateur, que cet astucieux personnage y vit une bonne occasion de se donner le plaisir qu'il s'était souvent promis d'administrer à M. French une correction qui, il le savait bien, amuserait la société.

Mrs. Lee, quoique *réformatrice* et un peu effrayée de la rudesse avec laquelle Ratcliffe traitait son contradicteur, ne put blâmer le Géant de la Prairie comme elle l'aurait dû, lorsque celui-ci, après avoir jeté le pauvre French à terre, le roula dans tous les sens dans la poussière.

— Connaissez-vous assez d'économie politique, monsieur French, pour savoir quels sont les plus fameux produits du Connecticut?

M. French, avec sa modestie ordinaire, suggéra qu'il pensait que c'étaient ses hommes d'État.

— Non, monsieur! Là encore vous êtes dans le faux. Les saltimbanques forains vous battent sur votre propre terrain. Mais il n'y a pas un enfant des États-Unis qui ne sache que les plus célèbres produits du Connecticut sont les notions yankees [1], les muscades en bois, et les horloges qui ne marchent pas. Or, votre réforme de l'administration civile est justement une idée de Yankee; c'est une muscade en bois; c'est une pendule avec un cadran et un mouvement simulés. Vous le savez bien! Vous êtes précisément de la vieille école des colporteurs du Connecticut. Vous avez colporté vos muscades en bois jusqu'à ce que vous soyez arrivé au Congrès, et à présent vous les tirez de votre poche, et non-seulement vous demandez que nous les prenions au prix qu'il vous plaît, mais vous nous faites même des sermons sur nos péchés, si nous n'en voulons pas. Fort bien, nous ne nous occupons pas de cela tant que vous le faites chez vous. Injuriez-nous tant que vous voulez devant vos électeurs. Obtenez autant de voix que vous pouvez. Mais ici, n'allez pas vous livrer à ces manœuvres électorales, car nous vous connaissons trop intimement, et nous avons tous été un peu nous-mêmes dans le commerce des muscades en bois, monsieur French.

Le Sénateur Clinton et le Sénateur Krebs ne purent contenir leur joie et montrèrent qu'ils approuvaient vivement cette correction, à leur avis, infligée avec énormément d'esprit au pauvre French.

Comme Ratcliffe l'avait dit, ils étaient tous dans le commerce des muscades.

French, la victime, essaya de leur tenir tête; il soutint

---

[1] Par *yankees notions* on entend, en Amérique, des idées ingénieuses, astucieuses, etc., etc., et aussi certains petits objets fabriqués dans ces États; comme on dit en France : *Articles de Paris*.

que les muscades étaient réelles ; qu'il ne vendait pas de marchandises qu'il ne pût garantir ; et que principalement l'article en question était actuellement garanti par les conventions nationales de l'un et de l'autre partis politiques.

— Alors, ce qui vous manque, monsieur French, c'est une école d'éducation élémentaire. Vous avez besoin d'étudier un peu l'alphabet. Ou si vous ne voulez pas me croire, demandez aux Sénateurs, nos collègues, qui sont ici, quelle chance il y a pour vos réformes aussi long-temps que le citoyen américain sera ce qu'il est.

— Vous ne trouverez pas beaucoup d'encouragement dans l'État que je représente, monsieur French, — grommela le Sénateur de Pennsylvanie avec un ricane-ment. — Voulez-vous venir en essayer ?

— Bon !... bon !.... — dit le bienveillant M. Schuyler Clinton, dont les yeux rayonnaient doucement à tra-vers ses lunettes d'or. — Ne soyez pas trop dur pour French. Ses intentions sont bonnes. Il n'est peut-être pas très-prudent, mais il agit bien. J'en sais plus là-dessus que n'importe lequel de vous, et je ne nie pas que la chose ne soit tout à fait mauvaise. Seule-ment, comme le dit M. Ratcliffe, la difficulté viendra du peuple, et non pas de nous. Occupez-vous donc du peuple.

French, qui regrettait un peu tardivement son attaque, se contenta de souffler à l'oreille de Carrington : —

— Quel tas de vieux enragés scélérats cela fait !

— Ils ont pourtant raison sur un point, — répondit Carrington ; — leur conseil est bon. Ne demandez jamais à aucun d'eux de réformer quoi que ce soit, ils vous réformeraient vous-même.

Le dîner se termina aussi brillamment qu'il avait commencé, et Schneidekoupon était enchanté de son succès. Il avait fait tout particulièrement l'aimable auprès de Sibylle en lui confiant ses espérances et ses craintes au sujet du tarif et des finances.

Lorsque les dames quittèrent la table, Ratcliffe ne put rester pour fumer un cigare ; il fallait qu'il rentrât chez lui, où plusieurs personnes l'attendaient. Il allait prendre congé de ces dames, puis il s'en irait tout de suite.

Mais lorsque les hommes se levèrent, environ une heure plus tard, ils trouvèrent M. Ratcliffe encore occupé à dire adieu aux dames, charmées par son intéressante conversation ; et quand enfin il partit réellement, il dit à Mrs. Lee, comme tout naturellement :

— Vous serez chez vous demain dans l'après-midi comme à l'ordinaire ?

Madeleine sourit, s'inclina, et il sortit.

Lorsque les deux sœurs rentrèrent chez elles en voiture, ce soir-là, Madeleine fut plus silencieuse que d'habitude.

Sibylle bâilla convulsivement et s'excusa ensuite.

— M. Schneidekoupon est très-aimable et a un bon caractère, mais l'avoir une soirée tout entière, c'est beaucoup trop ; et cet horrible Sénateur.... Krebs, il n'a pas dit un mot, mais en revanche il a beaucoup bu, beaucoup plus qu'il ne convenait, ce qui, il est vrai, ne pouvait guère le rendre plus bête qu'il n'est déjà. Décidément les Sénateurs ne me plaisent pas.

Puis, d'un air fatigué, après une pause : —

— Voyons, Maude, puis-je espérer que tu as trouvé ce que tu cherchais? Il me semble que tu dois en avoir assez, de la politique. N'es-tu pas encore arrivée au fond de ton grand mystère américain?

— J'en suis bien près, je crois, — dit Madeleine se parlant à elle-même.

IV.

Ce dimanche, l'après-midi fut orageuse, et pour en affronter les périls, il fallait être bien avide de société.

Quelques intimes cependant firent, comme d'habitude, leur apparition chez Mrs. Lee.

Le fidèle Popoff s'y trouvait, ainsi que Miss Dare, accourue en toute hâte sous prétexte de passer une heure avec sa chère Sibylle.

Était-ce bien son but?

Toujours est-il qu'elle resta toute l'après-midi dans un coin en compagnie de Popoff.

On y vit aussi Carrington et le baron Jacobi.

Schneidekoupon et sa sœur dînèrent chez Mrs. Lee et restèrent après le dîner; Sibylle et Julia Schneidekoupon échangèrent leurs idées sur la société de Washington.

De son côté, M. Gore eut également la bonne idée de se dire, en présence de la certitude qu'il avait de rester seul dans son appartement, que la maison de Mrs. Lee n'étant qu'à un pas de son hôtel, il ferait aussi bien de courir la chance d'y trouver de la distraction.

Enfin, le Sénateur Ratcliffe fit son apparition comme il l'avait annoncé, et, s'étant installé avec une tasse de thé auprès de Madeleine, il put bientôt s'abandonner aux douceurs d'une causerie en tête-à-tête, la société l'ayant, comme d'un commun accord, laissé seul avec elle.

Le bruit des conversations couvrant sa voix, M. Ratcliffe ne tarda pas à devenir confidentiel.

— Je suis venu dans l'intention de vous proposer, au cas où vous seriez disposée à entendre une discussion intéressante, de venir au Sénat demain. Je sais que Garrard, de la Louisiane, se propose d'attaquer mon dernier discours, et je serai probablement, dans ce cas, obligé de lui répondre. Vous ayant pour juge, je parlerai mieux.

— Suis-je donc un juge si aimable? — demanda Madeleine.

— Je ne sache point que les juges aimables soient les meilleurs, — dit-il; — c'est la justice qui est l'âme d'une bonne critique, et ce n'est que la justice que je vous demande et que j'attends de vous.

— A quoi servent vos discours? — demanda-t-elle. — Mettront-ils fin à vos embarras?

— Je n'en sais trop rien encore. Pour le moment, nous traversons une accalmie; mais cela ne saurait durer longtemps. En effet, je ne crains pas de vous le dire, à condition, bien entendu, que vous ne le répétiez à âme qui vive, nous avons pris nos mesures pour arriver coûte que coûte à une solution. Certains gentlemen, et je suis du nombre, ont écrit des lettres destinées à être mises sous les yeux du Président, quoique ne lui étant pas directement adressées, et de cette façon nous espé-

rons tirer de lui une déclaration quelconque nous permettant de savoir à quoi nous en tenir.

— Oh! — dit Madeleine en riant, — je le sais déjà
depuis huit jours.

— Vous savez quoi?

— Que vous avez écrit une lettre à Sam Grimes, de
North Bend.

— Et, qu'est-ce qu'on vous a dit de ma lettre à Sam
Grimes, de North Bend? — s'écria Ratcliffe avec une
certaine vivacité.

— Oh! vous ne savez pas comme j'ai admirablement
organisé ma police secrète, — dit-elle. — Le représentant Cutter a interrogé contradictoirement un des pages
du Sénat et l'a amené à avouer qu'il avait reçu de vous
une lettre à mettre à la poste, et que cette lettre était
adressée à M. Grimes, de North Bend.

— Et naturellement Cutter l'a raconté à French, et
French vous l'a répété, — dit Ratcliffe, — je vois ce que
c'est. Si je m'en étais aperçu, French n'en eût pas été
quitte à si bon compte hier soir, mais je préfère vous
raconter mon histoire moi-même et sans ambages. Ç'a
été ma faute. Je n'aurais pas dû me fier à un page.
Rien ici ne reste longtemps secret. Mais ce que M. Cutter
n'a pas découvert, c'est que plusieurs autres gentlemen
ont simultanément écrit des lettres du même genre.
Votre ami, M. Clinton, a écrit; Krebs a écrit; et un ou
deux autres encore.

— Il ne faut pas vous demander ce que vous avez
écrit, je suppose?

— Pardon! Nous sommes convenus de nous montrer

très-doux et très-conciliants, et d'insister uniquement auprès du Président pour qu'il nous donne une idée de ses intentions, afin que nous n'allions pas les combattre. J'ai fait une peinture très-vive de l'effet déplorable produit par la situation actuelle sur le parti, et j'ai laissé entendre que je n'avais nulle ambition personnelle à gratifier.

— Et quel sera le résultat, selon vous?

— Je crois que d'une façon ou d'une autre nous arriverons à arranger les choses, — dit Ratcliffe. — La seule difficulté viendra du défaut d'expérience et de la méfiance du nouveau Président. Il croit que nous intriguons pour lui lier les mains, et il songe à nous prévenir en nous liant les nôtres. Je ne le connais pas personnellement, mais ceux qui le connaissent et qui sont bons juges disent que, malgré son entêtement et son esprit borné, il est assez honnête et viendra à résipiscence. Je ne mets nullement en doute la possibilité d'arranger toute l'affaire en une heure d'entretien avec lui; mais, à moins d'être appelé, je n'irai certainement pas le voir, et me faire demander serait déjà un arrangement.

— Que craignez-vous donc alors?

— Qu'il ne froisse tous les chefs importants du parti pour se concilier ceux qui ne le sont pas, par exemple, des gens à sentiments, comme votre ami French, et qu'il ne fasse des nominations absurdes sans prendre conseil. A propos, avez-vous vu French, aujourd'hui?

— Non, — répondit Madeleine, — je pense qu'il ne doit pas encore être revenu de la façon dont vous l'avez traité hier soir. Vous avez été bien dur pour lui.

— Pas le moins du monde, — dit Ratcliffe, — les réformateurs ont besoin de cela. Sa sortie contre moi était un défi. J'ai vu cela à son air.

— Mais cette réforme est-elle réellement aussi impossible que vous le dites?... N'y a-t-il absolument aucun espoir?...

— La réforme qu'il propose est absolument irréalisable, et il n'est pas même à souhaiter qu'elle se réalise jamais.

— Il y a certainement quelque chose à faire pour mettre un frein à la corruption, — poursuivit Mrs. Lee de son air le plus sérieux. — Faut-il que nous soyons éternellement à la merci des voleurs et des brigands? Un gouvernement honnête est-il impossible dans une démocratie?

Sa parole, dont la chaleur avait élevé le diapason, attira l'attention de Jacobi, qui, de l'autre bout du salon, s'écria : —

— Que dites-vous là, mistress Lee?... Que parlez-vous de corruption?

Tous les hommes prêtèrent l'oreille et firent cercle autour d'eux.

— Je demandais au Sénateur Ratcliffe ce que nous deviendrons si l'on ne met un frein à la corruption, — dit Madeleine.

— Oserais-je prier M. Ratcliffe de nous laisser entendre sa réponse? — demanda le baron.

— Ma réponse, — dit Ratcliffe, — est qu'aucun gouvernement représentatif ne saurait être pendant long-

temps meilleur ou pire que la société qu'il représente.
Purifiez la société, et vous purifiez le gouvernement.
Mais si vous essayez de purifier le gouvernement par des
moyens artificiels, vous ne ferez qu'aggraver le mal.

— Voilà la réponse d'un véritable homme d'État, —
dit le baron Jacobi, en s'inclinant profondément, mais
d'un ton légèrement sarcastique.

Carrington, dont le visage s'était assombri à ces mots,
se tourna tout à coup vers le baron et lui demanda
quelle conclusion il prétendait tirer de cette réponse.

— Oh! — s'écria le baron avec un regard des plus
malicieux, — à quoi bon ma conclusion? Vous autres
Américains, vous ne vous croyez pas soumis aux lois du
reste de l'univers. Vous ne vous souciez pas de l'expérience. J'ai soixante-quinze ans, et j'ai toujours vécu au
sein de la corruption. Je suis corrompu moi-même, seulement j'ai le courage de le reconnaître à haute voix,
et vous autres, vous ne l'avez pas. Rome, Paris, Vienne,
Pétersbourg, Londres, toutes ces villes sont corrompues; il n'y a que Washington qui soit pure. Eh bien! je
vous affirme que, dans tout le cours de mon existence,
je n'ai trouvé société renfermant autant d'éléments de
corruption que celle des États-Unis. Les enfants dans
les rues sont corrompus et s'entendent à me filouter.
Les villes sont toutes corrompues, les grandes comme
les petites, et corrompus aussi sont et les comtés et les
législatures des États et les juges. On ne voit qu'hommes
trahissant à la fois la confiance publique et la confiance privée, volant de l'argent et se sauvant avec les
deniers publics. Il n'y a qu'au Sénat qu'on ne prend

4.

pas d'argent. Et vous, messieurs les Sénateurs, vous déclarez bien hautement que vos grands États-Unis, la tête du monde civilisé, n'ont rien à apprendre de l'Europe corrompue. Vous avez raison... parfaitement raison. Les grands États-Unis n'ont pas besoin de modèles. Je regrette beaucoup de n'avoir pas cent ans à vivre encore. Si je pouvais alors revenir dans cette ville, je m'y trouverais très-heureux... beaucoup plus heureux que je ne le suis à présent. Je me sens heureux où il y a le plus de corruption, et sur l'honneur! — s'écria le vieillard d'un ton et avec des gestes ardents, — les États-Unis seront à cette époque plus corrompus que Rome sous Caligula, plus corrompus que l'Église sous Léon X, plus corrompus que la France sous le Régent!

Quand le baron eut achevé sa petite harangue, directement adressée au Sénateur qui était assis au-dessous de lui, il eut la satisfaction de voir tout le monde rester muet et écouter avec une profonde attention. Il semblait prendre plaisir à tourmenter le Sénateur, et il eut la satisfaction de le voir visiblement ennuyé.

Ratcliffe lança au baron un regard dur et répondit brusquement que ces assertions n'étaient nullement prouvées.

La conversation languit, et tous, à l'exception du baron, se sentirent soulagés, lorsque Sibylle, sur la prière de M. Schneidckoupon, s'assit au piano et chanta un de ses prétendus cantiques.

Aussitôt le chant achevé, Ratcliffe, qui paraissait étrangement déconfit par la harangue de Jacobi, prétexta un travail pressant et se retira.

Les autres le suivirent bientôt en masse, ne laissant derrière eux que Carrington et Gore ; ce dernier, assis près de Madeleine, se vit bientôt entraîné par elle dans la discussion d'une question qui la rendait perplexe et l'obsédait malgré elle.

— Le baron a mis le Sénateur en déroute, — dit Gore avec une certaine hésitation. — Pourquoi Ratcliffe s'est-il ainsi laissé fouler aux pieds?

— Je voudrais bien que vous m'expliquiez le pourquoi, — répondit Mrs. Lee. — Dites-moi, monsieur Gore... vous qui êtes ici le représentant d'une culture supérieure et du goût littéraire... soyez assez bon pour me dire ce qu'il faut penser du discours du baron Jacobi? A qui et à quoi faut-il croire? M. Ratcliffe a l'air d'être honnête et prudent. Est-il *corruptionniste* [1]? Il a foi dans le peuple, il le dit, du moins. Dit-il la vérité ou non?

Gore avait trop l'expérience de la politique pour se laisser prendre à un piège de cette nature. Il éluda la question.

— M. Ratcliffe n'a à s'occuper que des choses pratiques; son affaire est de légiférer et de conseiller le Président, ce qu'il fait excellemment. Nous n'avons point un politicien aussi pratique, il n'est pas juste d'exiger encore de lui une croisade.

— Non, — interrompit brusquement Carrington, — mais il n'a pas besoin d'empêcher les croisades de passer. Il n'a pas besoin de parler de vertu et de s'opposer en même temps au châtiment du vice.

[1] Tire-t-il avantage de la corruption officielle ? veut-il la maintenir? etc., etc.

— C'est un adroit et pratique politicien, — répondit Gore. — D'abord, il tâte toujours le côté faible de toute tactique politique qu'on lui propose.

Madeleine poursuivit avec un soupir de découragement:

— Qui donc a raison?... Est-il possible que nous ayons tous raison à la fois? La moitié de nos sages déclare que le monde va tout droit à la perdition; l'autre moitié affirme qu'il est perfectible à l'infini. On ne peut avoir raison des deux côtés. Il n'y a qu'une chose dans la vie, — continua-t-elle en riant, — qu'il faut que j'aie et que j'aurai avant de mourir. Il faut que je sache si l'Amérique a raison ou tort. Justement la question a pour moi en ce moment un intérêt très-pratique, car je voudrais savoir si réellement je dois me fier à M. Ratcliffe. Si je le jette par-dessus bord, tout doit aller avec lui, car il est un type.

— Pourquoi ne pas vous fier à M. Ratcliffe? — dit Gore. — J'ai moi-même grande confiance en lui, et je ne crains pas de le dire.

Carrington, pour qui Ratcliffe commençait à incarner l'esprit du mal, l'interrompit en disant qu'il imaginait que M. Gore avait d'autres guides, et de plus sûrs et de plus dignes de sa confiance, que M. Ratcliffe; tandis que Madeleine ayant découvert avec une perspicacité toute féminine un point faible dans l'armure de M. Gore, lui demanda à brûle-pourpoint s'il croyait également aux idées que Ratcliffe représentait.

— Pensez-vous vous-même qu'une démocratie soit le meilleur gouvernement, et que le suffrage universel soit une bonne chose?

M. Gore fut cloué au mur et, littéralement aux abois, il eut comme l'énergie du désespoir, et dit : —

— Ce sont là des sujets que je traite rarement en société; je les range auprès de la doctrine d'un Dieu personnel, d'une vie future, d'une religion révélée, des sujets sur lesquels on doit méditer dans la solitude. Mais puisque vous me demandez ma profession de foi politique, je vais vous la donner. La seule condition que je mette à cette confession, c'est que vous la gardiez pour vous, et que vous ne la répétiez jamais ou du moins pas comme venant de moi. Je crois à la démocratie. Je l'admets. Je la servirai et je la défendrai fidèlement. Je crois en elle parce qu'elle me paraît être la conséquence inévitable de ce qui l'a précédée. La démocratie affirme ce fait que les masses se sont élevées de nos jours à une intelligence supérieure à celle du temps passé. Toute notre civilisation tend à ce but. Pour nous, nous voulons y contribuer dans la mesure de notre pouvoir. Et je serais moi-même heureux de voir le fruit de nos efforts. J'accorde que ce n'est qu'un essai, mais c'est la seule voie qui vaille la peine que la société s'y engage, la seule conception de ses devoirs assez vaste pour satisfaire ses instincts, le seul but digne d'un effort ou d'un sacrifice. Tout autre pas ne serait qu'un pas fait en arrière, et, quant à moi, je ne me soucie pas de rabâcher le passé. Je suis heureux de voir la société victorieuse des difficultés qui enrayent sa marche, et dans cette lutte personne n'a le droit de demeurer neutre.

— Et supposons que votre tentative vienne à avorter, — dit Mrs. Lee, — supposons que la société opère sa

propre ruine par le suffrage universel, la corruption
et le communisme.

— Je voudrais, mistress Lee, vous voir m'accompagner
un soir à l'Observatoire, je vous montrerais Sirius.
Avez-vous jamais fait la connaissance d'une étoile fixe?
Je crois que les astronomes en comptent environ vingt
millions qui sont visibles pour nous et des millions en
nombre infini qui ne le sont pas; chacune d'elles est un
soleil comme le nôtre et peut avoir des satellites comme
notre planète. Admettez que vous voyiez une de ces
étoiles fixes augmenter subitement en éclat et qu'on
vous dise que c'est un satellite qui s'y est précipité, s'y
est consumé, y a terminé sa carrière, perdu à jamais ses
forces vives. Ce sera curieux, n'est-ce pas? Mais quoi!...
c'est la phalène qui vient se brûler à votre bougie.

Madeleine eut un frisson.

— Je ne puis m'élever à la hauteur de votre philosophie. Vous vous promenez parmi les infinis; moi, je
suis finie.

— Pardon! seulement j'ai la foi, non peut-être dans
les vieux dogmes, mais dans les nouveaux; foi en la
nature humaine, foi en la science, foi en ce triomphe du
meilleur. Soyons loyaux envers notre époque, mistress
Lee. Si notre siècle doit succomber, mourons sur la
brèche. S'il doit vaincre, soyons les premiers à conduire les phalanges. En tout cas, ne soyons ni pol-
trons, ni sophistes. Voilà! ai-je correctement récité
mon catéchisme? Vous l'avez voulu! Maintenant fai-
tes-moi le plaisir de l'oublier. Je perdrais ma réputation dans mon pays si cela était connu. Bonsoir!

Le lendemain, Mrs. Lee fit, comme il convenait, son apparition au Capitole, car elle ne pouvait s'en dispenser après que le Sénateur Ratcliffe avait clairement témoigné le désir de l'y voir.

Elle y alla seule, Sibylle ayant formellement refusé de remettre le pied au Capitole; et d'ailleurs, elle s'était dit qu'après tout, ce n'était pas le moment de se faire accompagner par Carrington.

Mais Ratcliffe ne parla pas : les débats avaient été, contre toute attente, ajournés.

Il alla rejoindre Mrs. Lee dans la tribune, et s'assit à côté d'elle aussi longtemps qu'elle voulut bien le lui permettre; il fut de plus en plus confidentiel : il lui confia qu'il avait reçu de Grimes, de North Bend, la réponse attendue, et qu'elle renfermait une lettre de la main du Président élu, à M. Grimes, et ayant trait aux avances que M. Ratcliffe et ses amis lui avaient faites.

— Ce n'est pas une bien aimable lettre, — dit-il; — des passages en sont vraiment injurieux. Je voudrais vous en lire un spécimen et avoir votre opinion sur la manière dont un tel langage mériterait d'être traité.

Et tirant la lettre de sa poche, il chercha le passage et lut ce qui suit : —

« Je ne saurais perdre de vue que ces trois Sénateurs.... »

— Cela veut dire Clinton, Krebs et moi.

« ...passent pour les membres les plus influents de ce qu'en langage populaire l'on nomme la clique sénatoriale, qui a acquis une notoriété générale. Tout en recevant toujours leurs communications avec le respect qui leur est dû, je dois continuer à conserver une entière liberté d'action et consulter d'autres conseillers poli- tiques au même titre qu'eux. En tout cas, mon premier but doit être l'obéissance à la volonté du peuple, volonté qui n'est pas toujours fidèlement représentée par ses représentants nominaux. »

— Que dites-vous de ce précieux échantillon du sans gêne présidentiel?

— Ma foi, son courage ne me déplait pas, — dit Mrs. Lee.

— Le courage est une chose et le sens commun en est une autre. Cette lettre est une insulte voulue. Une fois déjà il m'a obstrué la voie. Il espère recommencer. C'est une déclaration de guerre. Que faut-il faire?

— Ce qui vaudra le mieux pour le bien public, — répondit bravement Madeleine.

Ratcliffe la regarda en face avec une joie si peu déguisée, il était si parfaitement impossible de mécon- naitre ou de ne pas voir l'expression de ce regard, qu'elle se rejeta brusquement en arrière.

Elle n'était pas préparée à une démonstration aussi franche.

Les traits de Ratcliffe reprirent aussitôt leur dureté, et il poursuivit : —

— Mais qu'est-ce qui vaudra le mieux pour le bien public?

— Quant à cela, vous le savez mieux que moi, — dit

Madeleine. — Une chose seulement est claire pour moi. Si vous vous laissez conduire par vos sentiments personnels, vous commettrez une erreur plus grande que la sienne. Mais il faut que je m'en aille, car j'ai des visites à faire. La prochaine fois que je viendrai, monsieur Ratcliffe, il faudra mieux tenir votre parole.

Lorsqu'ils se revirent, Ratcliffe lui lut, dans sa réponse à M. Grimes, le passage ainsi conçu : —

« C'est le sort commun à tout chef de parti d'être exposé à des attaques et de commettre des fautes. Il est vrai, comme le dit le Président, que je n'ai pas fait exception à cette loi. Convaincu, comme je le suis, que de grands résultats ne peuvent être obtenus que par de grands partis, j'ai abandonné toutes mes opinions personnelles, quand elles n'ont pu mériter l'assentiment général. Je continuerai à suivre cette voie, et le Président peut compter en toute confiance sur mon adhésion désintéressée à toutes les mesures intéressant le parti, alors même que je n'aurais pas été consulté dès l'origine. »

— N'avez-vous jamais refusé de marcher avec votre parti? — demanda Mrs. Lee après avoir écouté attentivement.

— Jamais! — répondit Ratcliffe avec fermeté.

— N'y a-t-il rien de plus puissant que la fidélité à un parti? — demanda encore Mrs. Lee après un moment de profonde réflexion.

— Rien, excepté la fidélité à la nation! — répliqua Ratcliffe d'un ton plus ferme encore.

5

V.

Attacher à la queue de sa robe un homme d'Etat éminent et le promener comme un ours apprivoisé est, pour une femme jeune et spirituelle, une distraction beaucoup plus certaine que de s'attacher à lui et d'être traînée à sa remorque comme une *squaw* indienne.

Ce fut la première grande découverte politique de Madeleine Lee à Washington, et cette découverte était infiniment plus précieuse que tout ce que lui avait enseigné la philosophie allemande, avec l'édition complète des œuvres d'Herbert Spencer par-dessus le marché.

Elle ne pouvait douter que les honneurs et les dignités attachés à une carrière publique ne fussent une récompense suffisante pour les peines qu'elle impose.

Elle se prépara une petite tâche quotidienne : elle se promit de lire, l'une après l'autre, les biographies et les lettres des Présidents américains et de leurs femmes, si toutefois elle réussissait à trouver les traces des lettres de ces dernières.

Quel triste spectacle ce fut, depuis George Washington jusqu'au dernier titulaire ; quelles vexations, quelles déceptions, quelles douloureuses erreurs, quelles mœurs répréhensibles! Pas un ne se rencontra, qui dans la réalisation d'idées élevées n'ait été combattu, vaincu, injurié! Quelle amertume sur les visages de ces chefs fameux qui se nomment Calhoun, Clay, Webster; et comme on y lit les défaites, les ambitions non satisfaites! Quelle suffisance et quelle emphase sénatoriale; quel besoin insatiable de flatterie, quel désespoir à l'arrêt du sort! Et que valaient-ils, après tout?

C'étaient des hommes pratiques, ceux-là! ils n'avaient point de grands problèmes à résoudre; nulle question ne se présentait à eux qui sortit des règles ordinaires de la plus vulgaire morale et des simples devoirs. Comment ne réussirent-ils qu'à tout embrouiller? Quelles constructions pour la montre ils avaient élevées pour n'arriver qu'à obscurcir l'horizon! Est-ce que le pays n'aurait pas été plus heureux sans eux? En aurait-il été plus malheureux? Quel abîme plus profond que celui au bord duquel ils l'ont conduite aurait pu s'ouvrir sous les pieds de la nation?

L'esprit de Madeleine se fatigua de la monotonie de cette histoire. Elle discuta ce sujet avec Ratcliffe, qui lui avoua franchement que l'attrait de la politique consiste dans la possession du pouvoir. Il accorda que le pays pourrait fort bien se passer de lui.

— Mais je suis ici, — dit-il, — et je compte bien y rester.

Il avait très-peu de sympathie pour la morale subtile et, en véritable homme d'État, il méprisait la politique philosophale. Il aimait le pouvoir et il songeait à être Président. Cela suffisait.

Tantôt c'était le côté tragique, tantôt c'était le côté

comique de ces choses qui se présentait à l'esprit de Mrs. Lee, et parfois elle ne savait pas si elle devait rire ou pleurer.

Washington plus que toute autre ville du monde fourmille de certains êtres naïfs : hommes et femmes, qui sont étrangement hors de leurs places, dont il serait cruel de rire, et sur lesquels il serait ridicule de pleurer. Heureusement la classe qui se respecte les voit rarement ; ce n'est qu'accidentellement qu'elle les rencontre.

Un soir, Mrs. Lee alla à la première réception du Président.

Sa sœur Sibylle avait positivement refusé d'affronter la foule ; Carrington avait prudemment fait observer qu'il craignait de n'être pas suffisamment *reconstruit* [1] pour se sentir chez lui en cette auguste présence ; Mrs. Lee fut donc forcée d'accepter M. French pour cavalier, et elle traversa avec lui le Square pour se joindre à la cohue qui se ruait sur les portes de la Maison-Blanche.

Ils prirent leurs places dans les rangs des citoyens et ils purent enfin entrer dans le salon de réception.

Là, Madeleine se trouva devant deux personnages qui avaient l'air de pantins et qui auraient pu être de bois ou de cire, tant ils donnaient peu signe de vie : c'étaient le Président et sa femme.

Ils se tenaient tous deux près de la porte, raides et gauches ; leurs visages n'exprimaient aucun signe d'in-

---

[1] Après la capitulation des États Sécessionnistes, on entreprit ce qu'on a appelé leur *reconstruction* ou *réorganisation;* or, Carrington était de la Virginie, un des États Sécessionnistes.

telligence, tandis que leurs mains se tendaient d'elles-
mêmes vers la colonne de visiteurs avec la raideur mécanique de poupées.

Mrs. Lee commença par rire, mais son rire expira
bientôt sur ses lèvres. Il était clair que pour le Président et pour sa femme ce n'était point là matière à
ridicule. Ils se tenaient là, comme des automates, représentant la société qui défilait devant eux.

Madeleine saisit M. French par le bras.

— Allons, — dit-elle, — conduisez-moi tout de suite
quelque part où je puisse contempler ce spectacle... Là!
dans ce coin. Je ne me figurais pas que c'était si horrible!

M. French supposa qu'elle pensait aux hommes et
aux femmes à l'air étrange qui fourmillaient dans les
salons et, avec sa manière si pleine à son sens d'humour
et de délicatesse, il fit quelques jeux de mots sur les
gens qui passaient devant eux. Mais Mrs. Lee n'était
d'humeur ni à s'expliquer, ni même à écouter; elle
l'arrêta court.

— Là, monsieur French! A présent, allez-vous-en et
laissez-moi seule. Je veux être seule pendant une demi-
heure. Après, vous viendrez me chercher, s'il vous
plaît.

Elle resta là, les yeux fixés sur le Président et sur sa
femme, tandis que le flot interminable s'écoulait devant
eux en leur serrant les mains.

Quel spectacle étrange et imposant et avec quelle
vivacité il se grava dans l'esprit de Mrs. Lee! Quel
terrible avertissement pour l'ambition! Et dans toute

cette foule, il n'y avait, en dehors d'elle-même, personne qui sentit le ridicule de cette exhibition.

Pour tous les autres cette besogne était une partie régulière des devoirs du Président, et ils n'y voyaient absolument rien de ridicule. Ils étaient convaincus que cette singerie bouffonne du cérémonial monarchique était une institution démocratique. Selon eux, ce spectacle ennuyeux à périr était aussi naturel et aussi convenable que jamais les cérémonies de l'Escurial le furent pour les courtisans des Philippe et des Charles.

Il lui produisait l'effet d'un cauchemar, aussi bizarre que les rêves et les visions d'un fumeur d'opium.

Soudain elle sentit que c'était là la fin de la société américaine; à la fois son rêve et la réalisation de ce rêve. Elle en gémit intérieurement.

— Oui! j'ai enfin trouvé la conclusion! Nous deviendrons des figures de cire et nous parlerons comme des poupées à ressort. Nous nous tournerons et nous retournerons, et nous donnerons des poignées de main. Personne n'aura de but dans ce monde, et il n'y aura pas d'autre monde. Cela dépassera toutes les horreurs de l'*Enfer*. Quelle épouvantable vision de l'éternité!

Soudain, comme à travers un brouillard, elle vit s'avancer le mélancolique visage de Lord Skye.

Il vint à côté d'elle, et sa voix la rappela à la réalité.

— Ces choses-là vous amusent-elles? — demanda-t-il d'un ton vague.

— Nos plaisirs sont tristes, à la façon de notre

peuple, — répondit-elle, — mais certainement cela m'intéresse.

Ils gardèrent le silence pendant un instant, observant la ronde lentement tourbillonnante de la démocratie; enfin Lord Skye reprit : —

— Pour qui prenez-vous cet homme... cet homme long et maigre, avec une grande femme à chaque bras?

— Cet homme, — répliqua-t-elle, — peut-être un employé de ministère ou un représentant de l'Iowa au Congrès, avec sa sœur et la sœur de sa femme. Est-ce qu'ils choquent votre grandeur?

Il la regarda avec une résignation comique.

— Vous voulez dire que ces femmes valent bien une comtesse douairière. J'y consens. Mon sens aristocratique s'incline, mistress Lee. Je les inviterai même à dîner, si vous m'y autorisez et si vous voulez vous trouver avec elles. Mais la dernière fois que j'ai invité à dîner un membre du Congrès, il m'a répondu au crayon, sur ma propre enveloppe, qu'il amènerait deux de ses amis avec lui, deux électeurs très-influents de la ville de Yahoo, ou quelque autre endroit semblable; des nobles, de par la grâce de la nature, dit-il.

— Vous auriez dû les accueillir avec plaisir.

— C'est ce que j'ai fait. Je voulais voir deux nobles de par la grâce de la nature, et je savais d'avance que ce serait une société plus amusante que celle de leur représentant. Ils vinrent; c'étaient des gens très-recommandables, l'un en cravate bleue, l'autre en cravate rouge. Tous les deux avaient des épingles en diamant à leurs chemises, et ils étaient très-soigneusement brossés, au moins quant à leur chevelure. Ils ne dirent rien, mangèrent peu, burent moins encore, et leur tenue fut beaucoup meilleure que la mienne. Quand ils s'en allèrent, tous les deux m'ont demandé à la fois de descendre chez eux lorsque j'irai visiter Yahoo.

— Vous ne manquerez pas d'hôtes si vous agissez toujours ainsi.

— Je ne sais. Je pense que c'était pure ignorance de leur part. Ils n'en savaient pas plus long, et ils étaient assez réservés. Je ne me plains que de n'en avoir rien pu tirer. Je voudrais bien savoir si leurs femmes auraient été plus amusantes.

— Est-ce que les femmes sont amusantes en Angleterre, Lord Skye?

Il la regarda les yeux à moitié clos et dit en traînant ses paroles : —

— Vous connaissez mes compatriotes?

— Presque pas.

— Alors parlons d'un sujet moins sérieux.

— Volontiers.

— Je voudrais savoir la cause de l'air si mélancolique que vous avez ce soir.

— Cette question est-elle bien amicale, mistress Lee? Ai-je vraiment l'air mélancolique?

— D'une mélancolie inexprimable, ce me semble. Je meurs d'envie d'en connaître la raison.

Le Ministre d'Angleterre promena un regard froid sur tout le salon et l'arrêta longuement sur le Président et sur sa femme, qui continuaient toujours à distribuer machinalement des poignées de main; ensuite il la regarda de nouveau bien en face sans mot dire.

Elle insista.

— Il faut que cette énigme soit résolue. Cela m'étouffe. Je n'éprouverais pas la moindre tristesse à voir ces mêmes gens travailler ou jouer, si jamais ils jouent, ou à l'église ou dans une salle de conférences. Pourquoi pèsent-ils sur moi ici comme un horrible fantôme?

— Je ne vois pas d'énigme là dedans, mistress Lee. Vous avez répondu vous-même à votre question : c'est qu'ils ne sont ici ni au travail ni au jeu.

— Alors reconduisez-moi bien vite chez moi, s'il vous plaît. Sans cela j'aurais une crise de nerfs. La vue de ces deux pauvres êtres à la porte est trop lugubre pour que je la supporte. La tête me tourne de regarder ces nobles personnages. Je ne croirai jamais qu'ils soient réels. J'en viens à souhaiter que la maison prenne feu. Je voudrais un tremblement de terre. Si seulement quelqu'un pinçait le Président ou tirait les cheveux de sa femme...

Mrs. Lee ne renouvela pas l'expérience d'une visite à la Maison-Blanche, et pendant quelque temps elle parla avec fort peu d'enthousiasme des fonctions de Président.

Elle exposa véhémentement ses opinions au Sénateur Ratcliffe. Celui-ci essaya en vain de lui faire comprendre que tout le monde avait le droit de voir le premier magistrat du pays et qu'il était obligé de recevoir tout le monde; les choses étant ainsi, il n'y avait pas moyen de procéder d'une façon moins susceptible d'objections.

5.

— Qui a donné ce droit au peuple ? — demanda
Mrs. Lee. — D'où vient-il, ce droit?.. A quoi sert-il?...
Vous en savez plus long, monsieur Ratcliffe! Notre premier magistrat est un citoyen comme n'importe qui.
Qu'est-ce qui lui a mis dans son cerveau fêlé de cesser
d'être citoyen pour singer la royauté? Nos gouverneurs [1]
ne se rendent jamais ridicules. Pourquoi ce pauvre
malheureux ne se contente-t-il pas de vivre comme tous
les autres et de veiller à ses propres affaires? Si seulement il pouvait savoir quelle drôle de figure il fait!....

Mrs. Lee se hasarda même à affirmer qu'elle voudrait
être la femme du Président, rien que pour mettre un
terme à cette folie; rien au monde ne pourrait jamais
l'amener à consentir à une semblable comédie; dût-elle
indisposer le public, se voir mettre en accusation, et
voir son mari destitué par le Congrès; tout ce qu'elle
demanderait, ce serait le droit d'être entendue par le
Sénat et de présenter sa propre défense.

Cependant l'impression générale très-répandue à
Washington était que Mrs. Lee ne demanderait pas
mieux que d'être à la Maison-Blanche. N'étant connue
que d'un nombre relativement peu considérable de
personnes et se laissant rarement aller à une discussion, même avec les personnes qu'elle fréquentait,
Madeleine passait pour une habile intrigante qui pour-
suivait un but bien arrêté.

On peut affirmer sans courir risque de se tromper,
que tous les habitants de Washington sont ou fonc-

---

[1] Les gouverneurs des différents États de l'Union.

tionnaires ou aspirants fonctionnaires; s'ils n'avouent pas leurs projets, on peut les taxer d'hypocrisie, d'une hypocrisie fort stupide; s'il y a un petit nombre de gens qui, en apparence, font exception, ils rentrent tôt ou tard dans la règle générale.

Il était donc tout naturel de supposer que Mrs. Lee postulait un poste quelconque.

Pour les Washingtoniens, c'était un fait acquis que Mrs. Lee épouserait Silas P. Ratcliffe.

Il n'était pas étonnant non plus que lui de son côté fût heureux de prendre une femme intelligente et élégante avec vingt ou trente mille dollars de revenu.

Il était parfaitement naturel qu'elle acceptât le premier homme public du jour ayant des chances sérieuses d'arriver à la Présidence, un homme encore jeune relativement, n'ayant pas trop mauvaise tournure, et, dans cette entreprise, elle avait les sympathies de toutes les femmes raisonnables de Washington qui n'étaient pas des rivales possibles; car, selon elles, la femme du Président a une bien plus grande importance que le Président lui-même; et, ma foi, elles ne sont pas loin de la vérité, il faut bien que l'Amérique le sache!

Il y avait, pourtant, quelques femmes qui ne se ralliaient pas à cette opinion aimable quoique mondaine du mariage proposé. Ces dames étaient sévères dans leurs commentaires sur la conduite de Mrs. Lee, et elles n'hésitèrent pas à affirmer qu'elle était la mijaurée la plus rusée et la plus ambitieuse qu'elles eussent jamais rencontrée.

Il arriva par malheur que la respectable et convenable Mrs. Schuyler Clinton partagea cette opinion, et qu'elle ne fit aucun effort pour le cacher. Elle était justement indignée contre sa cousine parce qu'elle était par trop mondaine et parce qu'elle devait probablement arriver à une très-haute position.

— Si Madeleine Ross épouse ce vieux grossier et affreux politicien de l'Illinois, — dit-elle à son mari, — je ne lui pardonnerai jamais de ma vie.

M. Clinton essaya d'excuser Madeleine, et il alla même jusqu'à faire remarquer que la différence d'âge n'était pas plus grande que dans leur propre cas; mais sa femme réduisit sans pitié cet argument en pièces.

— En tout cas, — dit-elle, — moi, je ne suis pas arrivée veuve à Washington dans le but de séduire le premier candidat venu à la Présidence, et je n'ai jamais donné au public le spectacle de mes indécentes ambitions dans les tribunes mêmes du Sénat; Mrs. Lee devrait rougir d'elle-même. C'est une chatte sans cœur et sans entrailles, et qui n'a rien d'une femme.

La petite Victoria Dare, qui babillait comme les vents et les torrents, avec une indifférence absolue pour ce qu'elle disait et pour la personne à qui elle s'adressait, avait l'habitude de rapporter à Mrs. Lee des échantillons de ces commérages.

Elle affectait toujours un léger bégaiement quand elle disait quelque chose de très-osé, et se donnait un air de simplicité langoureuse.

C'était pour elle une très-grande satisfaction de voir qu'on accusait Madeleine des péchés qu'elle-même, Miss Dare, commettait.

Depuis des années tout Washington était d'accord sur
ce point que Victoria ne valait guère mieux que les pires ;
qu'elle avait constamment violé toutes les règles des
convenances et scandalisé toutes les honnêtes familles
de la ville ; qu'enfin il n'y avait rien de bon en elle. On
ne pouvait nier cependant que Victoria ne fût amusante
et qu'elle ne possédât une sorte de charme irrégulier,
et pour cette raison, elle était universellement tolérée.

Voir Mrs. Lee rabaissée à son propre niveau était
pour elle un plaisir sans mélange, et elle répétait très-
soigneusement à Madeleine tous les meilleurs morceaux
des conversations qu'elle ramassait dans ses courses.

— Votre cousine, Mrs. Clinton, dit que vous êtes
une cha... cha... chatte, mistress Lee.

— Je ne crois pas cela, Victoria, Mrs. Clinton n'a
jamais rien dit de semblable.

— Mrs. Marston dit que c'est parce que vous avez
attrapé un ra... ra... rat, et que le Sénateur Clinton
n'était qu'une sou... sou... souris.

Naturellement toute cette publicité inattendue irritait beaucoup Mrs. Lee, surtout lorsque parurent dans
les journaux des notes vagues et courtes, bientôt sui-
vies par d'autres plus longues et plus formelles, relativement aux vues matrimoniales du Sénateur Ratcliffe ;
ces notes étaient accompagnées de descriptions de sa
personne faites par d'audacieuses correspondantes de
journaux qui ne l'avaient jamais vue.

Lorsque pour la première fois elle lut ces articles,
Madeleine se trouva irritée et mortifiée au point d'en
pleurer ; elle voulait quitter Washington le lendemain ;

rien que la pensée de Ratcliffe lui fut odieuse. Mais il
y avait dans le style des journaux quelque chose de si
extraordinairement vulgaire, de si odieusement révol
tant pour sa pudeur de femme, qu'elle frissonna
comme à la vue d'une araignée venimeuse.

Le premier accès de honte passé, cependant, son
naturel se révolta, et elle se promit de poursuivre sa
route comme elle avait commencé, sans se préoccuper
de la malignité et de la vulgarité répandues sur la sur-
ace entière des États-Unis.

Elle ne tenait pas à se marier avec M. Ratcliffe; elle
aimait sa société et elle était flattée de sa confiance;
elle espérait, bien plus, l'empêcher de jamais lui
demander sa main, ou du moins reculer le plus possible
cette échéance; mais toutes les méchancetés et tous les
commérages du monde ne l'empêcheraient pas de
l'épouser, et il lui faudrait d'autres et plus fortes raisons
pour le repousser. Avec le courage du désespoir, elle
alla même jusqu'à se moquer de sa cousine, Mrs. Clinton;
non-seulement elle permit à son vénérable mari de lui
faire publiquement la cour et de lui exprimer des sentiments d'une ardeur juvénile, mais elle l'y encouragea,
simplement parce qu'elle savait que cela irriterait et
exaspérerait l'excellente dame qu'il avait pour épouse.

Carrington était celui que la tournure de cette
affaire avait le plus péniblement affecté. Il ne pouvait
se dissimuler plus longtemps qu'il était lui-même aussi
amoureux qu'il convient à un grave et digne Virginien.

Ce n'est pas que Mrs. Lee eût été coquette envers lui,
loin de là; elle ne l'avait jamais ni flatté, ni encouragé;

mais dans sa lutte solitaire contre la destinée, Carrington avait trouvé en elle une affectueuse amie, toujours prête à aider là où son aide était nécessaire, prodigue de son argent toutes les fois qu'il lui en indiquait un emploi utile, pleine de ressources et d'inspirations là où l'argent et la sympathie ne suffisaient pas.

Carrington la connaissait mieux qu'elle ne se connaissait elle-même. Il lui choisissait ses livres; il lui apportait le dernier discours ou le dernier rapport du Capitole ou des ministères; il connaissait ses indécisions et ses fantaisies, et tant qu'il les comprenait, il l'aidait à se les expliquer.

Carrington était trop modeste et peut-être aussi trop timide pour jouer le rôle d'amoureux déclaré, et il était trop fier pour laisser croire qu'il voulait échanger sa pauvreté contre la richesse de sa cousine. Mais il n'en fut que plus inquiet quand il reconnut l'attraction évidente que la ferme volonté et l'énergie sans scrupules de Ratcliffe exerçaient sur elle. Il voyait que Ratcliffe faisait de constants progrès; qu'il flattait toutes les faiblesses de Mrs. Lee par la confiance et la déférence qu'il lui témoignait, et que dans un temps très-court, Madeleine devrait ou l'épouser ou se résigner à passer pour une coquette sans cœur.

Il avait ses raisons personnelles pour mal penser du Sénateur Ratcliffe, et son intention était d'empêcher le mariage; mais il avait affaire à forte partie; loin de se laisser dérouter, le Sénateur était homme à avoir raison de nombreux rivaux.

Ratcliffe n'avait peur de personne. Ce n'était pas en

vain qu'il s'était frayé lui-même son chemin dans la
vie, et il savait ce que valent une tête froide et une
inébranlable confiance en soi-même.

Son robuste américanisme et sa forte volonté lui
permirent de traverser sans encombre les trappes et
les pièges de la société de Mrs. Lee, où de tous côtés
des rivaux ou des ennemis l'assaillaient. Sur leur terrain, il n'était guère plus qu'un écolier, il est vrai; mais
lorsqu'il pouvait les attirer dans son propre domaine,
le domaine de la vie pratique, il manquait rarement de
fouler aux pieds ses adversaires.

C'étaient ce sens pratique et cette froide volonté
qui avaient séduit Mrs. Lee; car elle estimait que les
hommes n'avaient pas besoin de grâce féminine; et
pourvu qu'ils eussent assez d'esprit pour reconnaître sa
propre supériorité, cela lui suffisait. Pour elle les
hommes ne valaient qu'en raison de leur force et du
cas qu'ils savaient faire des femmes.

Si le Sénateur avait poussé la force jusqu'à rester
maître de son humeur, il aurait beaucoup gagné à ses
yeux; mais dans ce moment, il était exposé à tant
d'ennuis, il avait à faire de si violents efforts pour
conserver son sang-froid dans la vie politique, qu'il
n'était plus capable de supporter cette contrainte et de
constamment se tenir sur ses gardes dans la vie privée.

Mrs. Lee lui avait insensiblement imposé cette opinion, qu'en matière de raffinement elle lui était supérieure, ce qui l'irritait et lui faisait quelquefois montrer
les dents comme un bouledogue; mais il s'exposait
ainsi à recevoir en retour un coup de patte bien

appliqué comme sait en donner un chat de race, quand on se permet avec lui de trop grandes familiarités ; coup de patte inoffensif en apparence, mais qui ne laisse pas que de faire saigner.

Un soir, Ratcliffe était de plus méchante humeur encore qu'à l'ordinaire ; il venait depuis un moment, de garder un morne silence, quand, se ranimant enfin, il prit un livre sur la table, jeta un regard sur le titre, et le feuilleta.

La malechance voulut que ce fût un volume de Darwin que Mrs. Lee venait d'emprunter à la bibliothèque du Congrès.

— Est-ce que vous comprenez ces choses-là ? — demanda tout à coup le Sénateur avec ironie.

— Pas très-bien, — répliqua Mrs. Lee, un peu piquée.

— Pourquoi essayez-vous de les comprendre ? — insista le Sénateur. — Quel avantage pouvez-vous en tirer ?

— S'il ne nous apprenait qu'à être modeste... — répondit Madeleine, tout à fait à la hauteur de la circonstance.

— Parce qu'il prétend que nous descendons des singes ? — riposta rudement le Sénateur. — Croyez-vous descendre des singes ?

— Pourquoi pas ? — dit Madeleine.

— Pourquoi pas ?.... — répéta Ratcliffe en riant d'un air bourru. — Je n'aime pas cette parenté ! Avez-vous l'intention d'introduire vos parents éloignés dans la société ?

— Ils y apporteraient plus d'éléments d'amusement

que ne le font bien des membres de cette société, — répondit Mrs. Lee, avec un doux sourire qui annonçait l'orage.

Mais Ratcliffe n'y fit pas attention; au contraire, le défi de Mrs. Lee n'eut d'autre effet que d'exaspérer sa mauvaise humeur; or, toutes les fois qu'il perdait son calmel il devenait sénatoria, et Websterien.

— De tels livres, — dit-il, — sont la honte de notre civilisation, ils dégradent et abêtissent notre divine nature; ils ne conviennent qu'aux despotismes asiatiques, là où les hommes sont réduits au niveau des brutes; je puis fort bien comprendre qu'un homme comme le baron Jacobi les accepte; lui et ses maîtres n'ont rien à faire au monde qu'à fouler aux pieds tous les droits humains. M. Carrington, naturellement, approuve également ces idées-là, lui qui croit au droit divin du fouet pour les nègres; mais que vous vous joigniez à eux, vous qui professez des idées philanthropiques et des principes libéraux, voilà qui est étonnant, incroyable; c'est indigne de vous.

— Vous êtes bien dur pour ces pauvres singes, — répliqua un peu sévèrement Madeleine quand le Sénateur eut achevé sa tirade. — Les singes ne vous ont jamais fait de mal; ils ne s'occupent pas de politique; ils ne sont même pas électeurs; s'ils l'étaient, vous seriez enthousiasmé de leur intelligence et de leurs vertus. Après tout, nous leur devons une certaine reconnaissance, car que feraient les hommes dans ce triste monde, s'ils n'avaient hérité de la gaieté des singes et... de leur art oratoire?

Ratcliffe, il faut lui rendre cette justice, se soumettait de bonne grâce au châtiment, surtout quand il venait des mains de Mrs. Lee, et ses accès intermittents d'insubordination étaient toujours suivis d'une soumission parfaite; mais s'il permettait à Mrs. Lee de corriger ses fautes, il n'entendait nullement être traité en écolier par les amis de la maison, et il ne laissait pas échapper une occasion de le leur faire comprendre.

Mais cela ne suffisait pas toujours. Soit qu'il n'eût guère d'idées en dehors de sa sphère personnelle, soit qu'il ne voulût point s'aventurer sur un terrain douteux, il avait une tendance constante à rabaisser les discussions à son propre niveau.

Madeleine se creusait vainement la tête pour savoir s'il agissait de la sorte pour cacher son ignorance ou par prudence.

— Le baron m'a fort amusée avec ses récits sur la société de Bucharest, — dit Mrs. Lee; — je n'avais pas idée qu'elle fût si gaie.

— Je lui montrerais volontiers notre société de Péonie, — répliqua Ratcliffe. — Il y trouverait un cercle brillant de vrais gentilshommes de la nature.

— Le baron prétend que leurs politiciens sont de fort rusés gaillards, — ajouta M. French.

— Ah! il y a des politiciens en Bulgarie..... il y en a vraiment? — demanda le Sénateur, dont les idées sur le voisinage de la Roumanie et de la Bulgarie étaient des plus vagues, et qui pensait d'une façon générale que tous ces peuples-là vivaient sous des tentes, portaient des peaux de mouton avec la laine en dedans et vivaient de lait caillé. — Ah! ils ont des politiciens!... Je voudrais les voir essayer leurs ruses chez nous, dans l'Ouest.

— Vraiment!... — dit Mrs. Lee. — Imaginez-vous Attila et ses hordes tenant des réunions politiques dans l'Indiana?

— En tout cas, — ajouta French au milieu d'un éclat de rire, — le baron dit qu'on ne pourrait trouver dans tout l'Illinois un ramassis de canailles plus accomplies que parmi ses amis les politiciens.

— Vraiment? — fit Ratcliffe avec colère.

— N'est-ce pas, mistress Lee? Moi, je ne le crois pas.... et vous? Quelle est sincèrement votre opinion à ce sujet? Ce que vous ignorez des choses politiques de l'Illinois ne vaut pas la peine d'être su; croyez-vous réellement que ces Bulgaracailles ne soient pas en état de diriger une convention d'État dans l'Illinois?

Ratcliffe n'aimait pas le sarcasme, surtout sur ce sujet, mais il ne put se fâcher de la liberté que French s'était permise et qui n'était qu'une riposte fort modérée, en somme, aux muscades en bois. Son grand but était de détourner la conversation de l'Europe, de la littérature et des arts, et la raillerie était après tout une échappatoire.

Carrington comprenait très-bien que le côté faible du Sénateur était son ignorance absolue en matière de moralité. Il se berçait de l'espoir que tôt ou tard Mrs. Lee s'en apercevrait et en serait choquée; c'est pourquoi rien ne lui semblait plus nécessaire que de laisser Ratcliffe se compromettre.

Sans parler beaucoup, Carrington visait toujours à le faire parler. Mais bientôt il s'aperçut que Ratcliffe avait parfaitement démasqué cette tactique, et au lieu de gâter sa position, il contribua encore à l'améliorer.

L'audace de cet homme était par moments stupéfiante, et alors que Carrington le croyait embourbé à fond, on le voyait se délivrer, par un vigoureux effort, des lacs et du chasseur, et en sortir plus audacieux et plus dangereux que jamais.

Quand Mrs. Lee le serrait de trop près, il admettait franchement le bien fondé de ses accusations.

— Ce que vous dites est vrai en grande partie. En politique il y a bien des choses qui sont dégoûtantes et écœurantes, grossières et mauvaises. Je vous accorde qu'on y trouve de la malhonnêteté et de la corruption. Nos efforts doivent tendre à les diminuer le plus possible

— Vous pourriez expliquer à Mrs. Lee comment elle doit s'y prendre pour cela, — dit Carrington, — vous en avez fait l'expérience. J'ai entendu dire que dans une certaine circonstance vous fûtes poussé à prendre des mesures bien sévères contre la corruption.

Ratcliffe parut mécontent du compliment, et il jeta à Carrington un de ces regards froids qui ne présageaient jamais rien de bon. Sur-le-champ, il releva le défi.

— Oui, c'est vrai, et je le regrette beaucoup. Voici l'histoire, mistress Lee ; elle est bien connue de tout homme, femme ou enfant dans l'État de l'Illinois, de sorte que je n'ai aucune raison de la gazer. Dans les plus mauvais jours de la guerre, il y avait presque une

certitude que mon État serait emporté par le parti de
la paix, et cela frauduleusement, à ce que nous
croyions; mais frauduleusement ou non, il était de
notre devoir de le sauver. Si l'Illinois avait été perdu,
à ce moment, nous aurions aussi perdu l'élection présidentielle, et probablement avec celle-ci l'Union. En
tout cas, je croyais que le sort de la guerre dépendait
du résultat électoral. J'étais alors gouverneur [1], et toute
la responsabilité retombait sur moi. Nous exercions un
contrôle absolu sur les comtés du Nord et sur le poin-
tage des votes. Nous ordonnâmes aux fonctionnaires
d'un certain nombre de comtés préposés à cette opéra-
tion de ne pas envoyer leurs rapports jusqu'à nouvel
ordre, et, après avoir reçu les votes de tous les comtés
du Sud et avoir appris le nombre exact des votes qu'il
nous faudrait pour avoir la majorité, nous envoyâmes
des dépêches à nos fonctionnaires du Nord, les invitant
à manipuler les votes de leurs districts de telle et telle
manière, de façon à dépasser le chiffre de votes de nos
adversaires et à nous assurer l'État. Voilà ce qu'on a
fait, et comme depuis je suis devenu Sénateur, je suis
en droit de supposer que ma conduite a été approuvée.
Je ne suis pas fier de cette affaire, mais je la recommen-
cerais et ferais même pis si je savais par là sauver ce
pays de la désunion. Naturellement je ne comptais pas
sur l'approbation de M. Carrington. Je crois qu'à ce
moment il travaillait à ses projets de réforme en portant les armes contre le gouvernement.

[1] Gouverneur de l'Illinois.

— Oui, — dit Carrington sèchement, — et vous avez
été plus fort que moi. Comme le vieil Écossais, vous vous
inquiétiez peu de qui portait les armes pour le peuple
pourvu que vous eussiez la main dans les urnes.

Carrington avait manqué son but. L'homme qui a
commis un meurtre pour son pays est un patriote et
non un assassin, alors même qu'il reçoit un siége au
Sénat pour sa part de butin. On ne peut demander à
des femmes de pénétrer les motifs qui guidèrent ce
patriote quand, dans un temps de révolution, il a sauvé
du même coup son pays et son élection.

L'hostilité de Carrington contre Ratcliffe était parfaitement anodine en comparaison de celle que lui
marquait le vieux baron Jacobi.

Il n'est pas aisé d'expliquer la cause de cette animo-
sité, à moins d'admettre qu'un diplomate et un Sénateur
sont des ennemis naturels; et d'ailleurs il déplaisait à
Jacobi, l'admirateur avéré de Mrs. Lee, de trouver
Ratcliffe sur son chemin. Ce vieux diplomate immoral
et plein de préjugés n'avait que haine et mépris pour
un Sénateur américain qui représentait, à ses yeux
d'Européen, la combinaison la plus parfaite de la plus
insupportable suffisance avec le plus sot orgueil, de
l'éducation la plus étroite avec les manières les plus
communes.

Le pays du baron Jacobi n'ayant pas de relations particulières avec les États-Unis, et sa légation à Washington n'ayant d'autre utilité que de constituer une place
pour le baron, celui-ci n'avait aucune raison pour
déguiser ses antipathies personnelles, et pour un peu

il se serait cru chargé d'exprimer tout haut le mépris
que ses collègues professaient tout bas pour le Sénat,
mais qu'ils étaient obligés de dissimuler. Et cette mission, il l'accomplissait avec un religieux scrupule. Il
ne perdait jamais une occasion de lancer la pointe
aiguisée de la rapière de sa dialectique à travers les
jointures de la grossière et épaisse morgue sénatoriale.
Il était ravi quand il pouvait dévoiler avec habileté à
Madeleine quelque nouveau côté de l'ignorance de
Ratcliffe.

Dans de semblables occasions sa conversation étince-
lait d'allusions historiques, de citations en une demi-
douzaine de langues, se rapportant à des faits bien
connus que la mémoire d'un vieillard ne pouvait pas se
rappeler avec précision, dans tous leurs détails, mais
que l'honorable Sénateur connaissait sans doute par
cœur et qu'il lui serait aisé, évidemment, de développer.
Et son visage voltairien prenait un air de politesse en
écoutant les répliques de Ratcliffe; elles trahissaient
invariablement une ignorance absolue de la littérature,
des arts, et de l'histoire en général.

Le baron remporta son plus beau triomphe certain
soir que Ratcliffe, attiré dans un piége par une allusion
à Molière dont il croyait pénétrer le sens, se mit à
pérorer sur l'influence désastreuse que ce grand homme
avait exercée sur les opinions religieuses de son temps.
Jacobi devina par une rapide intuition que Ratcliffe
avait confondu Molière et Voltaire et, prenant un air
tout à fait doucereux, il mit sa victime à la torture et
la tourmenta avec de prétendues explications et des

interrogations jusqu'à ce que Madeleine se crût forcée par les convenances de l'interrompre et de mettre fin à cette scène.

Mais même quand le Sénateur ne se laissait pas prendre, il n'échappait pas à l'assaut. Dans ce cas, le baron traversait les lignes et l'allait chercher dans ses propres positions, et une fois, par exemple, que Ratcliffe défendait sa doctrine sur l'obéissance due au parti, Jacobi le réduisit au silence en lui disant ironiquement : —

— Votre principe est tout à fait correct, monsieur le Sénateur. Moi, aussi, comme vous-même, j'ai été jadis un excellent homme de parti : mon parti était celui de l'Église ; j'étais ultramontain. Votre système de parti n'est qu'un des vols commis par vous sur notre Église ; votre Convention Nationale n'est autre chose que notre Concile Œcuménique ; vous abdiquez votre raison, tout comme nous le faisons, avant ses décisions, et vous-même, monsieur Ratcliffe, vous êtes cardinal. Ce sont des hommes capables, ces cardinaux ; j'en ai connu beaucoup ; c'étaient nos meilleurs amis, mais ce n'étaient pas des réformateurs. Êtes-vous réformateur, monsieur le Sénateur?

Ratcliffe commençait à redouter le vieillard et à le prendre en haine ; mais toute sa tactique ordinaire était impuissante contre cet impénétrable philosophe du dix-huitième siècle.

S'il avait recours aux procédés qui lui réussissaient au Congrès et qui consistaient à terroriser son adversaire et à se lancer dans le dogmatisme, le baron se contentait

6

de sourire et de tourner le dos, ou de faire en français quelque réflexion, d'autant plus amère pour son
ennemi qu'il ne la comprenait pas et qu'il savait que
Madeleine l'entendait fort bien et qu'elle avait peine à
réprimer son sourire.

Les yeux gris de Ratcliffe devenaient plus froids et
plus durs que jamais. Quand il finit par comprendre que
les tracasseries du baron étaient systématiques et qu'avec
une malicieuse habileté il cherchait à l'expulser de la
maison de Madeleine, il jura, par un serment terrible,
qu'il ne se laisserait pas battre par cet étranger à face
de singe.

D'ailleurs, Jacobi lui-même avait bien peu d'espoir
de réussir.

— Que peut un vieillard? — disait-il en toute sincérité à Carrington. — Si j'avais quarante ans de moins,
ce grand imbécile n'irait pas loin. Ah! si je pouvais
redevenir jeune et si nous étions à Vienne!

D'où Carrington put fort légitimement conclure
que, si c'eût encore été de mode, le vénérable diplomate aurait tranquillement insulté le Sénateur pour
lui loger ensuite une balle dans le cœur.

VI.

En février, la température prend une tiédeur d'été.

A cette époque, il arrive souvent en Virginie qu'une trompeuse échappée d'été se glisse entre deux tristes tempêtes de grêle et de neige; il y a alors des jours et même des semaines où l'on se dirait en plein mois de juin; les plantes précoces commencent à se parer de fleurs qui ne redoutent pas le froid, et les branches nues des arbres des forêts protestent seules contre cette marche irrégulière des saisons.

Hommes et femmes s'amollissent, la vie devient toute sensuelle, comme en Italie, et se colore de tons chauds; on se sent marcher au sein d'une atmosphère ardente, palpable, radieuse, où tout semble possible; une brume légère s'étend sur les hauteurs d'Arlington [1] et adoucit jusqu'à la sévère et éclatante blancheur du Capitole; la lutte de la vie semble se ralentir; le carême étend son ombre tranquille sur la société; de jeunes diplomates, inconscients du danger qu'ils courent, se lais-

[1] Colline près de Washington où se trouve un très-grand et très-beau cimetière, établi dans l'ancien domaine du Général Lee.

sent séduire et demandent en mariage de folles jeunes
filles; le sang dégèle dans le cœur et se répand dans
les veines comme les filets d'eau cristalline qui dégout-
tent des blocs de glace ou de neige; on dirait que
toute la glace et toute la neige de la terre, toute la
dureté du cœur, toutes les hérésies et toutes les dis-
cordes, toutes les œuvres du diable se sont fondues
par la puissance de l'amour et à la tiède haleine de la
vertu confiante, de l'innocence.

Dans un monde pareil il ne devrait pas y avoir
de perfidie, et il en existe beaucoup cependant. C'est
même la saison où il y en a le plus. C'est le moment
où les deux blancs sépulcres situés aux extrémités de
l'Avenue [1] exhalent d'épais miasmes d'achat et de
vente. Les anciens s'en vont, les nouveaux arrivent. La
fortune, les places, le pouvoir sont mis à l'encan. Qui
offre le plus?... Qui hait avec le plus de venin?... Qui
intrigue le plus habilement?... Qui a fait la besogne
politique la plus malpropre, la plus vile, la plus téné-
breuse?... A celui-là la récompense.....

Le Sénateur Ratcliffe était préoccupé et mal à l'aise.

Un essaim de chercheurs d'emplois s'acharnaient à
suivre ses pas et assiégeaient son appartement pour
arriver à lui faire endosser leurs réputations de carton.

Le nouveau Président devait arriver le lundi suivant.

En attendant, il se tramait des intrigues et des combinaisons dont le Sénateur était l'âme.

---

[1] Le Capitole et la Maison-Blanche, résidence du Président,
bâtis aux deux extrémités de la grande avenue centrale, dite de
Pennsylvanie.

Des correspondants de journaux l'assommaient de leurs questions; des Sénateurs, ses collègues, l'invitaient à des conférences; mais son esprit était préoccupé avant tout de ses propres intérêts.

On eût pu croire que, dans ce moment, rien n'eût été capable d'arracher le Sénateur à la table de jeu politique, et cependant, lorsque Mrs. Lee lui dit qu'elle devait aller le samedi suivant à Mount-Vernon [1] avec quelques personnes parmi lesquelles devaient se trouver le Ministre d'Angleterre et un gentleman irlandais, hôte de la Légation Britannique, le Sénateur lui fit la surprise de manifester un vif désir d'être de la partie.

Il lui expliqua que la direction politique n'étant plus dans ses mains, il pouvait être certain de commettre des bévues neuf fois sur dix s'il faisait un mouvement quelconque; que ses amis attendaient de lui qu'il fît quelque chose, alors qu'en réalité, il n'y avait rien à faire; que tous les préparatifs étaient déjà faits, et qu'une excursion à Mount-Vernon, en ce moment, en compagnie du Ministre d'Angleterre, était après tout le meilleur emploi qu'il pût faire de son temps, puisque de cette façon il pourrait se cacher au moins pendant une journée.

Lord Skye avait pris l'habitude de consulter Mrs. Lee toutes les fois qu'il se trouvait à court d'amusements de société, et c'était elle qui lui avait suggéré l'idée de cette partie à Mount-Vernon, avec Carrington pour guide et M. Gore pour hors-d'œuvre et pour amuseur de

[1] Ancienne résidence du Général Washington.

6.

l'ami irlandais que Lord Skye recevait splendidement.

Ce gentleman, qui portait le nom de Dunbeg, était un pair en décadence, ni riche, ni célèbre.

Lord Skye l'avait amené en visite chez Mrs. Lee et l'avait en quelque sorte placé sous sa garde. Il était jeune, pas mal de sa personne, assez intelligent; mais il attachait trop d'importance aux faits et entendait mal la plaisanterie. Il avait l'habitude de se tirer d'une difficulté par un sourire, et, quand il parlait, il était toujours distrait ou ému ; il commettait des étourderies et souriait ensuite comme pour s'excuser, ou encore ses paroles se pressaient en sortant de sa bouche et se barraient elles-mêmes le passage. Peut-être ses façons étaient-elles un peu ridicules, mais il avait bon cœur, bonne tête, et un titre.

Il trouva grâce aux yeux de Sibylle et de Victoria Dare, qui refusèrent d'admettre d'autres femmes dans la partie, mais elles ne firent aucune objection à l'admission de M. Ratcliffe.

Quant à Lord Dunbeg, c'était un admirateur enthousiaste du Général Washington, et, dans l'intimité, il laissait entendre qu'il était désireux d'étudier sous toutes ses faces la société américaine. Il était ravi d'aller avec une société peu nombreuse, et Miss Dare se promit à part elle de lui montrer une de ces faces de la société américaine.

La matinée était chaude, le ciel doux, le petit bateau à vapeur était amarré au quai tranquille où, seuls, quelques nègres regardaient nonchalamment les préparatifs du départ.

Carrington, avec Mrs. Lee et les jeunes filles, arrivèrent les premiers et s'appuyèrent à la balustrade en attendant l'arrivée de leurs compagnons.

Vint ensuite M. Gore, habillé avec goût, ganté, et portant un léger par-dessus de printemps; car M. Gore avait grand soin de sa tenue et tirait vanité de sa bonne tournure.

Puis, une jolie femme aux yeux bleus et aux cheveux blonds, vêtue de noir, et tenant une petite fille par la main, monta sur le bateau; Carrington s'approcha d'elle et lui serra la main.

Quand il revint auprès de Mrs. Lee, celle-ci le questionna sur sa nouvelle connaissance, et il lui répondit avec un léger sourire, comme s'il n'en était pas bien fier, que c'était une cliente, une jolie veuve, bien connue à Washington.

— Tous les habitués du Capitole pourraient vous dire son histoire. Elle était la femme d'un *lobbyist* fameux, mort il y a à peu près deux ans. Les membres du Congrès ne savent rien refuser à un joli visage; or elle incarnait à leurs yeux le type de la perfection féminine. Mais cependant ce n'est qu'une petite niaise. Son mari est mort après une très-courte maladie et, à ma grande surprise, il m'a fait son exécuteur testamentaire. J'imagine qu'il pensait pouvoir me confier ses papiers qui étaient importants et compromettants, car il paraît n'avoir pas eu le temps de les revoir et de détruire ce qui en devait disparaître. Vous me voyez ainsi chargé de veiller sur sa veuve et sur son enfant. Elles sont heureusement bien pourvues.

— Vous ne m'avez pas encore dit son nom.

— Son nom est Baker... Mrs. Sam Baker. Mais le bateau quitte le quai, et M. Ratcliffe va rester en arrière. Je vais demander au capitaine d'attendre un peu.

Pendant ce temps, une douzaine de passagers étaient arrivés; parmi eux se trouvaient les deux comtes, suivis d'un valet de pied porteur d'un panier à lunch plein de promesses; on était déjà en train de relever la passerelle, quand une voiture arriva à toute vitesse sur le quai; M. Ratcliffe sauta à terre et s'élança sur le bateau.

— Au large aussi vite que vous pourrez! — dit-il aux matelots nègres.

Un moment après le petit steamer commençait son voyage, battant de ses aubes les eaux boueuses du Potomac et envoyant au ciel une petite colonne de fumée, comme un encensoir d'un nouveau genre, en approchant du temple de la divinité nationale.

Ratcliffe, tout joyeux, expliqua avec quelle difficulté il avait pu échapper à ses visiteurs en leur disant que le Ministre d'Angleterre l'attendait et qu'il serait bientôt de retour.

— S'ils avaient su où j'allais, — dit-il, — vous auriez vu le bateau couler sous le poids des chercheurs d'emplois. L'État de l'Illinois à lui seul vous aurait fait trouver votre tombeau dans les flots.

Il était de très-bonne humeur et disposé à jouir de ce jour de congé, et lorsqu'ils passèrent devant l'arsenal avec son unique sentinelle et devant l'arsenal de la marine avec un unique steamer de guerre en bois, incapable de tenir la mer, il montra à Lord Skye ces preuves de la grandeur nationale et le menaça, comme du châtiment suprême pour les diplomates, de le renvoyer chez lui sur une frégate américaine.

Tandis qu'on s'abandonnait ainsi à l'esprit sénatorial d'un côté du bateau, Sibylle et Victoria, avec l'aide de M. Gore et de Carrington, faisaient l'éducation de Lord Dunbeg.

Miss Dare, ayant enfin trouvé un siège où elle pouvait se reposer et dominer en même temps les autres, prit un air plus sérieux et plus sévère qu'à l'habitude, et attendit que son noble voisin lui donnât l'occasion de faire étalage de ses talents devant lui, exhibition qui, pensait-elle, pourrait faire entrer son existence dans une phase nouvelle.

Miss Dare était une de ces jeunes filles comme on en rencontre parfois en Amérique, dont la vie semble dénuée de but, et qui, tout en paraissant se consacrer aux hommes, ne s'en soucient nullement, mais qui ne connaissent de plus grand plaisir que de violer les règles de la société; elle ne faisait aucune parade des qualités qu'elle pouvait avoir, mais elle passait son temps à se moquer de tout le monde et d'elle-même.

— Quel beau fleuve! — remarqua Lord Dunbeg lorsque le bateau prit le large sur la grande rivière. — Je suppose que vous y naviguez souvent?

— Je n'y suis jamais venue de ma vie avant aujourd'hui, — répondit la peu véridique Miss Dare. — Nous n'en faisons pas grand cas; il est trop petit; nous sommes habitués à des fleuves bien plus grands.

— Je crains fort, dans ce cas, que vous n'aimiez pas nos rivières anglaises ; ce sont de simples ruisseaux en comparaison du Potomac.

— Vraiment!... — dit Victoria avec un air de vague surprise. — Comme c'est curieux!... Dans ce cas, il me semble que je ne voudrais pas être Anglaise. Je ne pourrais pas vivre sans grands fleuves.

Lord Dunbeg eut un regard ébahi et laissa entendre que cela n'était guère raisonnable.

— A moins d'être comtesse, cependant, — poursuivit Victoria, pensive, en regardant Alexandrie [1] sans faire attention à Sa Seigneurie. — Je crois que je pourrais m'y faire si j'étais c... c... comtesse. C'est un si joli titre!...

— Celui de duchesse est généralement considéré comme plus joli, — bégaya Lord Dunbeg, fort embarrassé.

Le jeune homme n'était pas habitué au persiflage féminin.

— Je me contenterai du titre de comtesse. Cela sonne bien. Je suis étonnée que vous n'aimiez pas ce titre.

Lord Dunbeg, inquiet, regarda autour de lui pour trouver une issue, mais il était barricadé.

— Il me semble, — continua Victoria, — que ce doit être pour vous une responsabilité terrible que le choix d'une comtesse. Comment faites vous?

[1] Ville voisine de Washington.

Lord Dunbeg, quoique fort agacé, se joignit au rire général lorsque Sibylle s'écria : —

— Oh! Victoria!...

Mais Miss Dare continua sans sourire et sans élever sa voix monotone : —

— Voyons, Sibylle, ne m'interrompez pas, s'il vous plaît. La conversation de Lord Dunbeg m'intéresse profondément. Il comprend que mon intérêt est purement scientifique, mais il est nécessaire à mon bonheur de savoir comment on choisit des comtesses. Lord Dunbeg, comment recommanderiez vous à un ami de choisir une comtesse?

Lord Dunbeg commençait à s'amuser de son effronterie, et il essaya même pour la satisfaire d'établir quelques règles pour le choix d'une comtesse; mais longtemps avant qu'il eût inventé sa première règle, Victoria s'était lancée sur un autre sujet.

— Qu'est-ce que vous aimeriez le mieux être, Lord Dunbeg... comte ou George Washington?

— George Washington, certainement, — fut la réponse courtoise mais un peu effarée du comte.

— Vraiment?... — demanda-t-elle langoureusement avec un air de surprise. — C'est effroyablement bon à vous de le dire, mais naturellement vous ne pouvez pas le penser.

— Mais si, vraiment, je le pense.

— Est-ce possible?... Je ne l'aurais jamais cru.

— Pourquoi pas, miss Dare?

— Vous n'avez pas l'air de désirer être George Washington.

— Mais encore une fois, pourquoi pas?

— Certainement. Avez-vous jamais vu George Washington?

— Non, naturellement. Il est mort cinquante ans avant ma naissance.

— Je le pensais bien. Vous voyez que vous ne le connaissez pas. Maintenant voulez-vous nous donner une idée de ce que vous vous figurez que devait être la figure de George Washington?

Lord Dunbeg fit une description flatteuse du Général Washington, avec des réminiscences du portrait de Stewart et de la statue de Jupiter Olympien par Gree nough avec les traits de Washington, qui se trouve dans le square du Capitole.

Miss Dare l'écouta avec une hauteur impatiente et, quand il eut terminé, elle compléta ses renseignements de la manière suivante : —

— Tout ce que vous venez de dire n'est que sornettes..... excusez la vulgarité de l'expression. Si jamais je deviens comtesse, je corrigerai mon langage. La vérité est que le Général Washington était un vigoureux fermier campagnard, aux traits très-durs, très-gauche, très-illettré, et très-lourd; il avait très-mauvais caractère, il jurait toujours, et il était généralement ivre après son dîner.

— Vous me renversez, miss Dare! — s'écria Lord Dunbeg.

—Oh! je connais toute la vie du Général Washington. Mon grand-père le connaissait intimement, et ils ont souvent passé ensemble des semaines entières à Mount-

Vernon. Il ne faut croire un mot ni de ce que vous lisez, ni de ce que M. Carrington vous dira. Il est Virginien, et il vous racontera un tas de belles histoires qui n'en finiront plus et dans lesquelles il n'y aura pas un mot de vrai. Nous sommes tous patriotes quand il s'agit de Washington, et nous nous plaisons à cacher ses fautes. Si je n'étais pas parfaitement sûre que vous ne le répéterez jamais, je ne vous dirais pas tout cela. La vérité est que même lorsque George Washington était encore enfant, il avait un caractère si violent que personne ne pouvait l'approcher. Un jour, dans un accès de rage, il coupa tous les arbres fruitiers de son père, puis, uniquement parce qu'on voulait le punir pour ce fait, il menaça de fendre la tête à son père avec une hachette. Il a fait endurer à sa vieille femme toutes espèces de tourments. Mon grand-père m'a souvent raconté qu'il avait vu le Général pincer sa femme et lui lancer des jurons à la tête jusqu'à ce que la pauvre créature quittât la chambre tout en larmes; et comment une fois à Mount-Vernon il avait vu Washington, déjà très-vieux, s'élancer tout à coup sur un innocent visiteur, le chasser et le frapper sur la tête avec un grand bâton noueux, tout simplement parce qu'il avait entendu le pauvre homme bégayer, et qu'il n'avait jamais pu supporter le bégaiement.

Carrington et Gore éclatèrent de rire à cette description du Père de la Patrie, mais Victoria continua de sa voix douce et traînante à renseigner Lord Dunbeg sur d'autres points encore à l'aide d'informations tout aussi mensongères, jusqu'à ce que celui-ci en arrivât à

7

cette conclusion qu'elle était décidément la femme la plus excentrique qu'il eût jamais rencontrée.

Le bateau arriva à Mount-Vernon qu'elle était encore occupée à lui faire des descriptions de la société américaine et de ses manières; elle l'entretenait principalement des règles, en vertu desquelles une demande en mariage s'imposait à lui.

Il courait, disait-elle, un péril imminent : dans tous les États, au sud du Potomac, il est d'usage que les messieurs, principalement les étrangers, demandent dans chaque ville au moins une jeune fille en mariage.

— Et pas plus tard qu'hier, — disait Victoria, — j'ai reçu une lettre d'une aimable fille de la Caroline du Nord, une bonne amie à moi, qui m'écrit qu'elle est très-ennuyée parce que ses frères se sont rendus, avec des armes chargées, chez un jeune Anglais; elle craint fort qu'il n'en réchappe et après tout elle croit qu'elle l'aurait refusé, s'il avait fait sa demande

Cependant, Madeleine, sans se laisser troubler par les rires qui partaient de l'entourage de Miss Dare, babillait, grave et sérieuse, avec Lord Skye et le Sénateur Ratcliffe à l'autre bout du bateau.

Lord Skye, un peu enthousiasmé aussi par la splendeur de la matinée, poussait des exclamations admiratives sur le magnifique fleuve et accusait les Américains de ne pas apprécier les beautés de leur propre pays.

— Votre esprit national n'a pas de paupières, — dit-il. — Il lui faut une lumière éclatante et une route battue, et il aime l'ombrage qu'on peut couper au couteau. Il ne comprend pas la beauté d'un doux hiver de Virginie.

Mrs. Lee repoussa cette accusation. Elle soutint que l'Amérique n'avait pas encore, comme l'Europe, usé son sentiment jusqu'à la corde. Son histoire est encore à faire, elle attend son Burns et son Scott, son Wordsworth et son Byron, son Hogarth et son Turner.

— Vous voulez des pêches au printemps, — dit-elle. — Donnez-nous mille étés, et ensuite vous serez en droit de vous plaindre, si nos pêches ne sont pas aussi mûres que les vôtres. Nos voix mêmes pourraient alors être douces, — ajouta-t-elle en lançant à Lord Skye un regard significatif.

— Nous aurons toujours le dessous dans nos discussions avec Mrs. Lee, — dit-il à Ratcliffe. — Non contente d'être avocat, elle se fait témoin. Les lèvres de la célèbre Duchesse de Devonshire n'étaient pas de beaucoup si persuasives que la voix de Mrs. Lee.

Ratcliffe écoutait avec attention et approuvait toutes les fois qu'il croyait faire plaisir à Mrs. Lee.

Il aurait beaucoup donné pour pénétrer le sens précis des tons et des demi-tons, des couleurs et des harmonies qui revenaient dans le cours de la discussion.

Ils arrivèrent et lentement se mirent à gravir le chemin ensoleillé. Ils s'arrêtèrent au tombeau, comme le fait tout bon Américain, et M. Gore, d'un ton de douce tristesse, fit une petite allocution.

— Ce tombeau deviendrait attristant si l'on essayait de l'embellir, — dit-il, en en mesurant les proportions avec le coup d'œil esthétique du Bostonien instruit. —

Tel qu'il est, ce tombeau est le signe d'un malheur ordinaire qui peut nous arriver à tous; il ne faut pas trop
nous en chagriner. Mais quelles seraient nos sensations, si une commission du Congrès le reconstruisait
en marbre blanc avec des poivrières gothiques et le
dorait en dedans sur du stuc moulé à la mécanique!

Madeleine cependant insistait sur ce point que le
tombeau se trouvait placé au seul endroit privé de repos
dans tout le paisible paysage, et qu'il choquait ainsi
toutes nos idées de repos de la tombe.

Ratcliffe ne comprenait rien à cette objection.

Ils continuèrent leur promenade, flânant sur la pelouse
et parcourant la maison de Washington.

Leurs yeux, fatigués de la sévérité des couleurs et
des lignes de l'architecture de la ville, s'arrêtèrent avec
plaisir sur ces lambris usés et ces murs dégradés.

Quelques-unes des pièces étaient encore habitées;
des feux brûlaient dans les grandes cheminées; toutes
étaient suffisamment meublées, et la vue n'était pas
choquée par des traces de réparations ou de change-
ments récents.

Ils montèrent l'escalier, et Mrs. Lee rit de bon cœur
lorsqu'on lui montra la chambre dans laquelle le Général
Washington couchait et où il est mort.

Carrington sourit également.

— Nos vieilles maisons de Virginie ressemblaient en
général à celle-ci, — dit-il. — En bas, des enfilades de
grandes salles; en haut, ces immenses casernes nues. La
maison en Virginie était une sorte d'hôtel. Quand il
y avait une fête, un mariage ou un bal, et que la mai-

son était pleine, on trouvait tout naturel de faire coucher une demi-douzaine de gens dans une même pièce, et si elle était spacieuse, on tendait un drap en travers pour séparer les hommes des femmes. Quant à la toilette, à cette époque on n'éprouvait pas encore le besoin de prendre des bains froids tous les matins. Chez nos ancêtres, un petit lavage suffisait pour longtemps.

— Est-ce que vous vivez encore de la sorte en Virginie? — demanda Madeleine.

— Oh! non, tout cela a changé. Nous vivons aujourd'hui comme partout à la campagne, et nous prenons l'habitude de payer nos dettes, ce que cette génération ne faisait jamais. Ils vivaient au jour le jour. Ils avaient des écuries remplies de chevaux. Les jeunes gens couraient sans cesse le pays à cheval, pariant aux courses, jouant gros jeu, buvant, se battant, et courtisant les filles. On ne savait au juste ce qu'on possédait, et quand enfin la débâcle arriva, il y a environ cinquante ans, ce fut la fin.

— C'est tout à fait ainsi que les choses se sont passées en Irlande! — dit Lord Dunbeg, que ces détails intéressaient vivement, et qui pensait à son article du *Quarterly*. — La ressemblance est parfaite, même jusqu'à l'intérieur des maisons.

Mrs. Lee demanda brusquement à Carrington s'il regrettait l'ancien ordre de choses.

— On ne peut s'empêcher de rien regretter, — dit-il, — de ce qui a produit George Washington ainsi qu'une foule d'hommes comme lui. Mais je crois néanmoins que nous retrouverions ces mêmes hommes si nous avions le même champ d'action à leur offrir.

— Et reconstitueriez-vous l'ancienne société si vous le pouviez? — demanda-t-elle.

— A quoi bon? Elle ne pourrait se maintenir. Le Général Washington lui-même ne pourrait la sauver. Avant sa mort, déjà, il avait perdu son influence en Virginie, et sa puissance touchait à sa fin.

La société se sépara pendant quelque temps, et Mrs. Lee se trouva seule dans le salon.

Tout à coup la blonde Mrs. Baker entra avec son enfant qui courait partout et qui faisait plus de tapage que Mrs. Washington ne l'eût permis.

Madeleine, comme toutes les femmes, aimait les enfants; elle appela la petite fille et lui montra les bergers et les bergères sculptés sur le marbre blanc de la cheminée; elle inventa là-dessus une petite histoire pour amuser l'enfant.

La mère resta près d'elle, et l'histoire finie, elle remercia la conteuse avec plus d'enthousiasme que de raison.

Mrs. Lee ne goûtait pas les manières expansives de cette femme; aussi fut-elle contente de voir Lord Dunbeg apparaître sur le seuil de la porte.

— Comment trouvez-vous le Général Washington chez lui? — demanda-t-elle.

— Vraiment, je vous assure que je me trouve moi-même ici comme chez moi, — répliqua Lord Dunbeg avec un sourire plus rayonnant que jamais. — Je suis certain que le Général Washington était Irlandais. Je le reconnais rien qu'à voir sa maison. Je me propose de faire des recherches à ce propos et d'en écrire un article.

— Eh bien, si vous êtes prêts, — dit Madeleine, — je crois que nous avons un lunch; j'ai pris la liberté de donner ordre qu'on le servit dehors.

On avait improvisé une table, et Miss Dare examinait le lunch et faisait des observations sur la cuisine et la cave de Lord Skye.

— J'espère que c'est du champagne très-sec, — dit-elle, — c'est horriblement inconvenant d'aimer le champagne doux.

Cette jeune personne ne se connaissait pas plus en champagne sec ou en champagne doux qu'en vin d'Ulysse, si ce n'est cependant qu'elle buvait les deux avec une égale satisfaction, mais elle voulait imiter un secrétaire de la Légation Britannique qui lui avait servi de cavalier au souper de sa dernière soirée.

Lord Skye la pria de goûter son vin, ce qu'elle fit en remarquant avec beaucoup de gravité qu'à cinq pour cent près il était ce qu'elle présumait. Encore un emprunt fait à son secrétaire, mais elle ne savait pas plus ce que cela voulait dire qu'un perroquet n'entend ses jacoteries.

Le lunch fut excellent, et les convives très-gais.

Quand il fut terminé, on permit aux hommes de fumer, et la conversation reprit une allure calme, menaçant même vers la fin de devenir sérieuse.

— Vous qui aimez les demi-teintes, — dit Madeleine à Lord Skye, — j'imagine que les murs de cette maison vous en offrent assez pour vous délecter?

Lord Skye fut d'avis que cela tenait sans doute à ce fait que Washington appartenant à l'univers entier, il avait dans ses goûts fait exception aux habitudes locales.

— N'êtes-vous pas séduit par le calme de ce lieu? — continua-t-elle. — Regardez ce jardin bizarre, et cette pelouse raboteuse, et le grand fleuve qui coule devant, et ce vieux fort de l'autre côté de l'eau! Tout est paisible, jusqu'à la petite chambre à coucher du pauvre vieux Général. On aimerait à s'y coucher et à y dormir pendant un siècle ou deux. Et pourtant cet affreux Capitole avec ses chercheurs d'emplois n'est qu'à dix milles d'ici!...

— Non, ceci est plus que je n'en puis supporter! — interrompit Miss Victoria, faisant un aparté comme au théâtre. — Cet affreux Capitole!... Mais sans cet affreux Capitole, pas un de nous ne serait ici!... excepté moi, peut-être.

— Vous feriez très-bien dans le rôle de Mrs. Washington, Victoria.

— Miss Dare a eu l'extrême obligeance de nous donner ce matin son opinion sur le caractère du Général Washington, — dit Lord Dunbeg, — mais je n'ai pas encore eu le temps de demander celle de M. Carrington.

— Tout ce que dit Miss Dare a de la valeur, — répondit Carrington, — mais les faits, voilà son fort.

— Gardez vos flatteries, monsieur Carrington, — dit Miss Dare de sa voix traînante; — je n'en ai que faire, et cela ne vous sied point. Dites-moi, Lord Dunbeg, est-ce que M. Carrington ne réalise pas un peu l'idée que vous vous faites du Général Washington qui nous serait rendu dans la fleur de sa jeunesse?

— Après la description que vous m'avez faite du Général Washington, miss Dare, comment voulez-vous que je partage cet avis?

— Somme toute, — dit Lord Skye, — je crois que nous devons convenir que Miss Dare a tout à fait raison, quant aux charmes de Mount-Vernon; Mrs. Lee elle-même a avoué, en montant, que le Général, le seul hôte permanent de ce lieu, a l'air de se morfondre d'ennui dans sa tombe. Moi-même je n'aime pas votre horrible Capitole là-bas, mais je le préfère à une vie champêtre ici. Voilà comment je m'explique la faible dose d'enthousiasme que m'inspire votre grand Général. Il n'aimait aucun autre genre de vie que celui-ci. Il me paraît plus grand dans le rôle d'un planteur de Virginie atteint de nostalgie que dans celui de Général et de Président. Je lui pardonne sa grande paresse d'esprit, ce n'était pas un diplomate et ce n'était pas son affaire de mentir, mais il aurait dû, pour varier un peu, oublier quelquefois Mount-Vernon.

Ici Lord Dunbeg éclata en une protestation indignée; ses paroles semblaient se bousculer dans leur hâte à toutes sortir les premières.

— Nos plus grands Anglais ont été des gentilshommes campagnards qui avaient la nostalgie de leur pays. Moi-même je suis gentilhomme campagnard et j'ai le mal du pays.

— Comme c'est intéressant!... — dit Miss Dare à voix basse.

À ce moment, M. Gore prit part à la conversation.

— C'est fort bien à vous, messieurs, de mesurer le

7.

Général Washington avec votre règle de charpentier à douze pouces. Mais que nous direz-vous à nous, fils de la Nouvelle-Angleterre, qui n'avons jamais été gentils-hommes campagnards et qui n'avons jamais aimé la Virginie? Qu'est-ce que Washington a jamais fait pour nous? Il n'a même pas pris la peine de nous faire croire qu'il nous aimait. C'est à peine s'il a été courtois pour nous. Je ne l'accuse pas; tout le monde sait qu'il n'a jamais eu d'attachement que pour Mount-Vernon. Malgré cela, c'est notre idole. Pour nous, il est la Moralité, la Justice, le Devoir, la Vérité, une demi-douzaine de divinités romaines avec des lettres majuscules. Il est austère, simple, grand; on devrait le diviniser. Je ne me sens pas à l'aise quand je mange, bois, et fume ici, sous son portique, sans sa permission, me permettant des libertés envers sa maison et critiquant sa chambre à coucher en son absence. Admettez que j'entende maintenant son cheval trotter de l'autre côté et qu'il apparaisse subitement à cette porte et nous regarde. Je vous abandonnerais à son indignation. Je me sauverais et j'irais me cacher sur le steamer. Cette pensée seule m'enlève tout sentiment humain.

Ratcliffe paraissait s'amuser de ces opinions moitié plaisantes, moitié graves de Gore.

— Vous me rappelez mes propres sentiments, — dit-il, — lorsque j'étais enfant et que mon père me faisait apprendre par cœur le *Discours d'adieu* [1]. A cette époque, le Général Washington était une espèce de

[1] Prononcé lorsque Washington déposa le commandement en chef, la paix ayant été signée avec l'Angleterre.

Jéhovah américain. Mais dans l'Ouest, on est à une mauvaise école de vénération. Depuis que je suis entré au Congrès, j'ai appris à mieux connaître le Général Washington, et j'ai été surpris de voir sur quelle étroite base sa réputation est établie. Officier médiocre, il a commis de nombreuses bévues et n'a jamais eu plus d'hommes sous ses ordres qu'il n'en faudrait pour composer un corps d'armée. Il a acquis une immense réputation en Europe, parce qu'il ne s'est pas fait roi... comme si jamais il avait eu l'occasion de le faire! Président estimable et laborieux, il fut traité par l'opposition avec tant de déférence que le gouvernement aurait été facile même pour un baby, et cependant cette opposition si respectueuse l'ennuyait à périr. Ses rapports officiels sont bien rédigés et dénotent ce bon sens moyen, dont cent mille individus dans les États-Unis feraient preuve de nos jours. Je soupçonne que la moitié de son attachement pour ces lieux venait de ce qu'il avait conscience de sa médiocrité et de la peur qu'il avait de toute responsabilité. Le gouvernement peut aujourd'hui mettre sur les rangs une douzaine d'hommes de capacités égales à celles de Washington, mais nous ne les déifions pas. Ce qui m'étonne le plus en lui, ce n'est nullement son génie militaire ou politique, car je ne crois pas qu'il en ait eu beaucoup, mais c'est la singulière prudence de Yankee dont il faisait preuve en affaires d'argent. Il se sentait très-riche, et pourtant il n'a jamais dépensé inutilement un dollar. C'est presque le seul Virginien, à ma connaissance, qui, ayant occupé des fonctions publiques, ne soit pas mort insolvable.

Pendant ce long discours, Carrington avait jeté un regard à Madeleine, et leurs yeux s'étaient rencontrés. Le jugement de Ratcliffe n'était pas de son goût. Carrington put comprendre qu'elle considérait ces idées comme indignes du Sénateur, et qu'elle en était exaspérée.

— Je vais tendre un petit piège à M. Ratcliffe, — pensa Carrington, — nous verrons comment il s'en tirera.

Il commença donc, au milieu de l'attention générale, car, le sachant Virginien, on pouvait supposer qu'il connaissait la question à fond, et, de plus, sa famille s'était trouvée dans la confidence de Washington lui-même.

— Les habitants des environs se sont raconté pendant bien des années et se racontent peut-être encore, quelques curieuses histoires sur la parcimonie de Washington. On disait qu'il n'achetait jamais une chose au poids sans la faire peser de nouveau, ni à la quantité sans faire recompter, et si le poids ou le nombre n'étaient pas exacts, il la renvoyait. Une fois, en son absence, son régisseur avait fait remettre en état les plâtres d'une pièce et avait payé la note du plâtrier. Au retour du Général, il mesura la chambre et trouva que le plâtrier avait compté quinze shillings de trop. Dans l'intervalle, le plâtrier était mort; le Général fit une revendication de quinze shillings sur ses biens, et ils furent remboursés. Une autre fois, un de ses locataires lui apportait son loyer. Il manquait quatre pence pour faire le compte exact. L'homme tendit un dollar et demanda au Général de mettre la différence à son crédit pour le loyer de l'année suivante. Le Général refusa et lui fit faire neuf milles à cheval pour aller à Alexandrie et en rapporter les quatre pence. En revanche, il envoya un jour chercher un cordonnier à Alexandrie pour venir lui prendre mesure de souliers. Le cordonnier répondit qu'il n'allait chez personne pour prendre mesure, et le Général monta à cheval et fit ces mêmes neuf milles pour aller chez le cordonnier. Une de ses règles était de payer dans les auberges la même somme pour les repas de ses domestiques que pour les siens. Un aubergiste lui présenta une note de trois shillings neuf pence pour son déjeuner personnel et de trois shillings pour celui de son valet. Washington insista pour qu'il ajoutât les neuf pence de surplus, ne mettant pas en doute que le valet eût mangé autant que lui. Que dites-vous de ces anecdotes?... Était-ce de la ladrerie ou non?...

Ratcliffe s'amusait.

— Ces histoires sont nouvelles pour moi, — dit-il. — C'est, tout comme je le pensais, incontestablement le fait d'un homme qui pense beaucoup aux bagatelles et qui fait du bruit pour rien. Nous ne faisons plus les choses de la sorte maintenant que nous n'avons plus besoin de faire produire des récoltes au granit, comme on avait l'habitude de le faire dans le New-Hampshire lorsque j'étais enfant.

Carrington répondit que c'était malheureux pour les Virginiens de n'avoir pas fait alors les choses de cette manière-là; s'ils l'avaient fait, ils ne se seraient pas ruinés.

Gore hocha gravement la tête.

— Ne vous l'ai-je pas dit? — fit-il. — Cet homme n'était-il pas la vertu personnifiée? Je vous le jure sur l'honneur, mon admiration pour lui va jusqu'à la terreur, et je rougis de fouiller ainsi dans les détails de sa vie. Que nous importe la manière dont il appliquait ses principes en matière de bonnets de nuit ou de torchons à essuyer? Nous ne sommes pas ses valets de chambre, et ses infirmités ne nous regardent pas. Qu'il nous suffise de savoir qu'il était, jusque dans les moindres détails, esclave de ses principes de vertu, et que chacun de nous se prosterne devant son tombeau.

Lord Dunbeg réfléchit profondément, puis il demanda à Carrington si tout cela ne faisait pas en fin de compte du Père de la Patrie un politicien assez grossier.

— M. Ratcliffe en sait plus long que moi sur la politique. Demandez-lui, — dit Carrington.

— Washington n'était pas politicien du tout, dans le sens que nous donnons à ce mot, — répondit brusquemment Ratcliffe. — Il se tenait en dehors de la politique. La chose ne pourrait se faire aujourd'hui. Le pays n'aime pas ces airs de royauté.

— Je ne comprends pas, — dit Mrs. Lee. — Pourquoi ne pourriez-vous pas le faire à présent?

— Parce que moi-même, je me moquerais de moi, — répondit Ratcliffe.

Il était très-flatté à l'idée que Mrs. Lee le mettait sur le même niveau que Washington, tandis qu'elle voulait lui demander tout simplement pourquoi la chose ne pouvait se faire, et ce petit trait de la vanité de Ratcliffe était sans pareil.

— M. Ratcliffe pense que Washington serait trop honnête homme pour notre époque, — interrompit Carrington.

Cela fut dit de propos délibéré pour exaspérer Ratcliffe, et cela réussit d'autant plus que Mrs. Lee se tournant vers Carrington lui dit, avec une certaine aigreur : —

— Est-ce donc le seul fonctionnaire honnête que nous ayons jamais eu?

— Oh! non, — répondit Carrington de bonne grâce, — nous en avons eu un ou deux autres.

— Si tous les autres Présidents lui avaient ressemblé, — dit Gore, — nous aurions moins de vilaines taches dans notre courte histoire.

Ratcliffe était exaspéré de l'habitude prise par Carrington de toujours ramener la discussion sur ce point. Il prit cette remarque pour une injure personnelle, et il savait qu'elle avait été faite intentionnellement.

— Les hommes publics ne peuvent pas revêtir aujourd'hui les vieux habits de Washington, — s'écria-t-il.

— Si Washington était Président de nos jours, il serait forcé d'apprendre nos procédés, ou il courrait risque de compromettre sa prochaine élection. Seuls des fous ou des théoriciens peuvent s'imaginer que pour gouverner notre société actuelle il suffit de prendre ses gants et sa canne. Il faut en faire partie soi-même. Si la vertu ne répond pas à nos desseins, il faut nous servir du vice, ou nos adversaires nous chasseraient de nos places, et c'était aussi vrai du temps de Washington qu'aujourd'hui, et cela le sera toujours.

— Allons, — dit Lord Skye, qui commençait à redouter une vraie querelle, — la conversation tend à dégénérer en haute trahison, et je suis accrédité auprès de ce gouvernement. Allons plutôt voir le parc.

Par une sorte de sympathie naturelle, Lord Dunbeg fut poussé à se promener aux côtés de Miss Dare à travers le vieux jardin si original.

Son esprit étant fort occupé à emmagasiner les impressions qu'il venait de recevoir, il fut donc plus distrait encore qu'à l'ordinaire, ce qui irrita fort la jeune fille.

Elle fit quelques observations sur les fleurs; elle en inventa quelques nouvelles espèces avec des noms effrayants, et lui demanda si elles étaient connues en Irlande; mais Lord Dunbeg faisait des réponses si vagues qu'elle vit qu'il fallait renoncer à l'accaparer.

— Tiens! voilà un vieux cadran solaire. Avez-vous des cadrans solaires en Irlande, Lord Dunbeg?

— Oui... oh! certainement!... Quoi! des cadrans solaires?... Oh! oui!... Je vous promets qu'il y a beaucoup de cadrans solaires en Irlande, miss Dare.

— J'en suis enchantée. Mais je suppose qu'ils servent simplement d'ornements. Ici c'est tout à fait le contraire. Regardez celui-ci; ils se comportent tous de cette façon. Notre soleil les use trop vite; ils ne peuvent pas durer longtemps. Mon oncle, qui a une résidence à Long Branch, a usé quinze cadrans solaires en dix ans.

— Comme c'est curieux! Mais réellement, miss

Dare, je ne vois pas comment les cadrans solaires peuvent s'user.

— Vraiment?... C'est bien étrange! Comment! vous ne voyez pas qu'ils se baignent dans la lumière du soleil et qu'ils ne peuvent pas garder l'ombre! C'est comme moi, voyez-vous. J'ai toujours tant de bon temps que je ne puis être malheureuse. Avez-vous jamais lu l'*OEil de Faucon de Burlington* [1], Lord Dunbeg?

— Je ne me le rappelle pas... je ne crois pas. Est-ce une publication périodique américaine? — soupira Lord Dunbeg avec peine et faisant de vigoureux efforts pour suivre Miss Dare dans ses audacieuses excursions.

— Non... pas périodique du tout! — répondit Victoria. — Mais j'ai peur que vous ne trouviez cela très-difficile à lire. Je n'essaierais pas à votre place.

— Est-ce que vous le lisez beaucoup, miss Dare?

— Oh! toujours! Je ne suis réellement pas aussi frivole que j'en ai l'air. Mais j'ai un avantage sur vous parce que je connais la langue.

Cette boutade réveilla Lord Dunbeg, et Miss Dare, satisfaite de ce succès, condescendit à être plus raisonnable, jusqu'à ce qu'une légère ombre de sentiment vint à voltiger sur leur chemin.

Mais les promeneurs éparpillés furent bientôt obligés de se réunir.

La cloche du steamer sonna le retour, ils descendirent en file par les allées et reprirent leurs places sur le bateau.

[1] Revue hebdomadaire très-spirituelle publiée à Burlington (Iowa).

Tandis que le steamer s'éloignait, Mrs. Lee observa le coteau ensoleillé et la paisible maison qui le couronnait jusqu'à ce qu'elle ne pût plus les voir, et plus elle regardait, moins elle était contente d'elle-même.

Était-ce donc vrai, comme le disait Victoria Dare, qu'elle ne pourrait vivre dans un air aussi pur? Les épaisses vapeurs de la ville lui étaient-elles donc réellement nécessaires? S'était-elle peu à peu imprégnée, sans s'en douter, de la vie qui l'entourait? ou Ratcliffe avait-il raison d'accepter à la fois le bien comme le mal, et d'être de son temps puisqu'il y vivait?

— Pourquoi, — se demanda-t-elle avec amertume, — Washington a-t-il purifié tout ce qu'il touchait jusqu'aux détails de son intérieur, tandis que tout ce que nous touchons paraît souillé? Pourquoi me trouvé-je impure en regardant Mount-Vernon? Malgré M. Ratcliffe, ne vaudrait-il pas mieux être enfant et demander en pleurant la lune et les étoiles?

La petite Baker revint auprès d'elle et se mit à jouer avec son ombrelle.

— Qui est-ce donc que votre petite amie? — demanda Ratcliffe.

Mrs. Lee répondit vaguement que c'était la fille de cette jolie dame en noir; elle croyait qu'elle s'appelait Baker.

— Baker, dites-vous?... — répéta Ratcliffe.

— Baker... Mrs. Sam Baker; au moins c'est ce que M. Carrington m'a dit; il prétend que c'est une de ses clientes.

En effet, Ratcliffe vit bientôt Carrington s'approcher de cette dame et rester auprès d'elle pendant le reste du voyage.

Ratcliffe les observa attentivement, et à mesure que le steamer se rapprochait du rivage, il s'absorba de plus en plus dans ses réflexions.

Carrington était très-gai : il avait le sentiment d'avoir joué son jeu avec un succès peu ordinaire.

Miss Dare elle-même daigna le trouver charmant ce jour-là. Elle affirma qu'elle était elle-même le portrait moral de Marthe Washington, et elle entama une discussion pour savoir qui de Carrington ou de Lord Dunbeg lui conviendrait le mieux dans le rôle du Général.

— M. Carrington est un homme accompli, — dit-elle, — mais... oh! quel bonheur ce serait d'être en même temps Marthe Washington et comtesse!

VII.

Lorsqu'il rentra chez lui, ce soir-là, le Sénateur Ratcliffe trouva, ainsi qu'il s'y attendait, une société choisie d'amis et d'admirateurs, qui, depuis midi, avaient charmé leurs loisirs en le maudissant avec la plus grande variété de jurons que l'expérience, la mauvaise humeur et l'impatience peuvent suggérer.

De son côté, s'il n'avait consulté que ses sentiments personnels, il les aurait mis dehors sur le champ et leur aurait fermé la porte au nez.

Leurs jurons n'étaient rien encore en comparaison des malédictions qu'il murmurait entre ses dents en s'approchant de sa demeure et en pensant à leurs éternels intérêts.

Rien ne pouvait moins s'accorder avec son humeur du moment que la société qui l'attendait dans son appartement.

Il gémit intérieurement en prenant place à son bureau et en regardant autour de lui.

Des douzaines de chercheurs d'emplois assiégeaient la maison, des gens dont les services patriotiques dans la dernière élection réclamaient hautement la gratitude d'un pays reconnaissant.

Ils apportaient leurs demandes au Sénateur en le priant instamment de les appuyer et de s'en charger.

Plusieurs membres de la Chambre des Représentants et du Sénat, qui estimaient que Ratcliffe n'avait pas d'autre raison de vivre que de leur servir de protecteur et de défenseur, flânaient dans son appartement en lisant des journaux ou en consommant du tabac sous les formes les plus variées ; à de longs intervalles, ils faisaient des remarques ennuyées, comme s'ils étaient encore plus las que leurs électeurs de l'atmosphère qui entoure le plus grand gouvernement que le soleil ait jamais éclairé.

Beaucoup de correspondants de journaux, anxieux d'échanger leurs nouvelles contre les idées et les conseils de Ratcliffe, apparaissaient de temps en temps sur la scène, et, se laissant tomber sur une chaise près du bureau du Sénateur, chuchotaient mystérieusement avec lui.

Ratcliffe continua ainsi à travailler, heure sur heure, faisant machinalement ce qu'on lui demandait, signant des papiers sans les lire, répondant à des observations sans les écouter, levant à peine les yeux de son pupitre, et paraissant absorbé par son labeur.

C'était son bouclier contre la curiosité et le bavardage.

Le prétexte du travail était un rideau qu'il tirait entre lui et le monde.

Derrière ce rideau, ses opérations mentales continuaient sans qu'il se laissât déranger par son entourage ; il entendait tout ce qu'on disait et ne disait rien ou fort peu de choses lui-même.

Ses partisans respectaient cet isolement et l'y lais-saient. Il était leur prophète, et il avait droit à la tran-quillité. Il était leur chef, et tandis que les faiseurs de sa suite se penchaient dans des attitudes variées autour de lui, de temps en temps l'un d'eux parlait, un autre jurait. Pendant les périodes de silence absolu, les jour-naux et le tabac étaient leurs ressources.

Une ombre d'abattement passait ce soir-là sur les visages et dans les voix du clan Ratcliffe, ce qui n'est pas extraordinaire dans une armée à la veille d'une bataille.

Les remarques se faisaient plus rares, et plus lour-des, et plus absurdes encore qu'à l'ordinaire.

Il y avait dans leur maintien et dans leur ton une sorte de gêne venant en partie de la sympathie que leur inspirait l'abattement de leur chef, en partie des mauvais présages du temps.

Le Président devait arriver dans les quarante-huit heures, et rien n'indiquait, jusque-là, qu'il avait conve-nablement su apprécier les services rendus; on pou-vait, bien au contraire, reconnaître à des signes certains qu'il était malheureusement abusé et aveuglé, que sa faveur penchait dans un sens tout opposé, et que tous leurs sacrifices n'étaient comptés pour rien.

Il était présumable qu'il arrivait avec l'intention arrêtée de faire la guerre à Ratcliffe et de l'abattre ; de leur refuser sa protection et de l'accorder ailleurs, où elle serait le plus mal placée.

Ils se révoltaient à la pensée seule de voir leur échapper cette moisson honnêtement gagnée, ces mis-

sions étrangères, ces consulats, ces bureaux de ministères, ces emplois dans les douanes et les contributions,
ces bureaux de poste, ces agences indiennes, ces mar-
chés pour l'armée et la marine, de voir enfin, un
intrus arrivé, par hasard, dont personne ne voulait et
dont tout le monde se moquait, les frustrer de cette
riche récolte; et ils se disaient que de pareilles choses
ne devaient pas être, et que si elles étaient possibles, il
fallait désespérer de la démocratie.

Arrivés à ce point, ils s'enflammaient invariablement,
perdaient toute mesure, se mettaient à jurer.

Puis ils revenaient à leur foi en Ratcliffe : si quelqu'un au monde pouvait les tirer de là, c'était bien lui;
après tout, le Président avait tout d'abord à compter
avec lui, et il n'était pas facile de le rouler, en somme.

Pourtant, s'ils avaient pu en ce moment lire dans
l'âme de Ratcliffe et comprendre ce qui s'y passait,
peut-être leur confiance en lui aurait-elle été ébranlée.

Ratcliffe leur était supérieur de beaucoup, et il le
savait. Il vivait dans un monde à part et avait quelques
velléités raffinées. Chaque fois que ses affaires allaient
mal, ces instincts se ravivaient et dominaient pendant
quelque temps tout son être.

Pour le moment, il était plein de dégoût et de brutal
mépris pour toute forme de politique.

Pendant de longues années il avait fait de son mieux
pour son parti, il s'était vendu au diable, il avait mon-
nayé le sang de son cœur, travaillé dur, avec une obstination digne, sans manœuvres, et tout cela pourquoi?

Pour se voir refuser la candidature par son parti;

pour se voir dépouillé par un petit paysan de l'Indiana
qui affirmait hautement son intention de le *coraller* [1]
et, comme il le disait élégamment, « de lui prendre la
peau et la graisse ».

Ratcliffe n'avait pas grand'peur de perdre sa
graisse, mais il était furieux d'avoir à la défendre et de
se voir obligé de constater qu'un dévouement de
vingt ans n'avait amené que ce résultat.

Comme il arrive toujours dans ce cas, il ne prenait
pas le temps, en réglant ses comptes avec son parti,
de calculer le doit aussi bien que l'avoir, ni de se
poser à lui-même cette question qui était au fond de
son chagrin : Jusqu'à quel point avait-il servi son parti
et jusqu'à quel point s'en était-il servi?

Il n'était pas en humeur de faire un examen de
conscience, cela demande un esprit plus libre que ne
l'était le sien, en ce moment.

Quant au Président, dont il n'avait pas entendu parler depuis l'insolente lettre de Grimes, lettre qu'il
avait eu grand soin de tenir secrète, le Sénateur avait
bien envie de lui donner une leçon de jugement et
de bonnes manières.

Les événements des derniers six mois étaient de nature
à faire douter Ratcliffe de la valeur de la vie politique.

Il en avait absolument perdu le goût.

Il avait horreur de ses satellites qui ne cessaient de

---

[1] *Corral*, enclos formé au moyen des charrettes enchevêtrées
les unes dans les autres pour garantir la sécurité des chevaux
et du bétail des émigrants qui traversent les plaines de l'Ouest;
d'où le verbe *to corral* — enfermer, enclore, investir.

chiquer, de lire des journaux, dont les chapeaux faisaient avec leurs têtes tous les angles possibles, excepté l'angle voulu, et dont les pieds étaient partout, excepté à terre.

Leur conversation l'ennuyait, et leur présence lui était insupportable ; il avait hâte de s'affranchir d'un tel esclavage.

Il aurait donné sa place de Sénateur pour une maison civilisée comme celle de Mrs. Lee, dirigée par une femme comme Mrs. Lee, avec un revenu de vingt mille dollars pour le reste de ses jours.

Le seul sourire qui ce soir-là effleura ses lèvres y fut appelé par la pensée que Mrs. Lee aurait bien vite fait d'expulser de ses salons tous les faméliques de sa suite politique, et qu'elle les dresserait à se tenir dans quelque bureau, sur le derrière, avec une toile cirée pour tapis et deux chaises cannées pour tous meubles.

Il se rendait bien compte que Mrs. Lee lui était encore plus nécessaire que la Présidence elle-même ; il ne pouvait plus vivre sans elle ; il lui fallait une société humaine ; et pour soutien de sa vieillesse, une âme chrétienne, une entrée dans cette classe du monde auprès de laquelle son entourage actuel lui paraissait terne et malpropre ; une teinte enfin, de ce raffinement d'esprit et de sentiments qui le faisait paraître grossier à ses propres yeux.

Il sentait autour de lui une inexprimable solitude.

Il aurait désiré être invité à dîner chez Mrs. Lee ; mais la migraine avait forcé Mrs. Lee à se coucher de bonne heure.

8

Il ne la reverrait pas pendant une semaine entière.

Son esprit se reporta alors à la matinée passée à Mount-Vernon, et, se souvenant de Mrs. Sam Baker, il prit une feuille de papier à billet et écrivit un mot à Wilson Keen, Esq., à Georgetown [1], le priant de venir, si c'était possible, le lendemain matin vers une heure chez le Sénateur pour une affaire.

Wilson Keen était chef du bureau du service secret au Ministère des Finances, et, étant le dépositaire de tous les secrets, les Sénateurs avaient souvent recours à ses bons offices, et il rendait volontiers service principalement à ceux qui avaient la chance d'arriver au Ministère des Finances.

Ce billet expédié, M. Ratcliffe s'abandonna de nouveau à ses réflexions, lesquelles parurent le plonger de plus en plus dans le mécontentement, car il finit par murmurer un blasphème, prit Dieu à témoin qu'il n'en pouvait plus, se leva subitement, et avertit ses visiteurs qu'il regrettait de les quitter, mais qu'il ne se sentait pas bien et qu'il voulait se coucher; et il alla se coucher en effet, tandis que ses hôtes allèrent où leurs affaires ou leurs goûts les conduisirent, les uns, boire du whisky, les autres, se reposer.

Le dimanche matin M. Ratcliffe alla à l'église, comme il en avait l'habitude.

Il assistait toujours au service du matin à l'Église Méthodiste Épiscopale, pas tant par conviction religieuse que parce qu'un grand nombre de ses électeurs

---

[1] Ville située près de Washington.

allaient à l'église, et qu'il ne se souciait pas de heurter bénévolement leurs principes tant qu'il avait besoin de leurs votes.

A l'église, ses yeux étaient attentivement fixés sur le pasteur, mais, le sermon terminé, il aurait pu dire en toute sincérité qu'il n'en avait pas entendu un traître mot ; ce qui n'empêchait pas l'honorable ecclésiastique de voir avec joie l'attention que portait à son discours le Sénateur de l'Illinois, attention d'autant plus louable qu'en ce moment l'esprit du Sénateur devait être préoccupé de soins politiques sans nombre.

Pour ce qui est de cette dernière supposition, le pasteur était dans le vrai.

L'esprit de M. Ratcliffe était en effet distrait par des affaires publiques, et l'une des principales raisons de sa présence à l'église était qu'il y pouvait réfléchir sans être dérangé pendant une heure ou deux.

Pendant tout le service il s'absorba dans des conversations imaginaires sans fin avec le nouveau Président. Il passa successivement en revue toutes les propositions que le Président pourrait lui faire ; tous les pièges qu'on pourrait lui tendre ; tous les procédés auxquels il devait s'attendre pour ne pas être pris au dépourvu, à quoi l'exposait sa nature si franche et si simple.

Un point lui échappa pourtant pendant long-temps.

A supposer, ce qui était plus que probable, que l'opposition du Président pour les amis avérés de Ratcliffe le mit dans l'impossibilité de lui imposer l'un d'eux comme ministre, il serait alors nécessaire de mettre en

avant quelque homme nouveau, qui ne fût pas antipa-
thique au Président.

Qui pourrait-ce bien être?

Ratcliffe réfléchit longtemps et mûrement, cherchant
un homme qui sût ménager les intérêts les plus divers
tout en ayant le moins possible d'ennemis.

Ce sujet l'obsédait encore quand le sermon fut terminé.

Il y réfléchit encore pendant toute la distance qu'il
avait à parcourir pour rentrer chez lui.

Ce ne fut qu'en s'arrêtant devant sa porte qu'il arriva
à une conclusion : Carson ferait l'affaire; Carson, de
Pennsylvanie; le Président n'avait probablement jamais
entendu parler de lui.

M. Wilson Keen attendait le retour du Sénateur.

C'était un homme puissant, au visage carré, aux yeux
doux, d'un bleu vif, un homme qui parlait peu et seulement après avoir bien pesé ce qu'il allait dire.

L'entrevue fut courte.

Ratcliffe s'excusa d'abord de rompre le repos du
dimanche pour s'occuper d'affaires en donnant pour
motif le peu de temps qui lui restait avant la fin de la
session.

Un projet de loi était en ce moment soumis à une
des commissions dont il faisait partie, et le rapport,
qui devait être fait bientôt, exigeait certains renseignements dont, selon lui, feu Samuel Baker, jadis agent
de *lobby* bien connu à Washington, tenait seul le fil.

M. Baker étant mort, M. Ratcliffe désirait savoir
s'il avait laissé des papiers, dans quelles mains se trou-

vaient ces papiers, ou si un associé ou un collègue quelconque avait connaissance de ses affaires.

M. Keen prit note de cette demande, se contentant de faire observer qu'il avait beaucoup connu M. Baker et un peu sa femme qui, à ce qu'on supposait, connaissait les affaires de son mari aussi bien que lui-même, et qui se trouvait encore à Washington.

Il pensait qu'il serait à même de fournir les renseignements demandés dans un jour ou deux.

Comme il se levait pour s'en aller, M. Ratcliffe ajouta alors qu'un secret absolu était nécessaire, afin de ne pas éveiller des soupçons qui pourraient entraver des recherches dont la réussite était liée à de grands intérêts, soupçons qu'il était par conséquent parfaitement inutile de soulever.

M. Keen s'y engagea et sortit.

Tout cela était tout à fait naturel et absolument convenable, du moins quant aux apparences.

Si M. Keen avait été assez curieux des affaires d'autrui pour rechercher quelle était la mesure législative spéciale qui nécessitait ces recherches de la part de M. Ratcliffe, il aurait pu fouiller pendant longtemps tous les documents du Congrès et être plus embarrassé après qu'avant.

La vérité est qu'il n'y avait aucun bill semblable. L'histoire tout entière n'était qu'une fable.

M. Ratcliffe avait à peine pensé à Baker depuis sa mort, jusqu'à la veille, alors qu'il avait vu sa veuve sur le steamer de Mount-Vernon et appris qu'elle était en relation avec Carrington.

8.

Ratcliffe avait été frappé depuis longtemps de l'attitude et des manières étranges de Carrington à son égard, et sa connaissance avec Mrs. Baker avait suggéré au Sénateur l'idée qu'il ferait bien de les surveiller tous deux.

Mrs. Baker était une femme fort sotte, il le savait, et il y avait eu entre Ratcliffe et Baker certaines vieilles transactions dont elle avait pu avoir connaissance et que Ratcliffe ne désirait pas voir parvenir jusqu'à Mrs. Lee.

Quant à la fable inventée pour mettre M. Keen en mouvement, elle était parfaitement innocente; elle ne faisait de mal à personne.

Ratcliffe avait choisi cette marche particulière parce qu'elle était la plus facile, la plus sûre et la plus efficace.

S'il lui fallait toujours attendre pour agir qu'il lui fût permis de dire la vérité exacte, les affaires ne pourraient se faire, et sa carrière serait terminée.

Ayant réglé cette petite affaire, le Sénateur de l'Illinois employa son après-midi à faire des visites à quelques-uns de ses collègues du Sénat, et le premier de ceux qu'il honora de sa visite fut M. Krebs, de Pennsylvanie.

Il avait, en ce moment, bien des raisons pour rechercher la coopération de cet homme d'État à l'esprit élevé. La plus forte de ces raisons était que la délégation de la Pennsylvanie au Congrès[1] était bien disciplinée, et que l'on pouvait s'en servir avec un

---

[1] Les députés à la Chambre des Représentants à Washington.

avantage tout spécial pour exercer une « pression ».

Le succès de Ratcliffe dans sa lutte avec le nouveau Président dépendait de la puissance de cette « pression ».

Se tenir à l'écart et lancer sur la tête du Président, magistrat inexpérimenté, un tissu d'influences entrelacées dont chacune prise isolément aurait été trop faible, mais qui prises dans leur ensemble ne pourraient être rompues ; faire revivre l'art perdu du rétiaire romain, qui, d'une distance à laquelle il n'y avait rien à craindre, jetait son filet sur son adversaire, avant de l'attaquer avec son glaive : telle était la tactique de Ratcliffe, et c'est à ce but que, dans les dernières semaines, tendaient toutes ses machinations.

Combien il lui avait fallu marchander et combien de promesses il avait dû faire, lui seul le savait.

A cette époque, Mrs. Lee fut un peu surprise d'entendre M. Gore parler avec une confiance absolue de l'appui qu'il attendait de Ratcliffe, dans la demande qu'il avait faite de la Légation d'Espagne, car elle aurait jusque-là été disposée à croire plutôt que Gore n'était pas des favoris de Ratcliffe.

Elle remarqua aussi que Schneidekoupon était revenu, et qu'il parlait mystérieusement de ses entrevues avec Ratcliffe ; des efforts qu'on faisait pour réunir les intérêts des États de New-York et de Pennsylvanie ; et que sa physionomie avait pris une expression sombre et tragique en proclamant qu'on ne souffrirait jamais que le principe de la protection fût sacrifié.

Schneidekoupon disparut aussi subitement qu'il était

venu ; ce qui, joint aux plaintes naïves de Sibylle touchant la mauvaise humeur de Schneidekoupon, fit
comprendre à Mrs. Lee que M. Ratcliffe, M. Clinton
et M. Krebs s'étaient entendus pour peser sur le pauvre
Schneidekoupon et pour écarter son influence pertur-
batrice du théâtre de l'action, au moins jusqu'à ce que
d'autres eussent obtenu ce qu'ils désiraient.

Ce n'étaient là que quelques insignifiants petits
indices qui tombaient sous l'observation de Mrs. Lee.

Elle flairait le marchandage et l'intrigue, mais elle
ne savait pas jusqu'où cela pouvait aller.

Carrington lui-même, quand elle lui en parla, ne fit
que hocher la tête en souriant.

— Ce sont des affaires particulières, ma chère
mistress Lee ; vous et moi ne devons pas prétendre à
savoir ces choses-là.

L'objectif de M. Ratcliffe, pendant cette après-midi
de dimanche, était de préparer la petite manœuvre
concernant Carson, de Pennsylvanie, qui l'avait tant
occupé à l'église.

Ses efforts furent couronnés de succès : Krebs
accepta Carson et promit de l'amener en dix minutes,
si une circonstance imprévue l'exigeait.

Ratcliffe était un grand homme d'État. Il savait
manier les choses avec une étonnante habileté. Nul
autre homme politique, présent ou passé, n'avait jamais
dans ce pays, prétendaient ses admirateurs, su concilier tant d'intérêts contraires et faire des combinaisons aussi fantastiques. Quelques-uns allaient même
jusqu'à soutenir qu'il aurait « jeté le *lasso* autour des

cornes du Président avant que le vieux bonhomme eût eu le temps de respirer ».

Sa grande habileté consistait à éviter avec un art merveilleux les questions de principes.

Comme il le disait sagement, le résultat qu'il voulait obtenir n'était pas une question de principes, mais une question de pouvoir. Le sort du noble parti, auquel ils appartenaient tous et dont les annales seraient à jamais glorieuses, était lié à la prudence qu'ils observaient envers les questions de principes. Leur principe devait être de n'en avoir pas.

A ceux qui faisaient remarquer que Ratcliffe avait fait des promesses que jamais il ne serait en état de tenir, et que, dans sa combinaison, on pouvait découvrir des éléments de discorde impossibles à conjurer, Ratcliffe répondait avec une grande tranquillité que tout ce qu'il demandait, c'était de voir sa combinaison durer une semaine, et que ses promesses étaient faites précisément pour la soutenir pendant ce temps.

Telle était la situation lorsque, dans-l'après midi du lundi, le Président élu arriva à Washington et que la comédie commença.

Le nouveau Président était, presque autant qu'Abraham Lincoln ou Franklin Pierce, l'x des mathématiques de la politique.

Dans la Convention Nationale du parti, neuf mois auparavant, après plusieurs douzaines de ballottages sans résultat, dans lesquels il n'avait manqué que trois voix de majorité à Ratcliffe, ses adversaires avaient fait ce que lui-même faisait à présent : ils avaient mis de côté leurs principes et avaient choisi pour leur candidat un simple paysan de l'Indiana, dont toute la vie politique se bornait à quelques discours en plein air, dans son État natif, et à des fonctions de gouverneur qu'il avait quelque temps occupées. Leur choix était tombé sur lui, non parce qu'ils le croyaient apte à la magistrature suprême, mais parce qu'ils espéraient détacher ainsi l'Indiana de Ratcliffe, et ils avaient si bien réussi qu'en moins de quinze minutes les amis de Ratcliffe étaient en déroute et la Présidence conférée à ce nouveau Bouddha politique.

Il était entré dans la vie comme tailleur de pierres dans une carrière, et il était justement fier de son origine.

Pendant la campagne électorale, cette circonstance avait naturellement occupé une large place dans l'esprit public, ou plus exactement dans l'attention publique.

On l'appelait quelquefois « le Tailleur de Pierres du Wabash [1] »; d'autres fois « le Carrier de l'Indiana [2] »; mais le surnom favori était « Vieux Granit », quoique malheureusement ses adversaires se fussent emparés de ce dernier nom en en changeant la consonnance et la signification et l'eussent transformé en « Vieille Granny [3] ».

On l'avait peint sur des milliers de mètres de pièces

---

[1] Fleuve de l'Indiana.

[2] Le texte porte *Le Carrier Hoosier*. Ce dernier mot est le sobriquet des habitants de l'État d'Indiana; il peut se traduire par habitants des parages non civilisés ou encore sauvages.

[3] Vieille grand'mère, vieille commère, terme familier et de mépris.

de coton, soit avec un terrible marteau à deux mains, écrasant les crânes (représentés en pavés de granit) de ses adversaires politiques, ou fendant à coups de géant un immense rocher symbolisant le parti opposé.

Ses adversaires à leur tour avaient montré en grand apparat des tableaux représentant le Carrier dans le costume de prisonnier d'État, broyant les têtes de Ratcliffe et d'autres chefs politiques bien connus avec un marteau léger, ou en « Vieille Granny », en haillons de pauvresse, essayant vainement de réparer avec ces mêmes têtes des routes imaginaires qui symbolisaient à leur tour les chemins mauvais et fangeux de son parti.

Mais ces violations des règles de la bienséance et du bon sens étaient universellement blâmées par les gens sincères, et on remarqua avec satisfaction que les journalistes les plus honnêtes et les plus distingués comme savoir de son parti, sans excepter ceux de Boston même, s'accordaient unanimement à affirmer que le Tailleur de Pierres était un noble type d'homme, peut-être le plus noble qui ait illustré le pays depuis l'incomparable Washington.

Tous, c'est-à-dire tous ceux qui votaient pour lui, admettaient qu'il était honnête.

C'est généralement le trait caractéristique de tous les nouveaux Présidents.

Lui-même était fort orgueilleux de sa rude honnêteté, qui est une qualité propre aux nobles fils de la nature.

S'imaginant ne rien devoir aux politiciens et sympathisant par toutes les fibres de sa nature désintéressée avec les vœux et les aspirations du peuple, il proclamait

que son premier devoir était de protéger le peuple
contre ces vautours, comme il les appelait, contre ces
loups déguisés en agneaux, contre ces harpies, contre
ces hyènes, les politiciens; épithètes qui, selon l'interprétation générale, signifiaient Ratcliffe et ses amis.

Sa règle de conduite fondamentale en politique était
son hostilité contre Ratcliffe, et cependant il n'était
pas vindicatif.

Il arriva à Washington avec l'intention bien arrêtée
d'être le Père de sa Patrie, de gagner une noble immor-
talité et une réélection.

Ratcliffe avait déchaîné contre ce gentleman toutes
les formes de pression qui pouvaient être mises en
œuvre soit à Washington, soit ailleurs.

Depuis le moment où il avait quitté son humble chau-
mière dans le sud de l'Indiana, il avait été circonvenu
par les amis de Ratcliffe et étouffé sous des démonstrations d'affection. Ils ne lui avaient jamais laissé le
temps de croire à la possibilité de mauvais desseins de
leur part. Ils prétendaient, comme une chose toute naturelle, que le plus cordial attachement liait son parti à sa
personne.

A son arrivée à Washington, ils écartèrent systéma-
tiquement de lui toute autre influence que la leur, ce
qui leur fut d'autant plus facile qu'en sa qualité de grand
homme, il aimait qu'on lui parlât de sa grandeur, et ils
finirent par le faire passer à ses propres yeux pour un
géant.

Il n'y eut pas jusqu'aux rares amis de son intimité
immédiate qui ne fussent surveillés de très-près et dont

les faiblesses ne fussent exploitées dès le premier jour de leur arrivée à Washington.

Non que Ratcliffe se mêlât en rien de toutes ces intrigues ténébreuses et basses.

M. Ratcliffe était un homme plein de dignité et de respect de soi-même, qui abandonnait les détails à ses subalternes.

Il attendait tranquillement que le Président, remis des fatigues de son voyage, sentît l'influence de l'atmosphère créée autour de lui à Washington.

Le mercredi matin donc, M. Ratcliffe sortit de chez lui, une heure plus tôt qu'il n'avait l'habitude de le faire quand il allait au Sénat, et il s'arrêta à l'hôtel du Président.

Il fut introduit dans un grand salon où le nouveau premier magistrat tenait sa cour; mais à la vue de Ratcliffe les autres visiteurs se retirèrent à l'écart ou, prenant leurs chapeaux, quittèrent la salle.

Le Président était un homme de soixante ans, aux traits rudes, au nez crochu, aux cheveux gris de fer, clair-semés et rudes; sa voix était encore plus rude que ses traits.

Il trahit un certain embarras en recevant Ratcliffe.

Il avait enduré beaucoup de choses depuis son départ de l'Indiana. Il avait espéré se débarrasser de Ratcliffe comme d'une puce, suivant sa propre expression, mais, une fois à Washington, les choses lui apparurent sous un jour tout différent.

Ses vieux amis de l'Indiana devenaient graves et secouaient la tête quand il amenait la conversation

9

sur ce sujet. Ils lui conseillaient d'être circonspect et de gagner du temps; d'attirer Ratcliffe chez lui et, si c'était possible, de faire naître une querelle dont la responsabilité retomberait en apparence sur le Sénateur.

Le Président se trouvait dans la situation d'un ours brun qu'on est en train d'apprivoiser, très-chagrin, très-grossier, et en même temps très-effaré et très-craintif.

Ratcliffe resta dix minutes et fut mis au courant des souffrances que le Président avait endurées la nuit précédente et qu'il attribuait au homard dont il avait mangé une trop grande quantité, car il trouvait dans cette jouissance une diversion aux soucis de l'État.

Aussitôt que cette grave affaire fut expliquée et que Ratcliffe en eut exprimé ses regrets, le Sénateur se leva et prit congé du Président.

Tous les artifices familiers aux politiciens furent alors mis en œuvre contre le Carrier de l'Indiana.

Les délégations de différents États furent lancées sur lui avec des demandes contradictoires; parmi elles se trouvait la délégation du Massachusetts qui demandait simplement, pour sa part, la nomination de M. Gore comme ministre à Madrid.

On inventait des difficultés pour l'embarrasser et le fatiguer. On le lançait sur de fausses pistes et on avait soin de mêler des renseignements faux aux vrais.

Depuis l'aube jusqu'à minuit, il voyait la danse folle s'agiter devant ses yeux, et les efforts qu'il faisait pour la suivre commençaient à lui faire tourner la tête.

On trouva moyen aussi de gagner l'un de ses amis

personnels et confidentiels, venu avec lui de l'Indiana et qui possédait ou plus d'intelligence ou moins de principes que les autres; par son intermédiaire, chaque mot du Président arrivait directement aux oreilles de Ratcliffe.

Le vendredi matin, de bonne heure, M. Thomas Lord, rival de feu Samuel Baker et héritier de ses succès, fit son apparition chez Ratcliffe et trouva le Sénateur seul, en présence de son œuf et de sa côtelette.

M. Lord avait été choisi pour surveiller le parti du Président et diriger toutes les affaires intéressant Ratcliffe.

Il en est qui diront peut-être qu'il faisait œuvre d'espion; lui se figurait accomplir un devoir public.

Il informa Ratcliffe que la « Vieille Granny » avait enfin donné des signes de faiblesse.

La veille, fort tard, fumant comme d'habitude sa pipe au milieu de la cuisine de son parti, il était revenu sur l'éternelle question de Ratcliffe et, accompagnant sa promesse d'une volée de blasphèmes, il avait juré qu'il saurait le mettre à sa place, ajoutant que son intention était de lui offrir dans le Cabinet un poste qui le rendrait *plus malade qu'un goret embourbé.*

Cette remarque et certaines allusions dont elle fut suivie pouvaient signifier que le Carrier avait renoncé à son dessein de donner tout de suite à M. Ratcliffe la mort politique, et qu'il s'était arrêté, pour le moment, à la résolution de l'attirer dans un Cabinet formé principalement dans le but de le contrecarrer et de l'humilier.

Le Président avait, paraît-il, chaleureusement applaudi cette remarque de l'un de ses conseillers, qu'il valait mieux avoir Ratcliffe dans le Cabinet qu'au Sénat et qu'il serait toujours facile de l'en mettre dehors quand le moment en serait venu.

Ratcliffe eut un sourire de fureur, lorsque, avec une pantomime très-spirituelle, M. Lord se mit à imiter les singularités de langage et de manières du Président, mais il ne souffla mot et attendit les événements.

Le même jour, il arriva un billet du secrétaire particulier du Président, le priant de venir le lendemain matin samedi à dix heures.

Ce billet était court et froid.

Ratcliffe répondit simplement qu'il irait, regrettant vivement que le Président fût trop ignorant des règles de l'étiquette pour comprendre que cette réponse verbale avait pour but de lui donner une leçon de politesse.

Il y alla donc, et trouva au Président l'air encore plus sombre que la première fois.

Pour le coup, il n'y avait pas à éluder les questions délicates.

Le Président, prenant un air décidé, voulut montrer par là à Ratcliffe qu'il était maître de la situation : il entra de suite en matière.

— Je vous ai envoyé chercher, — dit-il, — pour me concerter avec vous au sujet de mon Cabinet. Voici la liste des personnes que je compte inviter à en faire partie. Vous voyez, je vous ai réservé les Finances. Voulez-vous regarder cette liste et me dire ce que vous en pensez?

Ratcliffe prit le papier, mais il le remit aussitôt sur la table sans le regarder.

— Je n'ai aucune objection à faire, — dit-il, — à tel Cabinet qu'il vous plaira de nommer, pourvu que je n'en fasse pas partie. Je désire rester où je suis. J'y puis servir votre administration mieux que dans le Cabinet.

— Alors vous refusez? — grommela le Président.

— En aucune manière. Je refuse simplement de donner aucun avis ou même de savoir les noms de mes collègues éventuels avant qu'il me soit prouvé que mes services sont nécessaires. S'ils le sont, j'accepterai sans m'inquiéter des personnes avec qui je serai appelé à servir.

Le Président jeta sur lui un regard embarrassé.

Que faire maintenant?

Il lui aurait fallu le temps de réfléchir, mais Ratcliffe était là et il fallait prendre une décision sur-le-champ.

Involontairement, il se montra plus poli.

— Monsieur Ratcliffe, votre refus bouleverserait tout. J'avais compté sur votre consentement. Que vais-je faire?

Mais Ratcliffe n'entendait pas le laisser s'échapper ainsi de ses serres.

Il s'ensuivit une longue conversation au cours de laquelle il mit le Président dans la nécessité de le supplier d'accepter les Finances afin d'empêcher un mauvais tour, encore vague, mais certainement funeste, qui le menaçait du côté du Sénat.

Tout ce que l'on put arrêter néanmoins, fut que Rat-

cliffe donnerait une réponse définitive dans deux jours
et, sur cette décision, on se sépara.

En traversant le corridor, il rencontra une foule de
gens qui attendaient une audience du Président, et
parmi eux se trouvait toute la délégation de Pennsylvanie, « prête à faire le coup, » suivant l'observation
de M. Tom Lord qui échangea avec lui un signe d'intelligence.

M. Ratcliffe prit Krebs à part et lui dit quelques
mots en passant.

Dix minutes après la délégation était introduite, et
plusieurs de ses membres entendirent avec surprise
leur porte-parole ordinaire, le Sénateur Krebs, insister,
avec une ardeur extrême et en leur nom, pour que
Josiah B. Carson fût nommé à un poste dans le Cabinet,
alors qu'on leur avait donné à entendre qu'ils venaient
pour recommander Jared Caldwell comme directeur
des postes à Philadelphie.

Mais la Pennsylvanie est un grand et vertueux État,
dont les représentants ont une entière confiance dans
leur chef. Pas un ne sourcilla.

La ronde démocratique reprit alors autour du Président plus désordonnée que jamais.

Ratcliffe lança ses dernières flèches.

Le délai de deux jours qu'il avait demandé n'avait été
qu'un moyen de mettre encore d'autres influences en
mouvement, car il n'avait, quant à lui, besoin d'aucun
délai; il ne lui fallait pas de temps pour réfléchir.

Le Président avait résolu de l'enfermer dans les
cornes d'un dilemme, soit en le contraignant à faire

partie d'un cabinet hostile et perfide, soit à rejeter sur lui le tort d'un refus et d'une discussion.

Et Ratcliffe songeait à se saisir d'une de ces cornes et à y empaler le Président, en quoi il avait la certitude de réussir.

Il comptait accepter les Finances et il était prêt à faire un gros pari qu'en moins de six semaines le gouvernement serait entièrement dans ses mains.

Son mépris pour le Tailleur de Pierres de l'Indiana était sans bornes et sa confiance en lui-même plus absolue que jamais.

Tout occupé qu'il était, le Sénateur fit dans la soirée du lendemain son apparition chez Mrs. Lee, et la trouvant seule avec Sibylle, absorbée par ses petits projets, il fit à Madeleine le récit de sa semaine.

Il ne s'appesantit pas sur ses exploits; au contraire, il parut ignorer absolument ces laborieux arrangements qui avaient enlevé toute force au Président. Il se posa en homme isolé, sans protection, auquel on faisait jouer le rôle de cet honnête animal qui, invité à dîner avec le lion vit toutes les empreintes des pieds des animaux qui l'y avaient précédé tournées vers l'antre du lion, tandis qu'aucune n'était dirigée vers le dehors.

Il décrivit avec des détails pleins d'humour ses entrevues avec le lion de l'Indiana, insistant, avec force détails et en imitant la voix du Président, sur l'indigestion de homard; il lui répéta même l'histoire que Tom Lord lui avait rapportée, sans omettre ni les gestes ni les jurons; il lui dit où les choses en étaient

en ce moment et comment le Président lui avait tendu
un piége auquel il ne pouvait échapper, ajoutant qu'il
se voyait forcé, ou d'entrer dans un Cabinet formé dans
le but de lui susciter des embarras et d'où il avait la certitude de se voir ignominieusement éconduire à la première occasion, ou de rejeter une offre amicale et de
se couvrir ainsi de l'odieux d'une querelle, tout en
donnant au Président le droit de mettre toutes les difficultés à venir sur le compte de « l'insatiable ambition de Ratcliffe. »

— Et maintenant, mistress Lee, — continua-t-il
avec plus de fierté encore, — j'ai besoin de vos conseils. Que dois-je faire?

Cette demi-révélation de la bassesse avec laquelle la
politique était dénaturée; cette face de la nature
humaine, vue dans sa nudité et sa difformité, jouant
avec les intérêts de quarante millions d'âmes, ne lais-
sèrent pas que de dégoûter et de décourager Madeleine.

Ratcliffe ne lui fit grâce que de l'exposition de ses
propres plaies morales. Il eut soin d'attirer son attention sur toutes les taches de la lèpre des adversaires,
sur toutes les guenilles de leurs vêtements malpropres,
sur toutes les mares vaseuses et fétides qui se trouvaient sur leur chemin.

C'était sa manière de mettre en relief ses qualités
personnelles. Il voulait lui faire traverser avec lui, la
conduisant par la main, le lac de soufre, et plus il lui
semblerait hideux, plus sa supériorité en deviendrait
écrasante; il voulait détruire sur son caractère le doute

que Carrington entretenait avec tant de soin dans son esprit; il voulait éveiller sa sympathie et stimuler en elle le sentiment si féminin du dévouement.

Quand il lui fit cette question, elle le regarda avec une expression d'orgueil indigné en disant : —

— Je vous répéterai, monsieur Ratcliffe, ce que je vous ai déjà dit une fois. Faites ce qui sera le mieux pour le bien public.

— Mais qu'est-ce qui est le mieux pour le bien public?

Madeleine avait déjà entr'ouvert la bouche pour répondre, mais elle hésita et regarda le feu qui brillait devant elle.

En effet, qu'est-ce qui était le mieux pour le bien public?

Est-ce que le bien public entrait pour quelque chose dans ce dédale d'intrigues personnelles, dans cette confusion de natures rabougries où l'on ne pouvait trouver nul chemin droit, mais seulement des traces tortueuses et sans but marquant le passage des bêtes fauves et des vils reptiles? Où trouver un principe pour se guider, un idéal vers lequel tendre?

Ratcliffe répéta de nouveau sa question et son ton fut plus sérieux que jamais.

— Je suis dans une position difficile, mistress Lee. Mes ennemis m'entourent de tous côtés. Ils méditent ma ruine. Je désire faire honnêtement mon devoir. Vous m'avez dit jadis que les considérations personnelles ne devraient être d'aucun poids. Eh bien! mettez-les de côté. Et maintenant dites-moi ce que je dois faire.

9.

Pour la première fois, Mrs. Lee commença à comprendre sa force.

Il était simple, droit, sérieux.

Ses paroles l'émurent.

Comment aurait-elle pu imaginer qu'il jouait sur sa nature absolument comme il jouait sur la nature grossière du Président et que ce lourd politicien de l'Ouest possédait, avec les instincts des sauvages indiens, leur âpreté et leur rapidité de conception ; qu'il devinait son caractère et qu'il le lisait comme il lisait tous les jours dans les traits et dans la voix de milliers d'hommes ?

Elle se sentait mal à l'aise sous son regard.

Elle commença une phrase, hésita au milieu, puis s'arrêta. Elle perdit le cours de sa pensée et demeura muette et confondue.

C'était à lui à la tirer de la confusion où il l'avait jetée.

— Je vois votre pensée sur votre visage. Vous dites que je dois accepter cette charge sans en peser les conséquences.

— Je ne sais, — dit Madeleine en hésitant. — Oui, je pense que ce serait là mon sentiment.

— Et si je tombe victime de l'envie et des manœuvres de cet homme, que penserez-vous alors, mistress Lee ? Ne vous joindrez-vous pas aux autres pour dire que je me suis laissé duper, que j'ai donné dans ce piége, les yeux grands ouverts et en ne poursuivant que mon propre intérêt ? Pensez-vous qu'on me croira meilleur parce que je me serai laissé attraper ? Je ne fais pas parade de maximes de haute morale comme notre ami

French. Je ne parle pas de vertu comme un cafard. Mais je prétends que dans ma carrière politique j'ai essayé de faire ce qui est juste. Voulez-vous me rendre la justice de le croire?

Madeleine luttait toujours pour ne pas se laisser entraîner à ouvrir à cet homme un crédit illimité sur sa sympathie, et, quelle que pût être en réalité cette sympathie, elle entendait le tenir à une certaine distance. Elle ne voulait pas s'engager à embrasser sa cause.

Elle se tourna vers lui et, faisant un effort, elle lui dit que ses pensées, en ce moment et en tout temps, d'ailleurs, n'étaient que folies et absurdités et que la conscience d'avoir bien agi était la seule récompense qu'un homme public eût le droit d'attendre.

— Vous êtes un juge sévère, mistress Lee. Si vos pensées sont ce que vous dites, il n'en est pas de même de vos paroles. Vous jugez d'après les principes abstraits et vous lancez les foudres de la justice divine. Vous regardez et vous condamnez, vous n'acquittez jamais. Je viens à vous au bord de l'abîme, où il semble que je doive effectuer le plongeon fatal de ma vie, je ne vous demande que de me donner le fil du principe moral qui devrait me guider, et vous restez simple spectatrice, et vous dites que la vertu porte sa récompense en elle-même, et vous ne dites même pas où se trouve la vertu.

— J'avoue mes péchés, — dit Madeleine humble et abattue, — la vie est plus compliquée que je ne croyais.

— Je suivrai votre conseil, — dit Ratcliffe. — J'entrerai dans cet antre de bêtes sauvages, puisque vous pensez que c'est un devoir. Mais j'en ferai remonter la responsabilité jusqu'à vous. Vous ne pouvez refuser de me suivre au travers des dangers au milieu desquels vous-même vous m'aidez à me jeter.

— Non!... non!... — s'écria vivement Madeleine; — point de responsabilité! Vous demandez plus que je ne puis vous donner.

Ratcliffe la regarda pendant un moment avec un visage où se lisait le trouble des inquiétudes et des soucis.

Ses yeux semblaient profondément enfoncés dans leurs cercles noirs et sa voix avait une ampleur pathétique.

— Le devoir est le devoir pour vous aussi bien que pour moi. J'ai droit à l'appui de toutes les âmes pures. Vous n'avez pas le droit de me le refuser. Comment pouvez-vous ne pas admettre votre responsabilité et insister sur la mienne?

Tout en parlant, il se leva et sortit, ne lui laissant guère que le temps de murmurer encore une vaine protestation.

Après qu'il fut parti, Mrs. Lee resta longtemps assise, les yeux fixés sur le feu, réfléchissant sur ce qu'il avait dit.

Son âme était bouleversée par les dernières insinuations de Ratcliffe.

Quelle femme de trente ans, ayant des aspirations à l'infini, pourrait résister à une telle attaque?

Quelle femme douée d'une âme pourrait, sans lui répondre, voir devant elle l'homme public le plus puis-

sant de son temps, lui demander ses conseils et sa
sympathie, avec un visage creusé par les angoisses, avec
une voix vibrant d'une émotion à peine étouffée?...

Et quelle femme aurait pu s'empêcher de courber la
tête sous le reproche d'un excès de confiance dans son
propre jugement, ce reproche venant de l'homme qui en
définitive faisait appel à ce jugement?

Ratcliffe avait un singulier instinct pour deviner les
faiblesses humaines.

Jamais aiguille aimantée ne fut plus sûre que n'était
son doigt quand il touchait le point vulnérable de l'âme
de son adversaire.

Mrs. Lee n'aurait pu être émue par un appel au sentiment religieux, à l'ambition, et à l'amour.

Un semblable appel aurait trouvé chez elle une oreille
sourde et aurait détruit toute espérance.

Mais elle était femme jusqu'à la dernière goutte de
son sang.

Peut-être Ratcliffe ne réussirait-il point à se faire
aimer d'elle, mais elle pouvait être entraînée à se
sacrifier pour lui.

Ce qui manquait à Mrs. Lee de dévotion envers Dieu,
elle le remplaçait par son dévouement à l'humanité.

Comme toutes les femmes, elle avait le goût de
l'ascétisme, de l'abnégation, et de l'effacement d'elle-
même.

Pendant toute sa vie elle avait fait de pénibles efforts
pour comprendre son devoir et pour le faire.

Ratcliffe, en l'attaquant sur ce point, savait ce qu'il
faisait.

Comme tous les grands orateurs et tous les avocats, il était également comédien, et comédien d'autant plus puissant qu'un certain air de noblesse tenait à distance la familiarité.

Il en avait appelé à sa sympathie, à son sentiment de justice et de devoir, à son courage, à sa loyauté, à tout ce qu'il y avait d'élevé dans sa nature ; et en faisant cet appel, il était plus qu'à moitié convaincu qu'il était réellement tout ce qu'il prétendait être et qu'il avait véritablement droit à son dévouement personnel.

Faut-il donc s'étonner ensuite, si elle finit par être plus qu'à demi disposée à reconnaître ce droit ?

Elle connaissait Ratcliffe mieux que Carrington et Jacobi.

Un homme qui parlait comme lui, ne pouvait avoir que de nobles instincts, que des aspirations sublimes.

Sa carrière n'était-elle pas mille fois plus importante que celle de Carrington et de Jacobi ?

Si, dans son isolement et au milieu de ses tracas, il avait besoin de son aide, avait-elle un motif de le lui refuser ?

Qu'y avait-il donc de si précieux dans sa vie inutile et sans but pour ne pas en faire bon marché, si besoin était, avec la chance d'en enrichir une existence mieux remplie ?

VIII.

Le plus orgueilleux de tous les titres que prince ou potentat ait jamais pris est celui des pontifes Romains : *Servus servorum Dei.* Serviteur des serviteurs de Dieu.

Dans l'antiquité il n'était pas admis que les serviteurs du diable eussent droit à aucune part dans le gouvernement : ils devaient être chassés, punis, exilés, mutilés, brûlés.

Le diable n'a pas de serviteurs aujourd'hui ; il n'y a que le peuple qui en ait encore.

Il y a peut-être quelque grossière erreur dans une doctrine qui fait des méchants, quand ils sont en majorité, le porte-voix de Dieu au détriment des bons, mais les espérances de l'humanité sont fondées sur cette base ; les gens de peu de foi ont beau gémir en voyant l'humanité flotter, sur un océan sans bords, sur cette planche que la religion et l'expérience ont depuis longtemps condamnée comme pourrie ; erreur ou non, les hommes, à l'aide de cette planche, ont flotté jusqu'à présent mieux que les papes ne l'ont jamais fait avec leur principe plus séduisant ; de sorte qu'il s'écoulera un long temps encore avant que la société y renonce.

Il est oiseux de demander ici si le nouveau Président et son principal rival, M. Silas P. Ratcliffe, étaient ou n'étaient pas les serviteurs des serviteurs de Dieu.

Certes ils étaient les serviteurs de quelqu'un.

Nul doute que beaucoup de ceux qui s'appellent serviteurs des peuples ne sont que des loups habillés en moutons ou des ânes dans des peaux de lions.

On peut voir un grand nombre de ces serviteurs au Capitole, n'importe quel jour de séance, faire de bruyantes démonstrations ou ne rien faire du tout, ce qui est encore plus habituel.

Une génération plus sage emploiera ces gens-là à des travaux manuels; dans l'état actuel des choses, ils ne servent qu'eux-mêmes.

Mais il y a deux fonctionnaires au moins, qui ont un véritable service : le Président et son Secrétaire des Finances.

Le Carrier de l'Indiana n'était pas à Washington depuis une semaine qu'il avait déjà le mal du pays.

Il n'est fille à tout faire dans une petite pension bourgeoise à prix réduits qui fût plus harcelée que lui.

Tout le monde conspirait contre lui. Ses ennemis ne lui laissaient aucun repos. Tout Washington riait de ses bévues et d'obscènes feuilles, publiées le dimanche, s'amusaient à faire, avec un esprit excédant toutes les bornes de la modération, la chronique des faits et gestes du nouveau premier magistrat, et ces feuilles étaient placées par des mains malveillantes dans des endroits où le Président ne pouvait manquer de les voir.

Il était très-sensible au ridicule, et il était mortifié
jusqu'au fond du cœur en voyant travestis de la sorte
des pensées et des actes qui lui paraissaient cependant
assez raisonnables.

De plus, il était débordé par les affaires publiques;
elles l'inondaient comme un déluge et, dans son désespoir, il n'essayait même plus de s'en rendre maître. Il
les laissait passer par-dessus sa tête comme une vague.

Il avait le cerveau troublé par les innombrables visiteurs qu'il était forcé d'écouter.

Mais sa plus grande anxiété était son discours
d'inauguration, que sa distraction l'empêchait d'ache-
ver et qu'il fallait pourtant prononcer huit jours plus
tard.

La composition de son Cabinet le préoccupait beaucoup aussi; il lui semblait qu'il ne pouvait rien entreprendre avant d'être arrivé à une entente avec Ratcliffe.

Grâce aux amis du Président, Ratcliffe lui était déjà
devenu indispensable; c'était encore un ennemi, cela
va sans dire, mais un ennemi dont il fallait lier les
mains; un nouveau Samson qu'il fallait tenir enchaîné
jusqu'au moment où l'on pourrait se débarrasser de
lui, mais qu'en attendant on pouvait utiliser.

Une fois cette décision bien arrêtée dans son esprit,
le Président s'était mis à s'appuyer en imagination sur
le Sénateur.

Ces derniers jours il avait tout remis à la semaine
prochaine, « quand j'aurai composé mon Cabinet »; ce
qui voulait dire quand il aurait l'aide de Ratcliffe; il

avait une peur épouvantable rien qu'à l'idée que Ratcliffe pourrait refuser le ministère.

Le lundi suivant, une heure avant le moment fixé
pour la visite de Ratcliffe, le Président arpentait sa
chambre avec impatience.

Ses idées subissaient encore de violentes fluctua-
tions, et si la nécessité de se servir de Ratcliffe, s'imposait toujours à lui, il était plus déterminé que jamais
à lui lier les mains. Il le forcerait à faire partie d'un
Cabinet dont toutes les voix lui seraient hostiles. Il le
mettrait dans l'impossibilité de distribuer des emplois.
Et, dès le principe, il l'amènerait à accepter ses conditions.

Mais de quelle façon les lui présenter pour ne pas
le faire reculer du premier coup?

Tous ces tourments étaient parfaitement superflus,
mais le Président ne le savait pas, il se prenait pour un
profond homme d'État et il croyait sincèrement que sa
main conduisait les destinées de l'Amérique à sa propre
réélection.

Lorsqu'enfin, sur le coup de dix heures, Ratcliffe
entra dans la chambre, le Président alla au-devant de
lui avec une impatience fébrile et il lui eut à peine
offert la main, qu'il lui déclara qu'il s'attendait à le
voir prêt à entrer en fonction sur-le-champ.

Le Sénateur répondit que si telle était la volonté
bien arrêtée du Président, il n'y ferait pas d'autre
objection.

Le Président, prenant alors l'attitude d'un Caton,
prononça un discours préparé d'avance, dans lequel il

,l isait qu'il avait choisi son Cabinet avec une attention extrême au mieux des intérêts publics; que M. Ratcliffe était indispensable dans cette combinaison; qu'il espérait qu'aucun désaccord ne se produirait sur les principes, attendu qu'il n'y avait à proprement parler qu'un seul principe, mais fondamental, celui-là, à savoir que des déplacements de fonctionnaires ne pourraient avoir lieu que pour des causes réelles et déterminées; et que dans ces circonstances il attendait le consentement de M. Ratcliffe comme l'accomplissement d'un devoir patriotique.

Ratcliffe consentit à tout sans faire un mot d'objection, et le Président, plus convaincu que jamais de sa supériorité d'homme d'État, respira plus librement qu'il ne l'avait fait depuis huit jours.

Moins de dix minutes plus tard, ils se mettaient tous deux activement au travail, déblayant la masse des affaires accumulées.

Il en résulta pour le Carrier un soulagement dont il fut lui-même surpris.

Sans le moindre effort, pour ainsi dire, Ratcliffe déchargeait ses épaules du poids des affaires.

Il connaissait tout le monde et toutes choses. Il se chargea lui-même sur-le-champ de la plupart des visiteurs du Président, les congédiant avec une grande rapidité. Il savait ce qu'ils voulaient; il savait quelles recommandations avaient de la valeur et quelles autres n'en avaient point; il savait qui voulait être traité avec déférence et qui l'on pouvait purement et simplement renvoyer; il savait enfin quand on pouvait nettement refuser et quand on pouvait risquer une promesse.

Le Président lui confia même le manuscrit inachevé de son discours d'inauguration que Ratcliffe lui retourna le lendemain avec tant de notes et d'idées qu'il ne restait qu'à le mettre au net de sa plus belle écriture.

De plus, Ratcliffe se montrait très-agréable compagnon. Il causait bien et égayait le travail ; ce n'était pas un maître trop sévère, et quand il vit que le Président était fatigué, il ne craignit pas d'affirmer qu'il ne restait plus une seule affaire ne pouvant être remise au lendemain, et il emmena le tailleur de pierres exténué faire une promenade de quelques heures pendant lesquelles il le laissa dormir tranquillement dans la voiture.

Ils dînèrent ensemble, et Ratcliffe eût soin d'envoyer chercher Tom Lord pour le distraire ; car Tom était un homme intelligent et plein d'esprit, et il fit rire le Président.

M. Lord commanda le dîner et choisit lui-même les vins. Il sut montrer assez de grossièreté pour plaire au Président et Ratcliffe ne resta pas en arrière.

Quand le nouveau ministre partit ce soir-là à dix heures, son chef, que son dîner, le champagne, et la conversation avaient mis d'excellente humeur, affirma avec quelques jurons granitiques que Ratcliffe était « en tout cas un habile gaillard » et qu'il était heureux que « cette affaire fût finie. »

La vérité est que Ratcliffe avait juste dix jours devant lui avant l'entrée en fonction du nouveau

Cabinet et dans ces dix jours il devait établir d'une manière inébranlable son autorité sur le Président.

Il expédiait promptement la besogne.

L'entourage du Président ne tarda pas à sentir sa main.

Une lettre d'affaire ou un mémoire manuscrit survenait-il, le Président trouvait très-commode de mettre au dos : — *Renvoyé au Secrétaire des Finances.*

Un visiteur demandait-il quelque chose pour lui ou pour un autre, la réponse était invariablement : — *Adressez-vous à M. Ratcliffe*, ou : *Je pense que M. Ratcliffe examinera cela.*

Il arriva même à risquer des plaisanteries à la Caton; ces plaisanteries, quoique n'étant pas précisément spirituelles, mais au contraire rustiques et grossières, dénotaient du moins un esprit content et satisfait de lui-même.

Un matin il donna ordre à Ratcliffe de prendre un cuirassé et d'attaquer les Sioux à Montana, puisqu'il le voyait à la tête à la fois de l'armée, de la marine, et du service concernant les sauvages Indiens, et qu'il s'entendait à tout; une autre fois, il dit à un officier qui demandait qu'on constituât un cour martiale pour le juger qu'il ferait mieux de prier M. Ratcliffe de statuer sur son affaire, car il était à lui seul toute une cour martiale.

Ratcliffe éprouvait-il pour son chef le même dédain qu'auparavant? C'était probable, mais non certain, car il ne soufflait mot sur ce point devant le monde et prenait un air solennel chaque fois qu'il était question du Président.

Trois jours ne s'étaient pas écoulés que le Président, avec une brusquerie plus grande encore que d'habitude, lui demanda à brûle-pourpoint ce qu'il savait relativement à ce Carson dont les Pennsylvaniens ne cessaient de l'importuner, l'engageant à le faire entrer dans le Cabinet.

Ratcliffe était sur ses gardes; il répondit qu'il connaissait à peine le personnage; que M. Carson n'était pas, croyait-il, mêlé à la politique, mais qu'il était assez respectable... pour un Pennsylvanien.

Le Président revint plusieurs fois sur ce sujet; il prit la liste des membres du Cabinet et l'étudia attentivement, d'un air assez embarrassé; il pria Ratcliffe de l'aider, bref, le Carrier fut en fin de compte mis dedans.

Les yeux de Ratcliffe brillèrent quand le Président donna ordre d'envoyer la liste des nouveaux ministres au Sénat le 5 mars et de faire confirmer la nomination de Josiah B. Carson, de Pennsylvanie, au Département de l'Intérieur.

Mais ses yeux brillèrent plus malicieusement encore lorsque quelques jours plus tard, le Président lui remit une liste d'une cinquantaine de noms, en lui demandant de trouver des emplois pour ces gens-là.

Il consentit de bonne grâce en faisant remarquer qu'il serait peut-être nécessaire de faire quelques révocations pour pourvoir ces nouveaux venus.

— Sans doute, — dit le Président, — je présume qu'il aurait dans tous les cas fallu en sacrifier à peu près autant. Ceux-là sont de mes amis : il faut les caser. Fourrez-les n'importe où.

Ce procédé ne laissait pas que d'embarrasser le Président lui-même ; mais il faut lui rendre cette justice
qu'il invoqua à ce sujet, pour la dernière fois, la règle
fondamentale de son administration.

Des éliminations furent faites avec une prodigieuse
rapidité jusqu'à ce que tous les habitants de l'Indiana
fussent satisfaits. Et, il était clair pour tout le monde,
quelque moyen qu'on eût employé pour atteindre ce
but, que les amis de Ratcliffe avaient leur bonne part
des deniers publics.

Peut-être le Président pensait-il qu'il valait mieux
pour le moment fermer les yeux sur les avantages que
procurait la protection du Secrétaire des Finances,
peut-être aussi commençait-il à redouter quelque peu
son ministre.

L'œuvre de Ratcliffe était achevée. Grâce à des
intrigues habiles, les nouveaux serviteurs du pays
étaient sous le harnais.

On en était arrivé à faire comprendre, même à un
vulgaire tailleur de pierres de l'Indiana que ses pré-
férences personnelles devaient céder devant le bien
public.

Une autre question était celle de savoir quel mal
pouvaient causer la rapacité, l'ambition, ou l'ignorance
de ces hommes nouveaux.

Au point où en étaient les choses, le Président était
victime de ses propres ruses.

Restait à voir si quelque jour Ratcliffe croirait utile
d'étrangler le Président à l'aide de quelque intrigue
orientale ourdie en silence ; quant au Président, il

avait laissé passer le temps d'user envers Ratcliffe de la corde ou de la hache.

Cependant Mrs. Lee torturait en silence son pauvre cerveau pour se rendre compte de son devoir et de sa responsabilité envers Ratcliffe, qui manquait rarement de passer ses après-midi de dimanche à côté d'elle, dans son salon; ses droits y étaient déjà si bien établis que personne ne songeait plus à lui contester sa place, si ce n'est le vieux Jacobi, qui de temps en temps lui remettait en mémoire qu'il était faillible et mortel.

Quelquefois, mais rarement, M. Ratcliffe y venait aussi à d'autres moments; il y fut, par exemple, un jour pour persuader à Mrs. Lee d'assister à l'inauguration et de faire une visite à la femme du Président.

Mrs. Lee et Sibylle allèrent au Capitole et elles y eurent les meilleures places pour assister à l'inauguration, où elles se trouvèrent aussi confortablement que le permit un froid vent de mars.

Mrs. Lee ne jugea pas la cérémonie de son goût; elle la trouvait bien terre à terre.

Un vieux fermier de l'Ouest, avec des lunettes d'argent, un costume de soirée tout battant neuf, des traits osseux, des cheveux raides, rares, et gris, essayant de haranguer une foule immense, malgré une âpre bise et un violent rhume de cerveau; ce n'était certes pas un spectacle bien héroïque.

Sibylle était à se demander si le Président n'allait pas bientôt mourir d'une pneumonie.

Cette opinion sur la cérémonie était encore flatteuse

comparativement à celle qu'inspira à ces dames la
visite à la femme du Président.

Au sortir de cette visite, Madeleine se promit bien
d'abandonner désormais à son sort la nouvelle
dynastie.

La femme du Président était un peu forte avec des
traits assez grossiers, et Mrs. Lee en disait qu'elle n'en
voudrait pas pour sa cuisinière; les qualités qui l'ornaient, vues à la brutale lumière d'un trône, paraissaient
bien peu aimables.

Son antipathie pour Ratcliffe était plus violente
encore que celle de son mari, et elle s'en cachait beaucoup moins, au point qu'elle manqua faire perdre contenance à son époux.

Son hostilité s'étendait à tous ceux qu'elle pouvait
supposer être liés à Ratcliffe; or, les journaux aussi
bien que les petits commérages avaient désigné Mrs. Lee
comme l'alliée de M. Ratcliffe et comme destinée à
supplanter la Présidente à la Maison-Blanche.

Aussi, quand on annonça les deux sœurs dans le
salon présidentiel, la femme du Président prit-elle
un air de froideur protectrice, et Madeleine ayant
exprimé l'espoir que le séjour de Washington lui plai-
rait sans doute, elle répondit que bien des choses dans
la capitale lui paraissaient extrêmement perverses, surtout les femmes; puis, regardant Sibylle, elle parla des
modes de cette ville, ajoutant qu'elle ferait son possible
pour en arrêter les débordements. Elle avait entendu
dire qu'il y avait des personnes qui commandaient leurs
robes à Paris, comme si l'Amérique n'était pas assez

10

bonne pour leur faire des vêtements! Jacob (toutes les femmes des Présidents appellent leurs maris par leurs petits noms) lui avait promis de faire passer une loi contre cet abus. Dans sa ville, dans l'Indiana, on n'adresserait pas la parole à une jeune femme qui se montrerait dans les rues avec de telles robes.

Ces remarques, faites d'un air et sur un ton qui ne laissaient aucun doute sur leur intention, exaspérèrent outre mesure Madeleine.

— Washington sera enchanté, — dit-elle, — de voir que le Président fait quelque chose pour la réforme des robes ou pour toute autre réforme.

Et après cette allusion aux discours sur les réformes prononcés par le Président avant son élection, Mrs. Lee tourna le dos et sortit du salon, suivie de Sybille qui avait des convulsions à force de contenir ses éclats de rire; elle aurait ri bien davantage encore, si elle avait pu voir le visage de leur hôtesse, quand la porte se fût refermée sur elles, et la rage avec laquelle elle hocha la tête en s'écriant : —

— Tu verras bien si je ne te réformerai pas... rosse!

Mrs. Lee raconta avec beaucoup de vivacité cette entrevue à M. Ratcliffe, et il en rit presque d'aussi bon cœur que Sybille; il essaya pourtant de la calmer en lui promettant de faire dire publiquement par les amis les plus intimes du Président que sa femme était folle et que lui, Ratcliffe, était la personne qui la craignait le plus.

Mais Mrs. Lee déclara que le Président ne valait pas mieux que sa femme; qu'on aurait pu trouver un Président et une Présidente de cette valeur dans n'importe quelle boutique d'épiceries entre les Lacs et l'Ohio, et que rien au monde ne pourrait la décider à aller une seconde fois chez cette grossière blanchisseuse.

Ratcliffe n'essaya pas de changer l'opinion de Mrs. Lee.

Il savait mieux que tout autre comment se faisaient les Présidents, et il savait aussi ce qu'en vaut l'aune.

Rien de ce que pouvait dire Mrs. Lee ne pouvait donc le toucher. Il avait rejeté toutes les responsabilités des actes de son gouvernement sur le dos de Mrs. Lee, et elle s'en aperçut.

Quand elle lui parla avec indignation des révocations en masse par lesquelles la nouvelle administration marquait son arrivée au pouvoir, il lui raconta l'histoire du principe fondamental du Président et lui demanda ce qu'il aurait dû faire.

— Il a voulu me lier les mains, — dit Ratcliffe, — tout en conservant les siennes libres, ce à quoi j'ai consenti. Puis-je maintenant donner ma démission à cause de ces révocations ?

Madeleine fut forcée d'avouer que cela ne pouvait se faire.

Elle ne pouvait pas savoir combien de révocations il avait lui-même provoquées, ni jusqu'à quel point il avait battu le Président à son propre jeu.

Il se posait auprès d'elle en victime et en patriote.

Il n'avait fait aucun pas sans son approbation. S'il était en place, c'était pour empêcher le plus de mal qu'il pourrait, mais non pour encourir la responsabilité du mal qui se faisait ; et il lui assura en toute sincérité

que, s'il quittait son poste, des hommes pires que lui
en prendraient possession ; que d'ailleurs le Président
aurait certainement grand soin de le lui faire abandonner quand le moment opportun serait venu.

Mrs. Lee dès lors pouvait mettre à exécution l'idée
qui l'avait amenée à Washington, car elle se trouvait
en plein milieu du bourbier de la politique, et elle était
très-bien placée pour voir comment la grande machine
se débattait, en éclaboussant de sa boue jusqu'à sa robe
blanche.

Et Ratcliffe, une fois entré aux Finances, se mit à
tourner en ridicule les lois et leur élaboration, disant
ouvertement qu'il ne comprenait pas comment le gouvernement pouvait se maintenir.

Il ne cessait d'affirmer cependant que ce gouvernement étrange était la plus haute expression de son idéal
politique.

Mrs. Lee le regardait bien en face et se demandait
s'il savait ce que c'était qu'un idéal.

A ses yeux, il y avait moins d'idée dans le gouvernement que dans les robes de Sibylle ; car si les robes
avaient ce point de commun avec le gouvernement
qu'elles étaient affreusement chères, elles remplissaient
du moins leur but, les parties s'accordaient entre elles,
et n'étaient ni embarrassantes ni gênantes.

Il n'y avait dans tout cela rien de bien encourageant ;
mais qu'importait !

Cela valait mieux que New-York : elle trouvait du
moins ici matière à observation et à réflexion.

Il n'y avait pas jusqu'à Lord Dunbeg qui ne l'entretint des heures entières de philanthropie pratique.

Ratcliffe aussi était forcé de sortir de l'ornière politique pour justifier son droit d'admission dans la maison.

Et M. French y faisait de longs discours en attendant
son retour dans le Connecticut, après le 4 mars [1], et il
avait amené plus d'un membre intelligent du Congrès
dans le salon de Mrs. Lee.

Sous l'écume qui flottait à la surface de la mer politique, Madeleine sentait comme un courant pur de
préoccupations honnêtes chassant devant lui l'écume et
conservant à la masse sa pureté, ce qui lui suffit pour
désirer de poursuivre ses études.

Elle se réconciliait peu à peu avec la morale de Ratcliffe, car elle ne voyait aucun moyen de faire autrement.

Elle avait approuvé chaque mesure qu'elle lui avait
vu prendre.

Elle ne pouvait nier qu'il n'y eût quelque chose de
faux à admettre deux poids et deux mesures en fait de
morale ; mais où était le faux ?

M. Ratcliffe lui paraissait faire de bonne besogne avec
les moyens les plus purs possibles : il fallait l'encourager et non l'injurier.

Qu'était-elle pour s'ériger en juge ?

Certaines personnes de son entourage suivaient ses
progrès politiques avec moins de satisfaction.

M. Nathan Gore était de ce nombre.

Un soir, il vint la voir de fort méchante humeur, et,

[1] La session est close après l'inauguration du nouveau Président, le 4 mars.

10.

s'asseyant à côté d'elle, il lui dit qu'il venait lui faire ses adieux et la remercier de toutes les bontés qu'elle lui avait témoignées; il devait quitter Washington le lendemain matin.

Mrs. Lee en exprima ses sincères regrets; elle ajouta qu'elle espérait qu'il ne la quittait que pour aller à Madrid.

Il hocha la tête.

— Je pars, — dit-il, — mais non pour Madrid. Les destins m'ont été contraires. Le Président ne veut pas de mes services, et je ne puis l'en blâmer, car si nos rôles étaient intervertis, je ne voudrais certainement pas des siens. Il a un ami de l'Indiana qui, m'a-t-on dit, lui avait demandé la direction des postes à Indianapolis; mais comme cela ne convenait pas aux politiciens, on l'a dédommagé en lui offrant la légation de Madrid. Mais mes chances auraient été nulles alors même que ce contre-temps ne serait pas venu se jeter en travers de ma route. Je ne plais pas au Président. Il trouve à redire à la coupe de mon par-dessus, qui malheureusement vient d'Angleterre. Il trouve également à redire à la coupe de mes cheveux. Et j'ai peur de déplaire aussi à sa femme parce que j'ai le bonheur de passer pour être de vos amis.

Madeleine ne put s'empêcher de reconnaître que la situation de M. Gore n'était pas des plus gaies.

— Mais après tout, — dit-elle, — on ne peut attendre des politiciens qu'ils aiment les littérateurs qui écrivent l'histoire. On n'attend pas non plus des autres espèces de criminels qu'ils aiment leurs juges.

— Non, mais ils ont assez de bon sens pour les craindre, — répondit Gore d'un ton vindicatif. — Il n'y a pas un politicien vivant qui ait l'intelligence et l'art de défendre sa propre cause. L'océan de l'histoire est plein des carcasses de ces hommes d'État et, à l'exception de ceux que quelque historien a repêchés pour les attacher au gibet, ils sont tous morts et oubliés.

M. Gore était si exalté qu'il dut s'arrêter un moment pour reprendre haleine après cette véhémente sortie.

— Vous avez parfaitement raison et le Président aussi, — continua-t-il ensuite. — Ce n'est pas mon affaire de me mêler de politique. Ce n'est pas ma place. Quand vous entendrez de nouveau parler de moi, je ne serai plus coureur d'emplois.

Puis il changea rapidement de conversation, exprimant l'espoir que Mrs. Lee retournerait bientôt dans le Nord et qu'il la retrouverait à Newport.

— Je ne sais, — répondit Madeleine, — le printemps est agréable ici, et nous comptons y rester jusqu'à la saison des chaleurs.

M. Gore était sérieux.

— Et votre politique, — dit-il, — êtes-vous contente de ce que vous avez vu?

— J'en sais assez pour avoir perdu toute notion du bien et du mal. N'est-ce pas là le premier pas en politique?

M. Gore n'était pas en humeur de plaisanter, même gravement. Il se mit à débiter un long sermon qui avait tout l'air d'un chapitre de quelque ouvrage d'histoire future.

— Mais, mistress Lee, est-il possible que vous ne voyiez pas que vous faites fausse route? Si vous voulez juger du bien dont le monde est susceptible, passez l'hiver à Samarcande, à Tombouctou, mais non à Washington. Soyez commis de banque, imprimeur à la journée, jamais membre du Congrès. Ici vous ne trouverez rien qu'efforts gaspillés et intrigues stériles.

— Pensez-vous qu'il me soit préjudiciable d'apprendre cela? — demanda Madeleine après qu'il eut fini sa longue dissertation.

— Non! — répliqua Gore après un moment d'hésitation. — Non, si vous l'apprenez vraiment. Mais bien des personnes n'y arrivent jamais, ou, quand elles y arrivent, elles y arrivent trop tard. J'apprendrai avec joie que vous vous êtes rendue maitresse de cette science et que vous avez renoncé à l'idée de réformer les politiciens. Les Espagnols ont un proverbe qui sent l'écurie, mais qui s'adresse à des personnes comme vous et moi : Celui qui lave la tête de son âne perd son temps et son savon.

Gore prit congé avant que Madeleine eût eu le temps de saisir toute l'impertinence de ces dernières paroles.

Elle était déjà couchée, ce soir-là, quand l'idée lui vint comme un éclair que M. Gore pouvait bien s'être permis de la viser elle-même gaspillant son temps et son savon avec M. Ratcliffe.

D'abord, elle se mit furieusement en colère, finalement elle en rit malgré elle, forcée qu'elle était de reconnaître qu'il y avait du vrai dans le portrait.

Dans son for intérieur, elle se sentait d'autant moins offensée qu'elle savait bien qu'il n'avait dépendu que d'elle de faire de M. Gore quelque chose de plus qu'un ami.

Cette pensée que la jalousie seule l'avait rendu impertinent, eût été plus justifiée encore aux yeux de Mrs. Lee si elle avait pu entendre les paroles qu'il dit à Carrington en prenant congé de lui.

— Prenez garde à Ratcliffe! — fut son dernier mot d'adieu. — C'est un fin renard. Il a jeté ses vues sur Mrs. Lee. Veillez à ce qu'il ne l'enlève pas!

Un peu étourdi par cette soudaine confidence, Carrington ne put que demander ce qu'il pouvait faire pour l'empêcher.

— Les chats qui veulent prendre les souris ne mettent pas de gants, — répondit Gore qui avait toujours en poche quelque proverbe espagnol.

Carrington, après de longues réflexions, en conclut seulement que le désir de Gore était que les ennemis de Ratcliffe lui montrassent leurs griffes. Mais comment?

Peu de temps après, Mrs. Lee exprima à Ratcliffe son regret du désappointement de Gore et fit une légère allusion à son dégoût pour tout le gouvernement.

Ratcliffe répondit qu'il avait fait pour Gore tout ce qu'il pouvait; il l'avait présenté au Président, qui, après l'avoir vu, avait juré par son serment granitique habituel qu'il enverrait plutôt en Espagne un des nègres qui travaillaient dans sa ferme que ce mannequin de modiste.

— Vous savez dans quelle situation je me trouve, —
ajouta Ratcliffe; — que pouvais-je faire de plus?

C'est ainsi qu'il fit taire le reproche implicitement
compris dans cette observation de Mrs. Lee.

Si Gore était peu satisfait de la conduite de Ratcliffe,
le pauvre Schneidekoupon l'était encore moins. Il
revint de nouveau à Washington peu de temps après
l'inauguration et eut une entrevue particulière avec le
Secrétaire des Finances.

Ce qui s'y passa ne fut connu que d'eux seuls, mais
toujours est-il que l'humeur de Schneidekoupon n'en
devint pas meilleure.

Il semblait résulter de ses conversations avec Sibylle,
qu'il avait été question de certaines nominations dans
lesquelles ses amis protectionnistes étaient intéressés
et il parlait ouvertement du manque de bonne foi de
Ratcliffe, qui avait tout promis à tout le monde et qui
avait manqué de parole à tous; si on avait suivi son
conseil, à lui, Schneidekoupon, tout cela ne serait pas
arrivé.

Mrs. Lee dit à Ratcliffe que Schneidekoupon paraissait fort exaspéré et lui en demanda la raison.

Ratcliffe ne fit qu'en rire et éluda la question en
faisant remarquer que les animaux de cette espèce se
plaignaient toujours tant qu'ils ne pouvaient pas avoir
tout le gouvernement à eux seuls; Schneidekoupon
n'avait aucun motif de grogner; personne ne lui avait
jamais rien promis.

Mais néanmoins, Schneidekoupon confia à Sibylle
l'antipathie que lui inspirait Ratcliffe et l'adjura solen-

nellement de ne pas laisser Mrs. Lee tomber dans ses
mains, à quoi Sibylle répondit sèchement qu'elle voudrait bien que M. Schneidekoupon eût la bonté de lui
dire comment elle pouvait l'empêcher.

Le réformateur French avait également été l'un des
auxiliaires de Ratcliffe pendant la période de la lutte.

Il ne resta à Washington que quelques jours après
l'inauguration et disparut ensuite subitement en laissant sa carte P. P. C. à la porte de Mrs. Lee.

Il paraîtrait que lui non plus n'était pas content,
mais il garda le silence sur ce point, et, si réellement
il avait ambitionné la légation de Belgique, il pouvait
l'attendre tranquillement.

Ce fut un respectable entrepreneur de diligences de
l'Orégon qui obtint la place.

Quant à Jacobi, qui n'était pas désappointé du tout,
parce qu'il n'avait rien eu à demander, il était plus
acharné que tous les autres.

. Il félicita cérémonieusement Ratcliffe de sa nomination.

Cette petite scène se passa dans le salon de Mrs. Lee.

De son ton le plus mielleux, avec le visage le plus
railleur, le vieux baron déclara que dans sa longue
carrière, il avait vu bien des intrigues de cour, mais
jamais rien qui fût aussi bien mené que cette affaire
du Ministère des Finances.

Ratcliffe était furieux et dit au baron en termes
clairs et nets que les ministres étrangers qui insultaient
les gouvernements auprès desquels ils étaient accrédités couraient le risque d'être renvoyés chez eux.

— Ce serait toujours un pis aller, — dit Jacobi en français, en s'asseyant tranquillement à la place favorite de Ratclife à côté de Mrs. Lee.

Madeleine, alarmée, ne pouvait se dispenser de s'interposer, aussi demanda-t-elle en hâte si cette phrase était intraduisible.

— Ah ! — dit le baron ; — je ne puis rien faire de votre langue. On pourrait dire peut-être : Ce ne serait que troquer un mal contre un autre.

— Nous pourrions la traduire en disant : Ce serait tomber de mal en pis, — dit Madeleine.

La tempête ainsi calmée pour un moment, Ratcliffe bouda et laissa tomber la conversation.

Mais jamais ces deux hommes ne se rencontraient dans le salon de Mrs. Lee sans que celle-ci ne redoutât une altercation.

Les sarcasmes de Jacobi et la grossièreté de Ratcliffe firent qu'ils cessèrent peu à peu de se parler et qu'ils se contentèrent de se regarder comme des chiens de faïence.

Madeleine était arrivée à user de toutes sortes d'expédients pour maintenir la paix entre eux, mais leur conduite l'amusait néanmoins beaucoup ; et comme la haine qu'ils se portaient mutuellement n'avait d'autre effet que de stimuler leur empressement auprès d'elle, elle se contentait de tenir la balance égale entre eux.

Ce n'était pas là l'unique conséquence fâcheuse des attentions que Ratcliffe avait pour elle.

Maintenant qu'il passait ostensiblement pour l'ami intime et pour le mari probable de Mrs. Lee, personne

ne se risquait plus à attaquer le Sénateur en sa présence; mais mille choses lui disaient pourtant que
l'atmosphère s'alourdissait autour du Secrétaire des
Finances.

Madeleine se sentait parfois, malgré elle, inquiète
comme si elle eût entrevu une conspiration.

Une après-midi du mois de mars, elle était assise au
coin de son feu, tenant à la main une revue anglaise
et essayant de lire le dernier sermon sur les peines
éternelles, lorsque son domestique lui apporta une
carte.

Mrs. Lee avait à peine eu le temps de lire le nom de
Mrs. Samuel Baker, que cette dame entrait dans le
salon à la suite du domestique, forçant la consigne
d'une manière si flagrante que, pour cette fois, Madeleine fut absolument déconcertée.

Quand on l'importunait ainsi, elle était habituellement froide, mais cette fois-ci, par égard pour Carrington, elle essaya de sourire avec courtoisie et pria
la visiteuse de s'asseoir; ce que Mrs. Baker était en
train de faire sans y être invitée, mettant sur-le-champ
son hôtesse à l'aise.

Vue sans voile, c'était une jolie femme, frisant la
quarantaine, grande, forte, en grande toilette, bien
qu'en grand deuil, avec un teint un peu plus frais que
a nature ne l'avait fait.

Elle montrait dans cette façon de se présenter cet
enjouement, cette familiarité toute particulière à Washington, cet aimable sourire, enfin, ce riche accent
méridional qui expliquaient son succès dans le *lobby*.

Elle regarda autour d'elle avec un superbe aplomb
et loua l'appartement de Mrs. Lee avec une cordialité
si contraire aux habitudes des gens du Nord, ordinai-
rement si avares de louanges, que Madeleine en fut
plutôt amusée qu'offensée.

Mais quand son regard s'arrêta sur le Corot, l'unique
orgueil de Madeleine, elle fut visiblement embarrassée
et eut recours à son binocle, sans doute pour se donner
le temps de réfléchir ; mais elle n'était pas femme à
perdre contenance, même devant un chef-d'œuvre de
Corot.

— Comme c'est joli !... C'est japonais, n'est-ce pas ?...
Des herbes marines vues à travers le brouillard... Je suis
allée à une vente hier et, le croiriez-vous, j'y ai acheté
une théière avec un dessin exactement semblable à
celui-ci.

Madeleine s'informa de cette vente avec un intérêt
extrême ; mais une fois qu'elle eût écouté tout ce que
Mrs. Baker avait à en dire, la conversation était sur le
point de s'arrêter quand Mrs. Lee eut l'idée de prononcer le nom de Carrington.

Le visage de Mrs. Baker s'éclaira tout de suite, si
tant est toutefois qu'un visage qui n'a pas cessé un seul
instant d'être radieux peut s'éclairer.

— Ce cher M. Carrington !... N'est-ce pas qu'il est
charmant ?... Je le trouve charmant... Je ne sais ce
que je deviendrais sans lui... Depuis que le pauvre
M. Baker m'a quittée, nous avons toujours été ensemble. Vous savez qu'en mourant, mon pauvre mari
a laissé l'ordre que tous ses papiers fussent brûlés, ce

qui vaudra mieux pour bien des gens ; je ne vous le dirais
pas, si vous n'étiez pas une amie intime de M. Carrington. Je ne saurais jamais vous dire quelle quantité
de papiers M. Carrington et moi avons mis au feu ; et
nous les lisons tous.

Madeleine lui demanda si ce n'était pas une besogne
bien ennuyeuse.

— Oh ! mon Dieu, non ! Vous savez, j'ai connu tout
ce monde, et tout en faisant notre travail, je raconte à
M. Carrington l'histoire de chacun de ces papiers.
C'était tout à fait amusant, je vous assure.

Mrs. Lee lui dit alors sans détours que d'après ce que
lui avait dit M. Carrington elle avait l'idée que
Mrs. Baker était un très-habile diplomate.

— Un diplomate !.... — répéta la veuve avec son
agréable sourire. — Ma foi ! c'est peut-être bien cela ;
en tout cas, il n'y a pas beaucoup de femmes de diplomates dans cette ville qui aient jamais fait autant de
besogne que j'en ai fait. Je connaissais de vue tous les
membres du Congrès et j'en connaissais la moitié intimement. Tôt ou tard, j'aurais pu gagner la plupart
d'entre eux.

Mrs. Lee lui demanda ce qu'elle faisait de tant de
savoir.

Mrs. Baker secoua son visage couleur de lys et de roses
et elle pensa interloquer Mrs. Lee en lui lançant d'un air
d'intelligence une sorte d'œillade à la Grande-Duchesse.

— Oh ! chère ! vous êtes nouvelle venue ici. Si vous
aviez vu Washington pendant la guerre et pendant les
quelques années qui ont suivi, vous ne demanderiez

pas cela. Nous avions plus d'affaires parlementaires que tous les autres agents réunis. Alors tout le monde venait à nous, pour faire voter son bill ou pour veiller à ce qu'il fût mis à l'ordre du jour. Nous avions toujours beaucoup de besogne. On ne peut pas diriger les affaires de trois cents hommes sans quelque fatigue, voyez-vous. Mon mari avait l'habitude de faire des listes de ces hommes, sur des registres, avec l'histoire de chacun d'eux et tout ce qu'il pouvait apprendre sur leur compte, mais moi je portais tout cela dans ma tête.

— Est-ce que vous voulez dire que vous pouviez les faire voter tous à votre guise? — demanda Madeleine.

— En tout cas, nos bills ont toujours passé, — répliqua Mrs. Baker.

— Mais comment faisiez-vous?... est-ce qu'ils acceptaient des cadeaux?

— Quelques-uns. D'autres aimaient les soupers, les cartes, les théâtres, et toutes sortes de choses. Les uns se laissaient conduire, les autres, il fallait les mener comme le cochon de Paddy qui croyait aller dans la direction inverse. Quelques-uns avaient des femmes qui pouvaient leur parler et d'autres... n'en avaient pas, — dit Mrs. Baker avec un ton que cette brusque conclusion rendait singulier.

— Mais bien sûr, — dit Mrs. Lee, — beaucoup d'entre eux devaient être au dessus.... je veux dire qu'il n'y avait rien à tirer d'eux, et qu'ainsi vous n'aviez sur eux aucune prise...

Mrs. Baker rit de bon cœur et remarqua qu'ils étaient tous à peu près de la même pâte

— Mais je ne puis comprendre comment vous vous y preniez, — insista Madeleine. — Voyons, comment auriez-vous fait pour obtenir le vote d'un respectable Sénateur.... d'un homme comme M. Ratcliffe, par exemple?

— Ratcliffe?... — répéta Mrs. Baker avec une légère élévation de ton qui fit place à un rire protecteur. — Oh! ma chère, ne prononçons pas de nom. Cela me mettrait dans l'embarras. Le Sénateur Ratcliffe était un bon ami de mon mari. J'aurais pensé que M. Carrington vous l'aurait dit. Mais, vous comprenez, ce que nous demandions était en général assez honnête. Nous avions à savoir où se trouvaient nos bills et à taper doucement sur l'épaule des gens chargés des rapports afin qu'ils fussent présentés à temps. Quelquefois il s'agissait de les convaincre que notre bill était juste et qu'il fallait le voter. Seulement, de temps en temps, quand de grosses sommes étaient en jeu et que les votes étaient partagés, il fallait apprécier la valeur des votants. C'était en général en dînant et en causant, en les allant voir au *lobby* et en les invitant à souper. Je voudrais pouvoir vous raconter les choses que j'ai vues, mais je n'ose pas. Ce ne serait pas sûr. Je vous en ai déjà dit plus que je n'en ai jamais dit à personne ; mais vous êtes si intime avec M. Carrington, que je vous considère presque comme une vieille amie.

Mrs. Baker continua à jaser ainsi, tandis que Mrs. Lee l'écoutait avec un doute et un dégoût croissants de minute en minute.

Cette femme était élégante, jolie, d'une beauté com-

mune, mais parfaitement présentable. Mrs. Lee avait vu
des duchesses aussi vulgaires que Mrs. Baker. Celle-ci en
savait plus long sur les opérations pratiques du gouvernement que Mrs. Lee ne pouvait espérer en jamais savoir.

Pourquoi donc s'éloignait-elle de cette intéressante
lobbyist avec une répulsion aussi enfantine?

Après cette longue, cette charmante visite, ainsi
que Mrs. Baker l'appelait elle-même, Madeleine donna
l'ordre formel de ne plus jamais recevoir cette dame.

A l'instant même Carrington entrait; Madeleine
lui montra la carte de Mrs. Baker et lui fit un récit
très-vif de leur entrevue.

— Que dois-je faire avec cette femme? — demanda-
t-elle. — Faut-il que je lui renvoie sa carte?

Mais Carrington refusa de donner son avis sur ce
point intéressant.

— Elle prétend, — poursuivit Mrs. Lee, — que
M. Ratcliffe était un ami de son mari et que vous
pouvez me raconter tout cela.

— Elle vous a dit cela? — remarqua simplement
Carrington.

— Oui! Et qu'elle connaissait l'endroit faible de
tout le monde et qu'elle savait gagner tous les votes.

Carrington n'exprima à ce sujet aucune surprise,
il lui fit toutefois comprendre qu'il préférait changer
de conversation, de sorte que Mrs. Lee n'insista pas et
ne dit plus rien.

Mais elle résolut de faire la même expérience sur
M. Ratcliffe et elle saisit, à cet effet, la première occasion qui se présenta.

De son air le plus indifférent, elle lui dit incidemment que Mrs. Samuel Baker lui avait fait une visite et l'avait initiée aux mystères du *lobby* et qu'elle avait fait naître en elle l'ambition de se lancer dans cette carrière.

— Et elle m'a dit que vous étiez l'ami de son mari,...
— ajouta doucement Madeleine.

Le visage de Ratcliffe resta impassible.

— Si vous croyez tout ce que ces gens-là vous disent, — fit-il sèchement, — vous serez plus savante que la Reine de Saba.

Chaque fois qu'un homme atteint le sommet de l'échelle politique, ses ennemis se liguent pour le jeter à bas ; ses amis deviennent ses critiques et élèvent des exigences.

Parmi les nombreux dangers de cette espèce qui menaçaient alors Ratcliffe, il y en avait un, qui, s'il l'avait connu, lui aurait causé plus d'inquiétude que tous ceux qui étaient l'œuvre de sénateurs et de représentants.

Carrington signa avec Sibylle une alliance offensive et défensive.

La chose était arrivée ainsi.

Sibylle aimait à monter à cheval et Carrington l'accompagnait dans ses promenades à la campagne, toutes les fois qu'il pouvait en trouver le temps, et il lui servait alors de guide et de protecteur.

Tout Virginien, en effet, quelque percés que soient ses coudes, possède un cheval comme il possède des souliers et une chemise.

Dans un moment d'irréflexion, Carrington s'était laissé entraîner à promettre de conduire Sibylle à Arlington [1].

---

[1] Vaste cimetière où ont été enterrés les soldats morts pen-

Il ne se hâtait pas de tenir cette promesse, car il avait ses raisons pour trouver une visite à Arlington fort peu agréable; mais Sibylle ne voulait pas accepter d'excuses; si bien, qu'un beau matin du mois de mars, alors que les buissons et les arbres du Square, devant sa maison, commençaient, sous l'influence d'un soleil plus chaud, à donner des signes d'une floraison prochaine, Sibylle était debout devant la fenêtre ouverte, attendant M. Carrington, tandis que, devant la porte, son nouveau cheval du Kentucky manifestait son impatience par ses mouvements de tête et son piaffement.

Carrington était en retard et la fit attendre si longtemps que les résédas et les géraniums qui ornaient sa fenêtre, ainsi que les glands des rideaux, s'en ressentirent.

Il arriva enfin, et ils partirent ensemble, choisissant les rues les moins encombrées par les tramways et les charrettes des maraîchers, jusqu'à ce qu'ils eussent quitté la grande métropole de Georgetown [1] et franchi le pont qui traverse le beau fleuve, juste à l'endroit où ses rives escarpées s'ouvrent pour enlacer dans leur molle étreinte la ville de Washington.

Arrivés sur la rive virginienne, ils gravirent gaiement au petit galop la route bordée de lauriers, traversant les bosquets où murmuraient les ruisseaux qui

dant la guerre de sécession, jadis propriété de la famille du Général Lee.

[1] Ville de Colombie, vis-à-vis Washington, sur l'autre rive du Potomac.

promettaient pour l'été des fleurs abondantes; de temps en temps, ils avaient des échappées splendides dans le lointain, sur la ville et le fleuve.

Ils passèrent devant le petit poste militaire de la colline, toujours désigné sous le nom prétentieux de fort, quoique Sibylle se demandât en elle-même comment un fort était possible sans fortifications et se plaignit de n'y rien voir de plus martial qu'une pépinière de poteaux télégraphiques.

L'atmosphère était bleue et dorée; tout souriait et brillait dans la fraîcheur vivifiante de la matinée.

Le cœur de Sibylle était dans la joie, mais elle n'était pas du tout contente de remarquer que son compagnon devenait plus sombre et plus distrait.

— Pauvre M. Carrington, — se disait-elle à elle-même, — il est bien gentil; mais une fois qu'il prend cet air solennel, on ferait aussi bien d'aller se coucher. Je suis bien sûre qu'avec cet air-là aucune jolie femme ne l'épousera jamais.

Et son esprit pratique cherchait parmi toutes les filles de sa connaissance quelle était celle qui voudrait se contenter du visage mélancolique de Carrington.

Elle connaissait son attachement pour sa sœur; mais, depuis longtemps, elle avait renoncé à espérer quelque chose de ce côté pour son pauvre ami.

Sibylle tranchait les questions de la vie avec une simplicité qui ne manquait pas de charme. Elle ne s'inquiétait jamais de l'impossible ou de l'inconcevable. Elle avait du cœur et elle était assez vive dans ses sympathies ou dans ses chagrins; mais elle était aussi prompte à oublier et elle croyait que tout le·monde lui ressemblait en cela.

Madeleine disséquait ses sentiments et se demandait toujours s'ils étaient réels ou imaginaires; elle avait l'habitude de dépouiller son âme de son enveloppe, comme elle lui eût ôté sa robe, et de la regarder, comme si elle eût appartenu à quelque autre et comme si les sensations étaient fabriquées comme les vêtements.

Ceci paraît être l'une des façons les plus faciles d'amortir les chagrins, comme si l'âme pouvait s'apprendre à elle-même à couper ses propres ailes.

Ce genre d'observation de soi-même déplaisait extrêmement à Sibylle; d'abord parce qu'elle ne le comprenait pas et, ensuite, parce que son âme était tout ailes et que toute amputation eût entraîné la mort.

Elle ne pouvait pas plus analyser un sentiment que douter de son existence, tandis que sa sœur faisait habituellement l'un et l'autre.

Comment Sibylle pouvait-elle savoir ce qui se passait dans l'âme de Carrington?

Il ne pensait à aucune des choses auxquelles elle croyait s'intéresser elle-même; il était assailli par les souvenirs de la guerre civile et d'une époque encore plus reculée, sur le point de disparaître ou déjà disparue; mais que pouvait-elle savoir de la guerre civile, elle qui était encore dans la première enfance à cette époque?

Elle s'était intéressée ces derniers temps à la bataille de Waterloo, parce qu'elle avait lu *La Foire aux Vanités*, de Thackeray, et elle avait pleuré comme elle le devait sur la pauvre petite Emmy, quand son mari, George Osborne, était resté sur le champ de bataille, le cœur percé d'une balle. Mais comment pouvait-elle savoir que là, à quelques mètres seulement devant elle, étaient couchés des vingtaines et des centaines de George Osborne, ou de gens valant mieux que lui, et que dans leurs tombeaux étaient ensevelis l'amour et l'espoir de bien des Emmy, non des créations de l'imagination d'un écrivain, mais des créatures de chair et d'os comme elle-même?

Pour elle, il n'y avait rien de plus dans ces souvenirs, qui faisaient gémir Carrington en silence en face de ses pensées, que s'il eût été le vieux Kaspar et elle la petite Wilhelmine.

Que lui importait un crâne de plus ou de moins? Quel intérêt avait-elle à cette fameuse victoire?

Sibylle tressaillit pourtant lorsqu'elle eut franchi le seuil du cimetière et qu'elle se trouva subitement en face de longues rangées de blanches pierres tumulaires s'étendant par milliers, en ordre de bataille, sur les flancs de la colline, comme si la légende de Cadmus s'était trouvée renversée et qu'il eût semé des hommes vivants pour faire pousser des dents de dragon.

Elle rassembla en frissonnant les rênes de son cheval et elle fut prise d'une soudaine envie de pleurer.

Il y avait là quelque chose de nouveau pour elle.

C'était la guerre.... les blessures, les maladies, la mort ..

Elle baissa la voix et, avec un regard presque aussi sérieux que celui de Carrington, elle demanda ce que signifiaient tous ces tombeaux.

Lorsque Carrington le lui eût dit, elle commença
pour la première fois à comprendre vaguement pourquoi le visage de son compagnon n'osait pas exprimer
la gaieté du sien ; mais elle ne comprenait pas encore
très-bien, car il lui avait dit peu de chose de lui-même ;
mais, du moins, elle avait saisi ce fait que cet homme
avait, pendant des années, porté les armes contre ceux
qui étaient couchés à ses pieds et qui avaient donné
leur vie pour sa cause.

Soudain une pensée nouvelle l'assaillit : il devait lui-
même en avoir tué quelques-uns de sa propre main.

Cette idée la troubla étrangement.

Elle sentait que Carrington était plus loin d'elle.

Il gagna en dignité dans son isolement de rebelle.

Elle voulut lui demander comment il avait pu être
un traître, mais elle n'osa pas.

Carrington un traître !... Carrington tuer ses amis
à elle !...

Cette pensée était trop monstrueuse pour qu'elle pût
la concevoir.

Elle se rejeta sur la tâche plus simple de se demander
quel air il pouvait avoir dans son uniforme de rebelle.

Ils s'approchèrent lentement de la porte de la maison [1]
et mirent pied à terre, après que Carrington eût eu
certaine peine à trouver quelqu'un pour garder les
chevaux.

Du lourd portique en briques, ils découvraient par
delà le fleuve superbe, la ville dans sa laideur grossière

[1] L'ancienne demeure du Général Lee.

et incohérente, embellie d'une beauté idéale par le mirage de l'atmosphère, et, à l'arrière-plan, des collines bleuâtres

En face d'eux, s'élevait le Capitole, avec son dôme blanc et ses murailles semblables à celles d'une forteresse, avec cette sévère inscription partout gravée : *Ainsi dit la loi.*

Carrington resta quelque temps avec elle à regarder le paysage ; puis il dit qu'il préférait ne pas entrer dans la maison et il s'assit sur les marches du perron tandis qu'elle errait seule à travers les appartements.

Ils étaient nus et abandonnés et, avec son goût féminin pour les arrangements d'un intérieur, elle réfléchit naturellement à la manière dont elle les rendrait habitables.

Elle avait un sentiment très-fin pour le mobilier, et elle distribua généreusement ses tons et ses demi-tons sur les murs et les plafonds, avec une chaise à dossier élevé par-ci, un canapé à pied de fuseau par-là, une table à pied de griffon au centre ; puis, tout en réfléchissant, ses regards tombèrent sur un pupitre en bois de sapin très-sale, sur lequel étaient un registre ouvert, un encrier, et quelques plumes.

Sur la feuille, elle lut la dernière signature : —

ELI M. GROW ET SA DAME,
Thermopyle Centre.

Les tombeaux du dehors lui avaient fait moins sentir les horreurs de la guerre que ce registre.

Quel fléau !

Cette famille si honorable chassée de cette jolie maison, et tout le beau vieux mobilier disparu devant une horde d'envahisseurs grossiers « avec leurs dames. »

Est-ce que les armées d'Attila écrivaient leurs noms sur les registres des visiteurs dans le temple de Vesta et dans la maison de Salluste? Quelle nouvelle terreur elles auraient ajoutée alors au nom de fléau de Dieu!

Sibylle revint au portique et s'assit sur les marches à côté de Carrington.

— Quelle horrible tristesse!... — dit-elle. — Je suppose que la maison était élégamment meublée lorsque les Lee l'habitaient? Est-ce que vous l'avez jamais vue alors?

Sibylle n'était pas très-perspicace, mais elle avait de la sympathie pour autrui; et à ce moment, Carrington avait grandement besoin de consolation; il lui fallait quelqu'un pour partager ses sentiments et, avide d'une âme compatissante, il se tourna vers Sibylle.

— La famille des Lee et la mienne étaient amies d'ancienne date, — dit-il. — J'étais habitué à vivre ici pendant mon enfance et jusqu'au printemps de 1861 [1]. La dernière fois que je me suis assis ici, c'était avec eux. Nous discutions vivement au sujet de la rupture de l'Union et c'était là le sujet de toutes nos conversations. J'ai essayé de me rappeler ce qui fut dit alors. Nous n'avions jamais cru à la possibilité d'une guerre, et quant à la coercition, c'était une absurdité. Coercition!... vraiment l'idée semblait ridicule. Moi aussi je pensais de la sorte, quoique partisan de l'Union et ne voulant

[1] Commencement de la guerre de sécession.

pas que mon État en sortît. Tout en prévoyant que la
Virginie souffrirait de la guerre, je ne voulus jamais
croire que nous serions vaincus. Et pourtant me voilà,
rebelle amnistié, et les pauvres Lee sont chassés de
leur propriété transformée en cimetière.

Sibyle s'intéressa tout à coup aux Lee, et elle lui fit
bien des questions auxquelles Carrington répondit avec
empressement.

Il lui dit comment il avait admiré le Général Lee
et comment il l'avait suivi pendant la guerre.

— Nous pensions qu'il serait notre Washington, et
peut-être le pensait-il un peu lui-même.

Et puis quand Sibylle voulut entendre un récit des
batailles et des combats, il dessina une carte grossière
sur le sable de l'allée pour lui montrer les positions
des deux armées qui n'étaient séparées que par une distance de quelques milles; il lui raconta comment il
avait porté son fusil à travers tout ce pays et à quelles
batailles il avait pris part.

Sibylle avait tout à apprendre; l'histoire se présenta
devant elle avec toute la vivacité de la réalité, car là,
sous ses yeux, étaient les tombeaux des champions de
son pays et, à ses côtés, se trouvait un rebelle qui avait
affronté les feux de nos troupes à Malvern Hill et à
South Mountain et qui lui racontait la contenance et les
pensées des hommes mis en face de la mort.

Elle écoutait avec un tel intérêt qu'elle n'osait respirer; à la fin elle raffermit son courage et lui demanda
d'un ton plein d'anxiété s'il avait jamais tué quelqu'un
lui-même.

Elle fut soulagée, bien qu'un peu désappointée, lorsqu'il lui dit qu'il ne le croyait pas ; qu'il espérait même
que non, quoique aucun soldat ayant jamais déchargé
un fusil dans une bataille puisse être complétement sûr
de la direction de ses balles.

— Je n'ai jamais essayé de tuer personne, — dit-il,
— quoiqu'on ait sans cesse cherché à me tuer.

Alors Sibylle voulut savoir comment on avait cherché
à le tuer, et il lui raconta un ou deux de ces épisodes
que tous les soldats ont rencontrés ; on a tiré sur eux
et les balles ont percé leurs vêtements ou fait couler
leur sang.

La pauvre Sibylle était toute bouleversée, cette horrible description la fascinait étrangement.

Ils étaient toujours assis sur les marches du portique, avec cette vue splendide se déroulant devant
eux.

L'attention de Sibylle était si captivée par ce récit
qu'elle ne faisait attention ni au paysage, ni même aux
voitures des touristes qui montaient jusque-là, regardaient, puis repartaient, enviant à Carrington le voisinage d'une si jolie personne.

Elle suivait, en pensée, Carrington dans la vallée
de Virginie quand il marchait contre notre armée ; elle
voyait cette dernière voler au combat, ou regagner
tristement et péniblement les rives du Potomac après
les sanglantes journées de Gettysburg ; elle assistait à
la dernière grande débâcle sur la route de Richmond
à Appomatox.

Ils seraient restés là jusqu'au coucher du soleil si Car-

rington n'avait fait remarquer que l'heure du retour
était venue.

Sibylle se leva lentement, poussant un profond soupir et ne cherchant point à déguiser son regret.

En quittant cet endroit, Carrington, dont les attentions pour sa compagne n'avaient pas été aussi com-
plètes qu'elle l'eût désiré, se hasarda à dire que sa sœur
aurait dû les accompagner, mais il s'aperçut qu'il avait
dit une maladresse.

Sibylle protesta énergiquement.

— Moi, je suis très-heureuse qu'elle ne soit pas venue.
Si elle était venue, vous n'auriez fait que causer et on
m'aurait laissé m'amuser toute seule. Vous auriez discuté sur un tas de choses, et je hais les discussions.
Elle aurait fait la chasse aux grands principes, et vous
vous seriez mis en quatre pour lui en découvrir quelques-uns. D'ailleurs, elle viendra elle-même quelque
dimanche avec cet ennuyeux M. Ratcliffe. Je ne vois
pas ce qu'elle peut trouver d'amusant dans cet homme-
là. Son bon goût se corrompt tout à fait à Washington.
Vous savez, monsieur Carrington, je ne suis ni habile ni
sérieuse comme Madeleine, moi, je ne puis pas étudier
les lois, et je hais la politique, mais j'ai plus de sens
commun que ma sœur et je ne puis m'accorder avec elle.
Je comprends maintenant pourquoi les jeunes veuves
sont dangereuses et pourquoi on les brûle aux Indes
aux funérailles de leurs maris. Non que je voulusse voir
Madeleine sur un bûcher, c'est une excellente créature
que j'aime beaucoup... que j'aime plus que tout au
monde; mais elle commettra certainement un de ces

jours quelque irrémédiable erreur; elle a les idées les plus extravagantes sur le dévouement et le devoir; si par bonheur elle n'avait pas pensé à se charger de moi, il y a longtemps qu'elle aurait fait quelque grande folie; si elle pouvait trouver en moi ombre de perversité, elle serait heureuse pour le reste de ses jours, car elle essaierait de me réformer; mais pour le moment elle s'est entichée de ce M. Ratcliffe, qui s'efforce de lui faire croire qu'elle aura le pouvoir de le réformer; s'il y réussit, tout est fini pour nous. Madeleine ira tout droit se briser le cœur contre cette grande brute odieuse et grossière, qui ne veut que son argent.

Sibylle prononça ce petit discours avec une conviction dont Carrington fut touché. Il ne lui arrivait pas souvent de faire un tel effort et il était évident que ce sujet lui tenait à cœur; ce dont Carrington était enchanté, et, la pressant de continuer : —

— M. Ratcliffe, — dit-il, — me déplaît autant qu'à vous... davantage peut-être. Il déplaît, du reste à tous ceux qui le connaissent un peu. Mais nous augmenterons le mal si nous nous mêlons de cela. Que pouvons-nous faire?

— C'est justement ce que je ne cesse de répéter, — reprit Sibylle. — Tenez, Victoria Dare me dit à tout moment que je devrais faire quelque chose, et M. Schneidekoupon aussi; comme si je pouvais quoi que ce soit. Depuis que Madeleine est à Washington, elle n'a cessé de se faire du tort. La moitié des gens la croient mondaine et ambitieuse. Pas plus tard qu'hier soir cette vieille méchante de Mrs. Clinton me disait : « Votre

sœur s'est tout à fait gâtée à Washington. Elle a plus
la passion du pouvoir qu'aucun être humain que j'aie
jamais vu. » Cela m'a mis terriblement en colère et je lui
ai dit qu'elle se trompait étrangement et que Madeleine
n'était nullement gâtée. Mais je ne pouvais soutenir
que Madeleine n'aime pas le pouvoir, car elle l'aime;
mais non comme Mrs. Clinton le pense. Si vous l'aviez
vue l'autre soir!... M. Ratcliffe parlait d'une affaire publique quelconque, et il disait qu'il ferait ce qui semblerait juste à Madeleine. Je fus étonnée d'entendre ma
sœur lui répondre vivement et vertement, avec un petit
ricanement dédaigneux, qu'il ferait beaucoup mieux
d'agir comme il lui semblerait juste à lui-même. On l'eût
dit irrité, dans ce moment, et il murmura quelque chose
qui pouvait signifier que les femmes étaient incom-
préhensibles. Il ne cesse de la tenter avec le pouvoir. Il
ne dépend que d'elle depuis longtemps de tenir tout le
pouvoir qu'il serait en son pouvoir de lui donner; mais
je vois, et il voit aussi qu'elle le tient jusqu'à un certain
point à distance; cela lui déplaît, et il compte bien
trouver un appât assez puissant pour l'allécher. Je voudrais n'être jamais venue à Washington. New-York est
beaucoup plus agréable et le monde y est plus amusant;
on y danse incomparablement mieux et on vous envoie
des fleurs tous les jours, et l'on n'y parle pas de grands
principes. Maude avait ses hôpitaux, ses pauvres, et ses
écoles, et elle faisait très-bien marcher tout cela. Elle
y était en sûreté. Mais quand je lui rappelle toutes ces
choses, elle se contente de sourire d'un air protecteur,
et elle me dit que j'aurai encore bien le temps de m'a-

muser à New-York tant que je voudrai; tout comme
si j'étais encore une enfant et non une femme de
vingt-cinq ans. Pauvre Maude! Je ne pourrai rester
avec elle si elle se marie avec M. Ratcliffe, et je mourrai
de chagrin s'il me faut la laisser seule avec cet homme.
Croyez-vous qu'il la battra?... Est-ce qu'il boit?...
J'aimerais peut-être mieux être battue un peu, si j'ai-
mais un homme, que d'être emmenée à Péonie. Oh!
monsieur Carrington! vous êtes notre seul espoir. Elle
vous écoutera, vous... Ne lui laissez pas épouser cet
horrible politicien!

Carrington répondit à ce pathétique appel, dont certaines parties pouvaient s'adresser à lui aussi bien qu'à
Ratcliffe lui-même, qu'il était prêt à faire son possible,
mais que Sibylle devait l'avertir du moment favorable
à une intervention.

— Alors, c'est marché conclu, — dit-elle; — chaque
fois que j'aurai besoin de vous, je vous demanderai
votre aide et vous empêcherez le mariage.

— Alliance offensive et défensive, — dit-il, en riant, —
guerre au couteau à M. Ratcliffe..... Nous le scalperons,
s'il le faut; mais je suis porté à croire qu'il fera *hari-
kari* [1] lui-même, si nous l'isolons.

— Madeleine ne l'en aimera que davantage s'il s'as-
treint à une mode japonaise, — répondit Sibylle avec
beaucoup de gravité. — Je voudrais qu'il y eût ici plus
de bric-à-brac japonais, des vieux pots et des vieilles
casseroles de toute nature, on pourrait du moins en

Suicide japonais qui consiste à s'ouvrir le ventre.

causer. Un peu d'art lui ferait du bien. Quelle drôle
de ville que cette ville, et comme tout le monde semble
y marcher sur la tête! Personne n'y pense comme un
autre. Victoria Dare dit que c'est par principe qu'elle
essaie de ne pas être bonne, parce qu'il sera toujours
temps de l'être dans le monde futur. Je suis certaine
qu'elle est convaincue. L'avez-vous vue chez Mrs. Clinton
hier soir? Elle avait plus mauvaise tenue que jamais. Elle
est restée assise sur l'escalier pendant tout le temps du
souper, et elle avait l'air d'une pauvre chatte jaune avec
deux bouquets dans ses griffes... je sais que Lord Dunbeg
lui en a envoyé un; et elle a permis à M. French de
lui faire manger sa crème glacée avec une cuiller. Elle
dit qu'elle était en train de monter à Lord Dunbeg un
bateau sur les mœurs et les coutumes de l'Amérique, et
qu'il allait raconter tout cela dans son article de la *Quarterly Review,* mais je ne crois pas que ce soit bien; et
vous, monsieur Carrington? Je voudrais que Madeleine
consentît à s'occuper d'elle. Je vous assure qu'elle serait
singulièrement affairée.

C'est ainsi que Sibylle revint à la ville, bavardant
agréablement et concluant une complète alliance avec
Carrington.

Chose étrange, depuis lors elle ne le trouva plus
jamais ennuyeux.

Désormais le visage de Sibylle exprima quelque chose
de plus que la simple cordialité chaque fois qu'elle
le voyait venir; et la première fois qu'il lui proposa
une promenade à cheval, elle accepta sur-le-champ, tout
en sachant fort bien qu'elle avait promis à un jeune

gentilhomme du corps diplomatique de se trouver chez
elle cette après-midi-là.

Le brave jeune homme jura même dans toutes les
langues en trouvant la porte close.

M. Ratcliffe ignorait complétement cette conspiration
tramée contre son repos et ses projets, et, quand même
il l'eût su, il n'aurait fait qu'en rire, et il aurait continué sa route sans y prêter une seconde d'attention.
Non qu'il fût d'avis que l'hostilité de Carrington pouvait être dédaignée; car dès qu'il en eut découvert la
cause, il avait pris ses précautions.

Même au milieu de sa lutte pour le Ministère des
Finances, il avait trouvé le temps d'écouter le rapport
de M. Wilson Keen sur les affaires de feu Samuel
Baker.

M. Keen vint chez lui avec une copie du testament
de Baker et une liste des remarques faites par la peu
méfiante Mrs. Baker.

— Desquelles il ressort, — dit-il, — que Baker n'ayant
pas le temps de mettre ses affaires en ordre a laissé
des instructions spéciales pour que ses exécuteurs testa-
mentaires détruisent soigneusement tous les documents
qui pourraient compromettre quelqu'un.

— Quel est le nom de l'exécuteur testamentaire? —
avait demandé Ratcliffe.

— Le nom de l'exécuteur testamentaire est.... John
Carrington, — dit Keen consultant méthodiquement
la copie du testament.

Le visage de Ratcliffe demeura impassible, mais l'inévitable : « Je le savais, » jaillit presque sur ses lèvres.

Il était content de voir que son instinct l'avait conduit sûrement sur la vraie piste.

Keen poursuivit et dit que, d'après la conversation de Mrs. Baker, il était certain que les instructions du testateur avaient été exécutées et que la plus grande partie de ces documents avaient été brûlés.

— Alors il sera inutile de pousser les recherches plus loin, — dit Ratcliffe. — Je vous suis bien obligé de votre aide.

Et il amena la conversation sur la situation du bureau de M. Keen au Département des Finances.

La première fois que Ratcliffe vit Mrs. Lee après sa nomination aux Finances, il lui demanda si elle ne croyait pas que Carrington convint très-bien au service public, et, comme elle appuya chaudement cette idée, il lui dit qu'il avait pensé à offrir à Carrington la place de solicitor du Trésor[1].

— Quoique, — ajouta-t-il, — les appointements réels ne dépassent pas de beaucoup le produit de sa clientèle particulière, les avantages accessoires sont considérables pour un avocat à Washington; et quant au ministre, il lui importe par-dessus tout d'avoir un solicitor en qui il puisse avoir une confiance absolue.

Mrs. Lee fut charmée de cette proposition de Ratcliffe, d'autant plus qu'elle croyait que le Sénateur n'aimait guère son cousin.

Elle doutait toutefois que Carrington acceptât la place, mais elle espérait que cela pourrait au moins

[1] Chef du Contentieux du Ministère des Finances.

modifier son aversion pour Ratcliffe et elle consentit à le sonder à ce sujet.

C'était un peu compromettant de s'afficher de la sorte en dispensatrice des faveurs de Ratcliffe ; mais elle écarta cette objection sous le prétexte que les intérêts de Carrington y étaient engagés et que c'était à lui de juger s'il devait accepter la place ou non.

Peut-être le monde serait-il moins charitable si cette nomination se faisait.

Et après ?

Cette question qu'elle se posait à elle-même ne la rassurait pas entièrement.

En ce qui regardait Carrington elle aurait pu écarter ses doutes.

Il n'y avait pas la moindre chance qu'il acceptât cet emploi, ce qu'elle ne tarda pas à apprendre.

Quand elle lui en parla et qu'elle répéta ce que Ratcliffe lui avait dit, il rougit et il garda le silence pendant quelques instants.

Il ne pensait jamais très-rapidement, mais pour cette fois les idées affluèrent à son cerveau avec une telle rapidité qu'elles s'y embrouillèrent.

La situation parut illuminée soudain, comme par un éclair.

Sa première impression fut que Ratcliffe voulait l'acheter, lui lier la langue, le faire courir, comme un chien à l'attache, sous la voiture du Secrétaire des Finances.

Sa seconde idée fut que Ratcliffe voulait faire de Mrs. Lee son obligée afin de s'assurer son amitié, et

12

que, d'un autre côté, il voulait s'élever dans son estime en se posant en protecteur d'une administration honnête et en homme vertueux qui a besoin d'aide.

Puis la pensée lui vint encore que Ratcliffe pouvait bien vouloir le faire paraître jaloux et vindicatif; le mettre dans une situation telle que n'importe quel prétexte pour refuser l'offre du Sénateur paraîtrait mesquin et le discréditerait aux yeux de Mrs. Lee.

Carrington était si absorbé par ses pensées et son esprit bouillonnait à un tel point qu'il n'entendit pas une ou deux observations que lui fit Mrs. Lee; elle s'en alarma un peu, craignant qu'il ne fût subitement paralysé.

Son embarras augmenta encore quand enfin il eut tout compris et qu'il essaya de trouver une réponse.

Il ne put que balbutier qu'il était fâché de devoir refuser, mais que cet emploi était de nature à ne pouvoir être accepté par lui.

Si Madeleine se sentit quelque peu soulagée par cette décision, elle ne le fit pas voir.

A son air, on aurait pu conclure que son plus intime désir était de voir Carrington solicitor du Trésor.

Elle l'interrogea obstinément.

N'était-ce pas une proposition avantageuse?....

Il ne pouvait que le reconnaître.

Les fonctions étaient-elles contraires à ses goûts?...

Nullement! il n'y avait dans les devoirs de cette charge rien qui l'effrayât.

Refusait-il parce qu'il avait contre l'administration les préjugés de tout homme du Sud?...

Pas le moins du monde. Ses opinions politiques n'a-
vaient rien à faire là dedans.

Alors quels pouvaient donc être les motifs de son
refus?

Carrington eut de nouveau recours au silence ; mais
enfin, Mrs. Lee, un peu impatientée, lui demanda s'il
était possible que son antipathie pour Ratcliffe pût
l'aveugler au point de lui faire repousser une si brillante
proposition.

Carrington se sentit de plus en plus mal à l'aise ; il
se leva avec impatience et arpenta la chambre à grands
pas.

Il se rendait compte qu'il était entièrement battu
par Ratcliffe et il se creusait la tête pour savoir quelle
carte jouer sans faire le jeu de son adversaire.

Le refus d'une offre de ce genre était en soi-même
bien dur pour un homme comme lui qui avait besoin
d'argent et d'avancement, mais se nuire à soi-même et
travailler en même temps pour Ratcliffe, voilà qui était
intolérablement pénible.

Il fut donc forcé d'avouer qu'il préférait ne pas
accepter un emploi placé aussi directement sous le
contrôle de Ratcliffe.

Madeleine n'en parla plus, mais il lui trouva l'air
contrarié et se vit lui-même dans une situation pénible,
insupportable.

Si elle avait elle-même quelque intérêt en lui pro-
posant cette situation, est-ce que son refus n'aurait pas
pour elle des conséquences mortifiantes? Que pense-
rait-elle de lui, alors?

A ce moment, il aurait donné son bras droit pour une seule parole vraiment affectueuse de Mrs. Lee. Il l'adorait. Il se serait volontiers voué au diable pour elle. Il n'y avait pas de sacrifice qu'il n'eût fait pour la rapprocher de lui. Il s'immolait devant elle à sa façon droite, calme, simple. Depuis des mois, son cœur souffrait de cette passion sans espoir. Il était bien forcé de reconnaître qu'elle était sans espoir. Il savait qu'elle ne l'aimerait jamais, et il devait rendre à Mrs. Lee cette justice qu'elle ne lui avait jamais donné de motif pour supposer qu'elle pût l'aimer, lui ou tout autre. Et maintenant il devait paraître à ses yeux, ingrat, plein de préjugés, bas, et vindicatif!...

Il se rassit, d'un air si abattu, sa figure résignée était si tragiquement triste, que Madeleine, entrevoyant tout à coup le côté comique de la chose, partit d'un éclat de rire.

— Oh! je vous en prie, n'ayez pas l'air si lamentablement malheureux! — dit-elle. — Mon intention n'était pas de vous rendre malheureux. Après tout, qu'est-ce que cela fait? Vous avez parfaitement le droit de refuser, et, pour ma part, je n'ai pas la moindre envie de vous voir accepter.

Là-dessus, Carrington se rasséréna et déclara que si elle croyait qu'il avait raison de refuser, il se souciait peu du reste. La crainte seule de froisser ses idées personnelles avait préoccupé son esprit.

Mais le ton dont il dit cela trahissait un sentiment plus profond qui rendit à Mrs. Lee un air grave et la fit soupirer.

— Ah! monsieur Carrington, — dit-elle, — ce monde n'ira jamais comme nous le voulons. Croyez-vous que le temps vienne jamais où tous les hommes seront bons et heureux et où ils feront exactement leur devoir? Je pensais que cette offre vous soulagerait d'une partie de vos tourments. Je regrette de m'être laissée entraîner à la faire.

Carrington ne put lui répondre : il craignait que sa voix ne le trahît.

Il se leva pour s'en aller et lorsqu'elle lui tendit la main, il la porta soudain à ses lèvres et il la quitta là-dessus.

Elle resta assise quelque temps les larmes aux yeux, après son départ.

Elle croyait comprendre tout ce qui se passait dans l'âme de Carrington et, avec cette tendance propre aux femmes, d'expliquer tous les actes des hommes par l'ardeur de passions dont les femmes sont le prétexte, elle présuma, comme chose toute naturelle, que la jalousie était l'unique cause de l'aversion de Carrington pour Ratcliffe, et elle lui pardonna avec un empressement charmant.

— J'aurais pu l'aimer, il y a dix ans, — pensa-t-elle.

Et elle sourit à moitié à cette idée ; mais soudain une autre pensée lui vint, rapide comme l'éclair, et elle porta la main à son visage comme si elle avait reçu un coup.

Carrington avait rouvert l'ancienne blessure.

Très-peu de temps après, lorsque Ratcliffe, heureux d'avoir une aussi bonne excuse pour sa visite, vint pour

12.

la revoir, elle lui dit que Carrington avait refusé et elle ajouta qu'il paraissait ne pas vouloir accepter une position ayant un caractère politique.

Ratcliffe ne manifesta aucun signe de déplaisir ; il dit seulement d'un ton bienveillant, qu'il regrettait de ne pas pouvoir faire quelque chose pour un de ses meilleurs amis, établissant ainsi, à tout événement, son droit à sa gratitude.

Mais, en réalité, il n'avait nullement désiré voir Carrington accepter, et il n'y comptait pas, car c'eût été mettre le ministre dans le plus grand embarras.

Le but de Ratcliffe avait été de résoudre pour sa tranquillité personnelle la question de l'hostilité de Carrington, car il connaissait assez l'homme pour être sûr que dans tous les cas il agirait d'une façon absolument droite.

Mais, s'il acceptait, il serait du moins fidèle à son chef.

S'il refusait, comme Ratcliffe s'y attendait, cela prouverait qu'il fallait trouver un autre moyen de se débarrasser de lui.

Et, d'une manière comme de l'autre, c'était une maille nouvelle au filet dont M. Ratcliffe se flattait d'envelopper rapidement les affections et les ambitions de Mrs. Lee.

Mais il avait de bonnes raisons pour soupçonner Carrington d'être mieux en état que tout autre de rompre, quand il le voudrait, les mailles de ce filet ; il serait donc plus prudent de n'agir qu'après avoir écarté Carrington.

Sans perdre un instant, il s'informa de toutes les fonctions acceptables vacantes, dont le gouvernement pouvait disposer en dehors de son propre ministère.

Il n'en trouva guère de pratiques. Il cherchait quelque poste de jurisconsulte temporaire, qui retiendrait quelque temps le titulaire à une grande distance, par exemple en Australie ou dans l'Asie Centrale, le plus loin serait le mieux; ce poste devait être très-bien rétribué et il devait être offert de manière à ne pas laisser soupçonner que Ratcliffe était intéressé à le découvrir.

Un poste semblable n'était pas facile à trouver. Il y a peu d'affaires de jurisprudence dans l'Asie Centrale, et en ce moment il n'y en avait pas assez en Australie pour y rendre nécessaire un agent spécial. Il serait malaisé de persuader à Carrington d'entreprendre une expédition aux sources du Nil uniquement pour plaire à M. Ratcliffe; puis le Secrétaire des Affaires Étrangères ne déciderait jamais son gouvernement à faire les frais d'une semblable entreprise.

Ce que Ratcliffe put trouver de mieux, ce fut une place d'avocat auprès de la commission des réclamations du Mexique qui devait bientôt se réunir à Mexico, poste qui entraînerait une absence d'à peu près six mois.

Par une petite manœuvre il ferait envoyer l'avocat quelque temps avant la commission pour étudier une partie de ces réclamations sur les lieux mêmes.

Il est vrai que Mexico était bien près, mais il se dit en fin de compte que si Carrington revenait au bout de ce laps de temps pour le déloger de sa situation une fois bien établie auprès de Mrs. Lee, ce serait à désespérer de tout.

Ce point une fois réglé dans son esprit, Ratcliffe, avec sa rapidité d'action habituelle, mit son projet à exécution.

Il n'y avait pas grande difficulté.

Moins de quarante-huit heures après sa dernière conversation avec Mrs. Lee, il se rendit au cabinet du Secrétaire des Affaires Étrangères.

Durant les premiers jours de chaque administration nouvelle, les affaires qui absorbent le gouvernement ont principalement rapport aux nominations des fonctionnaires.

Le Secrétaire des Finances était toujours disposé à obliger ses collègues du Cabinet en s'occupant de leurs amis dans la mesure du possible.

Le Secrétaire des Affaires Étrangères n'était pas moins courtois.

Dès qu'il comprit que M. Ratcliffe avait un grand désir d'avoir pour une certaine personne la nomination d'avocat de la commission des réclamations mexicaines, il se montra tout prêt à le satisfaire et, quand il apprit quel était le candidat, la proposition fut accueillie avec plaisir, car Carrington était bien connu et fort estimé au ministère et il était véritablement fort bien choisi pour ce poste.

Ratcliffe eut à peine besoin de promettre une compensation; l'affaire fut arrangée en dix minutes.

— Il ne me reste qu'à ajouter, — dit Ratcliffe, —

que si mon intervention dans cette affaire est connue,
M. Carrington refusera certainement la place, car c'est
un de vos planteurs de Virginie de la vieille roche,
orgueilleux comme tous les diables, et il ne voudrait
rien accepter qui parût une faveur. J'en parlerai à
votre sous-secrétaire et la recommandation aura l'air
de venir de lui.

Le lendemain même Carrington reçut un mot personnel de son vieil ami, le sous-secrétaire d'État, qui
était ravi de lui être agréable.

Ce mot l'invitait à passer au ministère le plus tôt
qu'il pourrait.

Il s'y rendit et le sous-secrétaire lui annonça qu'il
avait proposé sa nomination comme avocat de la commission des réclamations mexicaines et que le ministre
l'avait approuvée.

— Il nous faut un homme du Sud, un jurisconsulte
ayant quelque connaissance du droit international,
qui puisse partir sur-le-champ; et, par-dessus tout, il
nous faut un honnête homme. Vous remplissez parfaitement ce programme; ainsi faites votre malle et partez
aussitôt que vous voudrez.

Carrington fut surpris.

De la façon dont cette offre lui était faite, elle ne
souffrait non-seulement aucune objection, mais elle
était même séduisante. Il lui eût été difficile d'imaginer un sujet d'hésitation.

De prime abord il comprit qu'il devait partir, et
cependant c'était la dernière chose qu'il aurait voulu
faire. Il soupçonna naturellement Ratcliffe d'être au

fond de ce plan d'exil et il demanda aussitôt si quelque influence avait été mise en œuvre en sa faveur ; mais le sous-secrétaire affirma si énergiquement que la nomination avait été faite sur sa simple recommandation, qu'il coupa court à toute question ultérieure.

Matériellement l'affirmation du sous-secrétaire était exacte, et Carrington sentit que ce serait une basse ingratitude de sa part de ne pas accepter une faveur si gracieusement offerte.

Néanmoins, il ne put se résoudre à accepter ; il demanda un délai de vingt-quatre heures, pour voir, dit-il, s'il pouvait arranger ses affaires pour une absence de six mois. Il savait fort bien que cela ne souffrirait pas la moindre difficulté.

Il s'enferma seul, dans son cabinet, se demandant avec mélancolie ce qu'il devait faire ; que la situation fût claire, il n'y avait pas l'ombre de doute à avoir à ce sujet.

Six mois plus tôt il aurait accepté avec empressement.

Que s'était-il donc passé depuis pour qu'il vit dans cette offre presque un malheur ?

Mrs. Lee ! Tout était là. Partir maintenant c'était abandonner Mrs Lee, et probablement l'abandonner à Ratcliffe.

Carrington grinçait des dents en entrevoyant avec quelle habileté Ratcliffe jouait son jeu.

Plus il réfléchissait et plus il se convainquait que Ratcliffe était au fond de ce complot, qu'il cherchait à se débarrasser de lui ; pourtant, en examinant la situation, il se dit que Ratcliffe pourrait fort bien se tromper grossièrement.

Ce politicien de l'Illinois était habile et connaissait les hommes; mais la connaissance des hommes est bien différente de la connaissance des femmes.

Carrington lui-même n'était pas fort expérimenté en cette matière, mais il croyait en savoir plus long que Ratcliffe; celui-ci partait évidemment de sa théorie habituelle de corruption politique et l'appliquait à la faiblesse féminine; aussi était-il étonné de trouver que Mrs. Lee s'évaluait à un si haut prix.

Si Ratcliffe était vraiment au fond du complot ourdi pour séparer Carrington de Mrs. Lee, c'est qu'il estimait que six mois ou même six semaines seraient suffisants pour exécuter son dessein.

Arrivé à ce point de ses réflexions, Carrington se leva subitement, alluma un cigare, et, pendant une heure, il se promena dans sa chambre d'un pas ferme, comme un général qui combine son plan de campagne, ou comme un avocat qui réfute d'avance l'argumentation de son adversaire.

Sur un point sa résolution était prise.

Il accepterait.

Si réellement Ratcliffe avait la main dans cette intrigue, il fallait le satisfaire.

S'il avait tendu un piège, il s'y prendrait lui-même.

Lorsque le soir arriva, Carrington prit son chapeau et se rendit chez Mrs. Lee.

Il trouva les deux sœurs seules et tranquillement occupées.

Madeleine raccommodait gravement un bas de soie à jour, tâche délicate et difficile qui réclamait toute son attention.

Sibylle était au piano comme à l'ordinaire et, pour la première fois, depuis qu'il la connaissait, elle se leva quand il entra et, prenant sa corbeille à ouvrage, elle se mit en mesure de prendre part à la conversation.

Elle était décidée à tenir dorénavant sa place de femme. Elle était fatiguée de jouer le rôle de jeune fille. M. Carrington verrait qu'elle n'était pas une sotte.

Carrington entama tout de suite son sujet et annonça l'offre qui lui avait été faite; Madeleine manifesta une grande satisfaction et fit beaucoup de questions.

Quel était le traitement?... Devait-il partir bientôt?... Combien de temps serait-il absent?... Y avait-il du danger à cause du climat?...

A la fin, elle ajouta avec un sourire : —

— Que dirai-je à M. Ratcliffe, si vous acceptez cette offre après avoir refusé la sienne?

Quant à Sibylle, elle n'eut qu'une exclamation de reproche.

— Oh! monsieur Carrington!...

Puis elle retomba dans le silence et dans la consternation. Sa première tentative pour prendre une position personnelle dans le monde n'était pas bien encourageante. Elle se sentit trahie.

Carrington non plus n'était plus gai. On a beau être modeste, il faut être un sot pour s'oublier entièrement à la poursuite de la lune et des étoiles.

Au fond du cœur il avait eu un faible espoir qu'en entendant son histoire, Mrs. Lee lèverait la tête en changeant de physionomie, qu'elle aurait un regard involontaire, les yeux un peu humides, un tremblement dans la voix. Mais, se voir expédier au Mexique d'un cœur si léger par la femme qu'il aimait, c'était décourageant.

Malgré lui, il dut se dire que c'en était fait de ses espérances et il observait sa cousine avec une douloureuse résignation, ce qui ne rendit pas la conversation des plus gaies.

Madeleine elle-même sentit qu'elle devait corriger ses expressions et elle essaya de réparer sa faute.

Que ferait-elle sans mentor? dit-elle. Il lui donnerait une liste des livres qu'elle lirait pendant son absence; elles iraient elles-mêmes dans le Nord vers le milieu du mois de mai, et Carrington serait de retour quand elles reviendraien au mois de décembre. Après tout, ils ne se verraient guère davantage pendant l'été s'il était en Virginie que s'il était au Mexique.

Carrington avoua tristement qu'il partait à contre-cœur; qu'il aurait souhaité que cette occasion ne se fût pas présentée; qu'il serait très-heureux si, par une raison quelconque, l'affaire venait à tomber dans l'eau; mais il ne précisa pas autrement ses sentiments, et Madeleine avait trop de tact pour le presser de se prononcer.

Elle se contenta de combattre sa tristesse et elle y mit le plus de bon vouloir possible. Son cœur saigna véritablement quand elle vit son visage s'assombrir de

13

plus en plus et trahir son désappointement, malgré ses efforts pour rester impassible. Mais que pouvait-elle dire ou faire?

Dix heures sonnèrent qu'il était encore là ne pouvant se détacher d'elle. Il sentait que c'était la fin du bonheur de sa vie; il redoutait de rester seul avec ses pensées.

Mrs. Lee commença à donner signe de fatigue. De longs silences coupaient ses remarques; enfin, Carrington, faisant un effort, s'excusa de lui infliger si impitoyablement une visite si longue.

Elle lui pardonnerait, dit-il, si elle savait combien il avait peur d'être seul.

Alors il se leva pour partir, et, en prenant congé, il demanda à Sibylle si elle avait envie de monter à cheval le lendemain; dans ce cas, il serait à ses ordres.

Le visage de Sibylle s'illumina et elle accepta cette invitation.

Un ou deux jours après, Mrs. Lee apprit à Ratcliffe la nomination de Carrington; elle dit ensuite à Carrington que le ministre avait certainement paru froissé, mais qu'il ne l'avait pas laissé voir autrement qu'en changeant à l'instant de conversation.

X.

Le lendemain matin, Carrington se rendit au Ministère des Affaires Étrangères pour annoncer qu'il
acceptait la place.

On lui dit que ses instructions seraient prêtes dans
une quinzaine environ et qu'on comptait qu'il partirait
aussitôt qu'il les aurait reçues; en attendant il devait
consulter une foule de documents au ministère.

Il n'y avait pas de temps à perdre, et Carrington se
mit résolûment à l'œuvre.

Cela ne l'empêcha pas cependant de se rendre au
rendez-vous qu'il avait pris avec Sibylle, et à quatre
heures ils partaient ensemble, passant sous les paisibles
ombrages de Rock Creek et cherchant dans les bois les
chemins tranquilles où leurs chevaux marchaient côte à
côte et où ils pouvaient causer sans crainte des
curieux.

C'était une de ces lourdes et brumeuses journées de
printemps, où la vie commence à germer quoiqu'elle
ne se manifeste encore par d'autres signes extérieurs
que quelques feuilles ou quelques fleurs nouvelles poussant leurs têtes délicates sous les feuilles mortes qui
les ont abritées.

Les deux cavaliers étaient sous l'empire d'une même émotion ; les bois dépouillés, encore privés de feuillage, les bosquets de lauriers, l'air chaud et humide, et les nuages courant très-près de terre semblaient leur faire comme un dais protecteur.

Carrington fut un peu surpris de trouver agréable la société de Sibylle. Ses sentiments pour elle étaient ceux qu'inspire une sœur bien aimée.

Sibylle entama sur-le-champ la question de son abandon et de la rupture du traité tout récemment conclu ; Carrington essaya de se défendre en disant que, si elle savait combien il en était lui-même fâché, elle lui pardonnerait.

Puis elle lui demanda, d'un ton de reproche, si réellement il allait partir et la laisser sans un ami à qui elle pourrait parler.

Les sentiments de Carrington prirent alors le dessus ; il ne put résister à la tentation de lui confier tous ses tourments, ne pouvant les confier à personne autre. Il lui dit franchement qu'il aimait sa sœur.

— Vous dites que l'amour est une folie, miss Ross. Je vous dis, moi, que ce n'est pas vrai. Pendant des semaines et des mois c'est une douleur physique constante, une douleur au cœur qui ne vous quitte ni le jour ni la nuit ; une longue tension des nerfs comme les maux de dents ou les rhumatismes, une douleur qui n'est pas perpétuellement intolérable, mais qui graduellement épuise toutes les forces. C'est une maladie qu'on peut supporter avec de la patience, comme toutes les autres maladies nerveuses, et qu'il faut traiter par les calmants. Mon voyage au Mexique me fera du bien, mais ce n'est pas la raison qui me fait partir.

Il lui dit alors toute sa position privée; la ruine que la guerre lui avait apportée à lui et à sa famille; comment, de ses deux frères, l'un n'avait survécu à la guerre que pour venir mourir chez lui, épuisé par la maladie, les privations, et les blessures; l'autre, frappé d'une balle à ses côtés, était mort dans ses bras en perdant lentement son sang, dans l'horrible carnage du Désert[1]; comment sa mère et ses deux sœurs menaient une existence précaire dans une misérable ferme de Virginie, et comment malgré tous ses efforts il arrivait à peine à les protéger contre la misère.

— Vous ne pouvez vous faire une idée de la pauvreté de nos femmes du Sud depuis la guerre, — dit-il; — on en voit beaucoup qui sont littéralement sans vêtements et sans pain.

Les appointements qu'il gagnerait au Mexique doubleraient son revenu de l'année.

Pouvait-il refuser? Avait-il le droit de refuser?

Et le pauvre Carrington ajouta en gémissant que s'il ne s'agissait que de lui, il se laisserait plutôt tuer que de partir.

Sibylle écoutait les larmes aux yeux.

Elle n'avait jamais vu un homme souffrir : les infortunes qu'elle avait rencontrées jusque-là dans la vie lui avaient été plus ou moins voilées et adoucies en retombant de préférence sur sa sœur aînée.

[1] La bataille du Désert dura sept jours.

Pour la première fois, Carrington se montrait à elle, tel qu'il était, sans ce masque de froide gravité qui d'ordinaire couvrait son visage.

Dans un élan de soudaine inspiration féminine, elle comprit, à n'en pas douter, que l'étrange expression de patiente souffrance que reflétait son visage devait avoir été l'œuvre d'une seule nuit, de la nuit pendant laquelle il avait tenu son frère dans ses bras; il avait vu son sang s'écouler goutte à goutte de son flanc des heures entières, et sa voix s'éteindre dans la profondeur des bois touffus, loin de tout secours, et ses membres devenir froids et rigides.

Quand il eut fini son histoire, elle eut peur de parler.

Elle ne savait comment lui manifester sa sympathie et elle ne pouvait supporter l'idée de paraître froide. Dans son embarras elle ne put que verser des larmes et s'essuyer les yeux en silence.

Une fois que Carrington eut allégé son âme par ses confidences, il se sentit plus gai et plus décidé. Il se moqua de lui-même pour chasser les larmes de sa belle compagne et il l'obligea à prendre l'engagement solennel de ne le trahir jamais.

— Votre sœur bien entendu sait tout cela, — dit-il; — mais il ne faut pas que jamais elle apprenne que je vous ai fait cette confidence, et jamais je ne l'aurais faite à personne qu'à vous.

Sibylle promit de lui garder fidèlement son secret, et, prenant la défense de sa sœur : —

— Il ne faut pas blâmer Madeleine, — dit-elle. — Si vous saviez aussi bien que moi tout ce qu'elle a traversé

vous ne l'accuseriez point de froideur. Vous savez la
mort subite de son mari après un seul jour de maladie,
et quel homme charmant c'était. Elle l'aimait beaucoup
et sa mort parut la stupéfier. Nous ne savions que
penser, tant elle était calme et naturelle. Puis, juste une
semaine après, son petit enfant mourut du croup, au
milieu de souffrances atroces, et elle était comme égarée
par le désespoir de ne pouvoir le soulager. Après cette
mort elle faillit devenir folle; j'ai toujours cru qu'elle
l'avait été tout à fait pendant quelque temps. Toujours est-il, qu'elle se montrait extrêmement exaltée et
qu'elle voulait se tuer; jamais je n'ai entendu personne
déraisonner comme elle sur la religion, la résignation,
et Dieu. Au bout de quelques semaines elle se calma et
fut comme hébétée; elle faisait tout machinalement;
enfin elle se rétablit, mais jamais plus elle ne redevint
ce qu'elle avait été auparavant. Vous savez qu'avant son
mariage elle avait été une des jeunes filles les plus à la
mode de New-York, et qu'elle ne se souciait pas plus
que moi de politique et de philanthropie. Il n'y a pas
longtemps qu'elle s'occupe de toutes ces balivernes.
Mais elle n'est pas mauvaise, au fond, quoiqu'elle puisse
le paraître. Tout cela n'est qu'à la surface. Je sais toujours quand elle pense à son mari ou à son enfant, car
alors son visage devient impassible et elle a le regard
qu'elle avait après la mort de son enfant, alors qu'elle
se souciait fort peu de ce qu'elle deviendrait et que,
pour un oui et pour un non, elle se serait donné la
mort. Je ne crois pas que jamais elle se permette
d'aimer un autre homme. Cette idée lui fait horreur.

Elle tâchera plutôt de chercher l'oubli dans l'ambition, le devoir, et le dévoucment.

Ils chevauchèrent un instant en silence.

Carrington se torturait l'esprit pour comprendre comment deux être inoffensifs tels que Madeleine et lui devinssent le jouet d'aussi cruels tourments, mais il ne trouva pas de solution à ce problème.

Sibylle était également plongée dans ses réfléxions; elle se posait de son côté une question intéressante; quelle sorte de beau frère ferait Carrington; elle pensait qu'après tout elle l'aimait mieux garçon.

Le silence fut rompu par Carrington qui ramena la conversation à son point de départ.

— Il doit y avoir pourtant quelque chose à faire pour empêcher votre sœur de tomber au pouvoir de Ratcliffe. J'y ai tant pensé que je n'en puis plus. N'avez-vous pas quelque idée?

Non! Sibylle était impuissante et horriblement alarmée. M. Ratcliffe venait à la maison aussi souvent qu'il pouvait; il semblait raconter à Madeleine absolument tout ce qui se passait en politique et lui demander conseil, et Madeleine ne le décourageait pas.

— Je crois qu'elle trouve du plaisir à ces confidences et qu'elle pense en conscience pouvoir faire quelque bien en les écoutant. Je n'ose lui en parler. Elle me prend encore pour une enfant et me traite tout comme si j'avais quinze ans... Que faire?

Carrington répondit qu'il avait l'intention de parler lui-même à Mrs. Lee, mais qu'il ne savait que lui dire, car la froisser serait la pousser directement dans les bras de Ratcliffe.

Mais Sibylle pensait que Mrs. Lee ne s'offenserait pas s'il savait s'y prendre.

— Elle en supportera plus de vous que de n'importe qui. Dites-lui franchement que vous... l'aimez, — dit Sibylle avec un effort de courage désespéré. — Elle ne peut s'en offenser, et après vous pourrez dire à peu près tout ce que vous voudrez.

Carrington regarda Sibylle avec plus de tendresse qu'il n'avait jamais cru pouvoir en éprouver pour elle, et il se dit que ce ne serait pas trop mal agir que de se placer sous ses ordres. Elle avait quelque sens pratique, et, ce qui ne gâtait rien, elle était plus belle que jamais, ainsi droite sur son cheval, et la vivacité de ses paroles faisait couler un plus riche incarnat sous son teint chaud.

— Vous avez certainement raison, — dit-il ; — après tout, je n'ai rien à perdre. Qu'elle épouse Ratcliffe ou non, elle ne m'acceptera jamais pour mari, je suppose.

C'était là lâchement solliciter les encouragements de Sibylle ; il eut ce qu'il avait mérité.

Sibylle fut extrêmement flattée de la confiance que Carrington lui témoignait ; elle devint courageuse comme une lionne, puisque c'étaient les doigts de Carrington et non les siens qui devaient se brûler au feu ; elle lui donna promptement son appréciation sur l'état réel des choses, et cette appréciation n'était rien moins qu'encourageante.

13.

Les hommes paraissaient donner congé à leur raison dès qu'il s'agissait de femmes; quant à elle, elle ne pouvait pas comprendre ce qu'il y avait dans les femmes pour en faire tant d'embarras; elle trouvait que la plupart des femmes étaient affreuses, les hommes étaient de beaucoup plus charmants.

— Et quant à Madeleine, pour laquelle vous êtes tous prêts à vous entrecouper la gorge, c'est une bonne sœur que j'aime bien, elle est aussi bonne que l'or et je l'aime de tout mon cœur, mais aucun de vous ne l'aimerait une fois qu'il l'aurait pour femme; elle a toujours fait ses volontés et elle ne cessera jamais de les faire; jamais elle ne saurait s'habituer à vos manières, vous seriez malheureux tous les deux en moins d'une semaine; et quant à ce vieux Ratcliffe, elle lui rendrait la vie insupportable... et j'espère qu'elle le fera, — conclut Sibylle donnant libre cours à son aversion.

Carrington ne put s'empêcher de rire de la manière dont Sibylle tranchait les questions de cœur.

Enhardie par cet encouragement, elle continua de l'attaquer sans pitié; elle lui reprochait d'être aux genoux de sa sœur.

— Comme si vous n'étiez pas aussi bon qu'elle!

Et elle avoua franchement que si elle était homme, elle aurait du moins quelque orgueil.

Les hommes aiment ce genre de leçon : Carrington n'essaya pas de se défendre, il sollicitait même les attaques de Sibylle.

Ils étaient charmés tous deux de leur promenade à travers les bois dépouillés, où murmuraient les ruisseaux printaniers, sous la tiède haleine du vent humide du Sud...

C'était une petite idylle d'autant plus charmante que l'avenir et le passé étaient également sombres.

La franche gaieté de Sibylle faisait douter Carrington si, somme toute, sa vie devait forcément être une affaire sérieuse. Elle avait une vitalité morale si exubérante qu'elle faisait des efforts pour la réprimer, tandis que celle de Carrington était presque épuisée par une tension continue de vingt ans, et il avait besoin d'un plus grand effort pour la soutenir. Il avait raison d'être reconnaissant à Sibylle qui lui prêtait une partie de son superflu. Il s'amusait d'être raillé par elle.

Supposer que Madeleine Lee refuserait de l'épouser! Et après?

—Bah!—dit Sibylle,—vous autres hommes vous êtes tous les mêmes. Comment pouvez-vous être si bêtes? Madeleine et vous, vous ne sauriez vous supporter l'un l'autre. Cherchez une épouse moins lugubre!

Ils tramèrent leur petit complot contre Madeleine et l'élaborèrent avec soin; ils arrangèrent ce que Carrington devait dire et comment il devait le dire; car Sibylle prétendait que les hommes étaient trop stupides pour qu'on pût se fier à eux, même pour faire une déclaration d'amour; il fallait tout leur apprendre par cœur, comme on apprend aux petits enfants à dire leurs prières.

Carrington s'amusait fort d'apprendre à faire une déclaration d'amour et il ne se demandait pas où Sibylle avait acquis une si grande expérience de la stupidité des hommes.

Schneidekoupon, — pensait-il, — nous pourrait en dire des nouvelles.

Ils étaient si occupés de leurs plans et de leur leçon qu'ils ne rentrèrent que fort tard, et Madeleine commençait à craindre quelque accident.

Les ombres du crépuscule s'étaient déjà changées en ténèbres, quand elle entendit le bruit des sabots de leurs chevaux sur l'asphalte ; elle descendit à la porte pour les gronder de leur retard.

Sibylle rit et dit que c'était la faute de Carrington : il avait perdu son chemin et elle avait été forcée de le trouver pour lui.

Dix jours s'écoulèrent avant que leur plan pût être mis à exécution.

Avril était arrivé, Carrington avait terminé son travail, et il était prêt à partir.

Un soir, enfin, il apparut chez Mrs. Lee, au moment juste où Sibylle, par le plus grand des hasards, était sur le point de sortir pour aller, à deux pas de là, passer quelques heures avec son amie Victoria Dare.

Carrington eut quelque honte lorsqu'elle s'en alla. Ce genre de conspiration hypocrite envers Mrs. Lee n'était pas de son goût.

Il s'assit résolûment et entama immédiatement la question.

Il était prêt à partir, dit-il ; son travail au ministère allait être terminé et ses instructions et ses papiers seraient prêts en deux jours ; il n'aurait probablement

pas une autre occasion de voir Mrs. Lee si tranquillement et il voulait prendre dès maintenant congé d'elle,
car c'était cette séparation qui lui pesait le plus ; il
serait parti tranquille et joyeux, s'il n'avait été inquiet
à son sujet ; cependant, jusqu'à ce moment il avait eu
peur de s'ouvrir franchement à elle.

Il s'arrêta un instant, comme attendant une réponse.

Madeleine posa son ouvrage d'un air de regret, mais
non de contrariété ; elle lui dit franchement qu'il avait
été pour elle un ami trop sincère pour qu'elle s'offensât
de ce qu'il avait à dire, quoique ce pût être ; elle ne voulait même pas faire semblant de ne pas le comprendre.

— Mes affaires, — dit-elle, avec une nuance d'amertume, — paraissent être la propriété du public, et
j'aime mieux avoir une voix dans la discussion que
d'être discutée derrière mon dos.

C'était là, dès le début, une bien rude botte, mais
Carrington la para et dit tranquillement : —

— Vous êtes franche et loyale comme toujours. Je
le serai aussi. Je ne puis être autre. Des mois entiers,
je n'ai eu de plaisir qu'auprès de vous. Pour la première fois de ma vie j'ai su ce que c'est que d'oublier
ses propres affaires pour l'amour d'une femme accomplie, qui n'aurait qu'un mot à dire pour obtenir de
moi le sacrifice de tout ce que je possède dans la vie,
celui de ma vie elle-même.

Madeleine rougit et se pencha vers lui avec une gravité que prit aussi le son de sa voix.

— Monsieur Carrington, je suis votre meilleure
amie sur terre. Un jour, vous me remercierez du fond

de l'âme d'avoir refusé de vous écouter aujourd'hui.
Vous ne savez pas combien de souffrance je vous
épargne. Je n'ai pas de cœur à vous donner. Vous
avez besoin d'une vie jeune et fraîche pour fortifier la
vôtre ; d'un caractère gai et vivant pour égayer votre
mélancolie ; d'une femme encore assez jeune pour s'ab-
sorber en vous et pour vous donner toute son existence.
Moi, je ne puis le faire. Je ne puis rien vous donner.
J'ai fait de mon mieux pour me persuader à moi-même
qu'un jour je pourrais recommencer la vie avec la
somme d'espérances et de jouissances qu'elle pro-
cure, mais c'est inutile. Le feu est éteint. M'épouser
serait vous détruire vous-même. Un jour viendrait où
sorti de votre rêve, vous trouveriez l'univers réduit en
poussière et en cendres.

Carrington écouta en silence ; il n'essaya point de
l'interrompre ou de la contredire, seulement à la fin il
dit avec amertume : —

— Ma vie est si précieuse pour les autres et pour
moi-même que j'aurais tort sans doute de la risquer
dans une telle aventure ; je la risquerais pourtant si
vous vouliez m'en donner l'occasion. Me croyez-vous
impie pour tenter ainsi la Providence ? Je n'ai pas l'intention de vous ennuyer de mes supplications. J'ai
encore quelque orgueil et beaucoup de respect pour
vous. Pourtant je pense, malgré tout ce que vous avez
dit et tout ce que vous pourrez dire, qu'une vie man-
quée peut trouver du bonheur et du repos dans la vie
d'un autre, comme le sang d'un jeune être peut rani-
mer une vie épuisée.

Mrs. Lee n'avait dans son répertoire aucune réponse pour ces phrases beaucoup plus métaphoriques que ne l'étaient généralement les discours de Carrington.

Elle trouva à répondre seulement que la vie de Carrington était aussi précieuse que celle de qui que ce fût; qu'elle était assez précieuse sinon pour lui, du moins pour elle, pour qu'elle ne consentit pas à le laisser la gâcher.

— Pardonnez-moi de parler ainsi, — continua Carrington. — Je ne veux pas me plaindre. Je vous aimerai toujours également, que vous vous souciiez de moi ou non, car vous êtes la seule femme que j'aie jamais rencontrée ou que je rencontrerai probablement jamais, qui me semble parfaite.

Si c'étaient là les instructions de Sibylle, elle n'avait pas perdu son temps.

La voix et les paroles de Carrington transpercèrent l'armure de Mrs. Lee, comme si elles avaient été aiguisées par la plus ingénieuse cruauté et en vue de la plus cruelle torture. Elle se sentit devant lui dure et mesquine.

La vie de Carrington avait été et était encore beaucoup moins heureuse que la sienne, et pourtant il était son supérieur.

Il était là, véritablement homme, portant son fardeau avec calme et résignation, sans se plaindre, prêt à affronter les luttes futures avec la même patience qu'il avait montrée jusqu'alors.

Et il la croyait parfaite!

Elle se sentit humiliée de s'entendre appeler en

face une femme parfaite par un homme de cœur.

Elle ! parfaite !...

En proie au repentir, elle fût pour un peu tombée à genoux devant lui et lui eût avoué ses péchés : sa crainte instinctive des soucis et des besoins, l'étroitesse de son cœur, la faiblesse de sa foi, son misérable égoïsme, son abjecte lâcheté.

Chaque nerf de son corps tressaillait de honte à l'idée de sa basse hypocrisie, de ses prétentions que rien ne justifiait, de sa nature trompeuse, enfin.

Elle était sur le point de se cacher la figure dans ses mains. Elle était lasse, honteuse de sa propre image telle qu'elle se voyait à la lumière de ce seul mot de Carrington : Parfaite !...

Ce n'était pas tout encore.

Carrington n'était pas le premier homme qui l'eût trouvée parfaite.

L'horreur la saisit quand elle se souvint que ce mot avait été prononcé autrefois par des lèvres mortes maintenant : elle croyait entendre son mari...

Pourtant ce nouveau tourment la trouvait moins désarmée.

Depuis longtemps elle s'était endurcie au point de pouvoir supporter ces souvenirs, et ils lui rendaient son courage.

Elle avait été appelée parfaite autrefois, mais qu'en était-il résulté ?

Deux tombes et une existence brisée !

Elle se redressa, son visage était devenu pâle et dur.

Elle ne dit pas un mot en réponse à Carrington, elle

ne fit que hocher légèrement la tête sans le regarder.

— Après tout, — poursuivit-il, — ce n'est pas seulement à mon propre bonheur que je songe, mais au
vôtre. Je n'ai jamais eu la vanité de me croire digne de
votre amour et d'espérer le gagner. Votre bonheur,
c'est tout autre chose. Je m'y intéresse tant que je
redoute de partir, de crainte que vous ne soyez mêlée
ici à cette misérable vie politique, alors qu'en restant
je pourrais vous préserver quelque peu, peut-être.

— Croyez-vous donc vraiment que je finirai par
devenir la dupe de M. Ratcliffe? — demanda Madeleine
avec un froid sourire.

— Pourquoi pas? — répondit Carrington sur le
même ton. — Il peut se croire des droits à votre sympathie et à votre aide, sinon à votre amour. Il peut
offrir à votre serviabilité un champ aussi vaste que
vous pouvez le désirer. Il a été envers vous d'une
grande fidélité. Êtes-vous bien sûre de pouvoir l'éloi-
gner, à présent même, sans qu'il soit en droit de vous
reprocher de n'avoir voulu que vous amuser de lui?

— Et êtes-vous bien sûr, vous, — dit Mrs. Lee,
cherchant à éluder la question, — de ne pas l'avoir
jugé trop sévèrement? Je crois le connaître mieux que
vous. Il a beaucoup de qualités, il en a même de supé-
rieures. Quel tort peut-il me faire? En supposant
même qu'il réussisse à me persuader que ma vie pourrait devenir plus utile en complétant la sienne, pourquoi en aurais-je peur?

— Nous différons beaucoup dans notre appréciation
sur M. Ratcliffe, — dit Carrington. — A vous, natu-

rellement, il laisse voir ses meilleurs côtés. Il s'observe, sachant que le moindre faux pas le perdrait. Moi, je ne vois en lui qu'un politicien égoïste, grossier, et sans principes, qui vous abaisserait à son propre niveau, ou, ce qui est beaucoup plus probable, qui vous dégoûterait bien vite et ferait de vous l'infortunée victime de ses ambitions vulgaires, à moins qu'il ne vous obligeât à le quitter. Dans n'importe quel cas, vous seriez dupe. Vous ne pouvez pas vous engager une seconde fois dans votre vie dans une fausse route. Refusez-moi! je ne proférerai pas une plainte. Mais prenez garde de lui sacrifier votre existence.

— Pourquoi avez-vous si mauvaise opinion de M. Ratcliffe? — demanda Madeleine. — Il n'a, quant à lui, que des éloges pour vous. Savez-vous sur son compte quelque chose que le monde ignore?

— Ses actions publiques me suffisent, — répondit Carrington, éludant une partie de la question. — Vous savez que je n'ai jamais eu qu'une opinion à son égard.

Il y eut une pause; les deux interlocuteurs, comprenant que jusqu'alors leur conversation n'avait abouti à rien, se recueillirent.

— Que voulez-vous de moi? — demanda enfin Madeleine. — Est-ce un gage formel que jamais, dans aucun cas, je n'épouserai M. Ratcliffe?

— Non, certes, — répondit-il,— vous me connaissez assez pour savoir que je ne vous demanderais pas cela. Je veux seulement que vous preniez du temps et que vous vous soustrayiez à son influence jusqu'à ce que vous ayez pris une décision. Je suis certain que dans un an d'ici vous aurez de lui l'opinion que j'en ai moi-même.

— Alors vous me permettrez de l'épouser si je trouve que vous vous êtes trompé? — dit Mrs. Lee d'un ton des plus sarcastiques.

Carrington sembla contrarié, mais il répondit tranquillement : —

— Ce que je crains, c'est son influence présente ici. Ce que je voudrais, ce serait de vous voir retourner dans le Nord un mois plus tôt que vous n'en aviez l'intention, et cela sans lui donner le temps d'agir. Vous sachant en sécurité à Newport, je n'aurais plus la moindre inquiétude.

— Vous paraissez avoir une aussi mauvaise opinion de Washington... que M. Gore lui-même, — dit Madeleine avec un dédaigneux sourire. — Il m'a donné le même conseil bien qu'il n'ait osé me dire pourquoi. Je ne suis pas une enfant. J'ai trente ans et j'ai vu un peu le monde. Je ne crains pas comme M. Gore, la malaria de Washington, ni comme vous, l'influence de M. Ratcliffe. Si je suis victime, j'aurai mérité mon sort et je n'aurai pas à me plaindre de mes amis du moins. Ils m'ont donné des conseils pour les besoins de ma vie entière.

Le visage de Carrington s'assombrissait de plus en plus; on eût dit qu'il regrettait sa démarche.

La tournure que la conversation avait prise était précisément celle qu'il avait prévue; c'était celle qu'ils avaient prévue tous deux, Sibylle et lui.

Il ne put s'empêcher de s'affliger à la vue du tort

qu'il se faisait à lui-même, et ce ne fut que par un pur
effort de volonté qu'il se résolut à une dernière et
plus sérieuse attaque.

— Je sais que je suis impertinent, — dit-il, — je
voudrais pouvoir vous montrer combien il me coûte de
vous blesser. C'est la première fois de ma vie que je
vous offense. Si redoutant votre colère, je me taisais,
et si, par un hasard quelconque, vous alliez briser votre
existence contre ce rocher, jamais je ne me pardonne-
rais ma lâcheté. Je ne cesserais de me dire que j'aurais
pu faire quelque chose pour l'empêcher. C'est probablement la dernière fois que j'ai l'occasion de vous
parler ouvertement et je vous supplie de m'écouter.
Je ne demande rien pour moi. Si je savais ne jamais
devoir vous revoir, je dirais encore la même chose.
Quittez Washington !... quittez-le aujourd'hui !... tout
de suite !... sans avertir personne plus de vingt-quatre
heures d'avance !... Partez sans permettre à M. Ratcliffe
de vous voir en particulier ! Revenez l'hiver prochain
si vous voulez et alors acceptez-le si vous le jugez bon.
Seulement je vous prie instamment de réfléchir longtemps et de prendre une décision quand vous serez
loin d'ici.

Les yeux de Madeleine lancèrent des éclairs et elle
jeta sa broderie avec un geste d'impatience.

— Non ! monsieur Carrington ! Je ne veux pas qu'on
me donne des ordres ! Je n'écouterai que moi. Je
ne pense pas à épouser M. Ratcliffe. Si j'y pensais, cela serait déjà fait et depuis longtemps. Mais
je ne le fuirai pas et je ne me fuirai pas moi-même.

Ce serait indigne d'une femme, méprisable... lâche...

Carrington n'avait plus rien à dire. Il était arrivé au bout de sa leçon.

Un long silence suivit, puis il se leva pour se retirer.

— Êtes-vous fâché contre moi? — dit-elle d'un ton plus doux.

— C'est une question que je devrais vous faire moi-même, — reprit-il. — Pouvez-vous me pardonner? J'ai peur que non. Aucun homme ne peut dire à une femme ce que je viens de vous dire et obtenir son entier pardon. Vous ne penserez jamais à moi, ce que vous auriez peut-être fait si je n'avais parlé. Je le savais d'avance. Quant à moi, je ne puis que continuer mon ancienne vie. Elle n'est pas gaie et notre conversation de ce soir n'est pas faite pour l'égayer encore.

Madeleine s'attendrit un peu.

— Des amitiés comme la nôtre ne se rompent pas si facilement, — dit-elle. — Ne soyez plus si injuste envers moi. Viendrez-vous me voir encore une fois avant votre départ?

Il lui répondit affirmativement et lui souhaita le bonsoir.

Mrs. Lee, fatiguée et l'esprit troublé, s'empressa de se retirer dans sa chambre.

— Quand Miss Sibylle rentrera, dites-lui que je ne me sentais pas très-bien et que je suis allée me coucher.

Telles furent les instructions qu'elle donna à sa femme de chambre, ce qu'ayant entendu, Sibylle se dit qu'elle connaissait la cause de cette migraine.

Carrington fit, avant son départ, une autre promenade à cheval avec Sibylle; et il lui raconta le résultat
de son entrevue; tous deux reconnurent que c'était
grave.

Carrington essaya de faire espérer que Madeleine
avait voulu faire une sorte de promesse en disant qu'elle
n'avait nullement l'intention d'épouser M. Ratcliffe;
mais Sibylle secoua énergiquement la tête en signe de
dénégation.

— Comment une femme peut-elle dire qu'elle acceptera ou qu'elle refusera un homme avant qu'il ne la
demande en mariage? — dit-elle de l'air le plus posi-
tif, comme si elle constatait le fait le plus simple du
monde.

Carrington parut embarrassé et s'aventura à demander si les femmes en général ne prenaient point une
décision d'avance sur ce point intéressant; mais Sibylle
eut un geste de mépris.

— Je voudrais bien savoir à quoi cela leur servirait de
prendre une décision?... Elles feraient naturellement
tout le contraire de ce qu'elles auraient résolu. Les
femmes ayant le sens commun n'ont pas la prétention
de prendre des décisions, monsieur Carrington. Mais
vous autres hommes, vous êtes si stupides que vous
n'entendez rien à rien.

Carrington abandonna ce thème et revint à sa vieille
question.

Sibylle pouvait-elle lui suggérer quelque autre idée?

Et Sibylle avoua tristement qu'elle ne le pouvait
pas.

A son point de vue, il ne restait qu'à avoir confiance dans le hasard ; mais elle trouvait cruel à M. Carrington de partir et de la laisser sans appui.

Et pourtant il avait promis d'empêcher le mariage.

— Je compte faire encore une chose, — dit Carrington, — et là tout dépendra de votre courage et de votre sang-froid. Vous pouvez compter que M. Ratcliffe se prononcera avant votre départ, pour le Nord. Il ne soupçonne pas le moindre obstacle de votre part, et il ne s'occupera nullement de vous, si vous le laissez seul et si vous restez tranquille. Quand il voudra se déclarer vous le saurez, votre sœur vous dira au moins si elle l'a accepté. Si elle le refuse formellement, vous n'aurez rien à faire que de l'encourager dans sa résolution. Si vous la voyez hésiter, il faudra intervenir à tout prix et user de toute votre influence pour l'arrêter. Soyez hardie, alors, et faites de votre mieux. Si tout échoue et si Madeleine reste toujours attachée à lui, il faudra bien que je joue ma dernière carte, ou plutôt il faudra que vous la jouiez pour moi. Je vous laisserai une lettre cachetée que vous lui remettrez quand tous les autres moyens auront échoué ! Vous agirez avant la dernière entrevue avec Ratcliffe. Veillez à ce qu'elle lise cette lettre et, si c'est nécessaire, forcez-la de la lire, n'importe où, n'importe quand. Il faut que personne ne sache que cette lettre existe, et il faut que vous en ayez aussi soin que d'un diamant. Vous ne devez pas savoir ce qu'elle contient ; cela doit rester un secret absolu. Comprenez-vous ?

Sibylle crut comprendre, mais le cœur lui manqua.

— Quand me donnerez-vous cette lettre? — demanda-t-elle.

— Le soir qui précédera mon départ, quand je viendrai vous dire adieu; dimanche prochain, probablement. Cette lettre est notre dernière espérance. Si, après l'avoir lue, elle ne congédie pas M. Ratcliffe, vous n'aurez qu'à faire votre malle, ma chère Sibylle, et à trouver un autre chez vous, car vous ne pourrez jamais vivre avec eux.

Jamais auparavant il ne l'avait appelée par son nom de baptême, et elle fut heureuse de l'entendre alors, quoique, en général, de telles familiarités lui fussent absolument désagréables.

— Oh! je voudrais que vous ne partiez pas! — s'écria-t-elle tout en larmes. — Que ferai-je quand vous serez parti?

A ce lamentable appel, Carrington ressentit soudain une douleur extrême.

Il s'aperçut qu'il n'était pas aussi vieux qu'il l'avait cru.

Il était certainement arrivé à aimer dans Sibylle son honnête franchise et son profond bon sens, et il avait même fini par découvrir qu'elle était belle et qu'elle possédait un fort joli visage.

N'y avait-il pas eu entre eux une nuance de flirtation, dans le courant du dernier mois?

L'ombre d'un soupçon à cet égard traversa son esprit, mais il l'écarta le plus vite possible.

Pour un homme de son âge et aussi calme qu'il l'était, aimer deux sœurs à la fois était impossible, et plus impossible encore que Sibylle pensât à lui.

Quant à elle, pourtant, il n'y avait pas de doute sur cette matière.

Elle s'était habituée à compter sur lui et elle le faisait avec toute l'aveugle confiance de la jeunesse. Le perdre était une sérieuse déconvenue. Elle n'avait jamais auparavant éprouvé pareille sensation, et elle lui semblait des plus désagréables.

Les jeunes diplomates, ses admirateurs, ne pouvaient nullement remplir la place de Carrington. Ils dansaient et gazouillaient joyeusement sur la croûte vide de la société, mais ils devenaient tout à fait inutiles quand cette croûte s'ouvrait soudain, et que quelqu'un tombait dessous pour se débattre au milieu des ténèbres et des dangers.

Les jeunes femmes, en outre, sont instinctivement flattées par les confidences d'hommes plus âgés qu'elles; elles ont un palais très-délicat pour tout ce qui a la saveur du romanesque et des aventures.

, Pour la première fois de sa vie, Sibylle avait rencontré un homme qui fût doué de quelque imagination; un homme qui avait été un rebelle, et qui était à ce point habitué aux coups du sort, qu'il pouvait marcher avec calme au-devant de la mort et commander ou obéir avec la même indifférence. Elle sentait qu'il pourrait lui dire ce qu'il faudrait faire quand l'orage gronderait et qu'elle le trouverait toujours prêt à la conseiller aux heures du danger...

Et n'est-ce pas là, aux yeux d'une femme, le but principal de l'existence des hommes?

Elle comprit subitement que Washington serait into-

14

lérable sans lui et qu'elle n'aurait jamais le courage de combattre seule M. Ratcliffe ou que, si elle y consentait, elle commettrait fatalement quelque erreur.

Ils achevèrent leur promenade très-tranquillement.

Elle commença à manifester un intérêt nouveau pour tout ce qui l'intéressait et lui fit de nombreuses questions sur ses sœurs et sur leur plantation.

Elle aurait voulu lui demander si elle ne pouvait pas faire quelque chose pour leur venir en aide, mais la délicatesse du sujet l'embarrassait.

De son côté, il lui fit promettre qu'elle lui écrirait fidèlement tout ce qui se passerait, et cette demande lui plut, quoiqu'elle sût que M. Carrington ne s'intéressait qu'à sa sœur.

Ce fut bien pis quand le dimanche suivant, au soir, Carrington vint faire ses adieux.

Il n'y avait pas de chance pour Sibylle de pouvoir lui parler en particulier.

Ratcliffe était là et plusieurs diplomates, y compris le vieux Jacobi, qui avait des yeux de chat et qui découvrait les moindres mouvements sur les physionomies.

Victoria Dare était sur le canapé, jasant avec Lord Dunbeg; Sibylle aurait mieux aimé avoir n'importe quelle maladie ordinaire, même à la rigueur un léger accès de fièvre scarlatine ou de petite vérole plutôt que de laisser voir à Miss Dare de quoi il s'agissait.

Carrington trouva enfin le moyen de voir Sibylle pendant un moment dans une pièce voisine et de lui donner la lettre qu'il lui avait promise.

Il lui dit alors adieu et, en le faisant, il lui rappela sa

promesse d'écrire; il lui serra la main et la regarda dans les yeux avec un sérieux qui fit battre son cœur plus vite, quoiqu'elle se répétât à elle-même que tout son intérêt était pour sa sœur; ce qui était vrai, en grande partie, du moins...

Cette pensée n'était point faite pour lui donner du courage, mais elle joua son rôle en héroïne.

Il ne lui déplut pas de voir qu'il se séparait de Madeleine avec beaucoup moins d'émotion, en apparence, qu'il n'en avait manifesté en prenant congé d'elle-même.

On aurait dit que c'étaient deux bons amis que nul sentiment fâcheux ne tourmentait.

Il est vrai que tous les assistants suivaient des yeux cette scène d'adieux et que tous faisaient à part leurs réflexions à ce propos...

Ratcliffe regardait avec un intérêt particulier; il était même un peu embarrassé pour s'expliquer cette cordialité trop fraternelle. Aurait-il fait un faux calcul ou y avait-il quelque chose là-dessous? Il voulut absolument serrer gaiement la main de Carrington et lui souhaiter un voyage agréable et heureux.

Ce soir-là, pour la première fois depuis son enfance, Sibylle pleura de vraies larmes en se mettant au lit; les pensées qui l'obsédaient l'empêchaient de s'endormir. Elle se sentait seule et chargée d'une grande responsabilité.

Pendant un ou deux jours elle fut nerveuse et agitée. Elle ne voulut ni monter à cheval, ni faire des visites, ni en recevoir. Elle essaya de chanter un peu et trouva que c'était fatigant. Elle sortit et s'assit pendant des heures entières dans le Square, où le chaud soleil de printemps dardait ses éclatants rayons sur le cheval cabré du grand André Jackson.

Elle était de mauvaise humeur aussi, et distraite, et elle parlait si souvent de Carrington qu'à la fin Madeleine fut frappée par un soupçon soudain et se mit à la surveiller avec un soin anxieux.

Ceci durait depuis deux jours quand, le mardi soir, Sibylle entra dans la chambre de Madeleine : elle venait souvent causer avec elle pendant que celle-ci était à sa toilette.

Ce soir-là elle se jeta nonchalamment sur la chaise longue et cinq minutes ne s'étaient pas encore passées qu'elle prononça encore le nom de Carrington.

Madeleine se détourna de la glace devant laquelle elle était assise et la regardant fixément dans les yeux : —

— Sibylle, — dit-elle, — voilà la vingt-quatrième fois que tu prononces le nom de M. Carrington depuis que nous nous sommes mises à table pour dîner. J'ai attendu le chiffre rond pour décider si je dois y faire attention ou non ! Qu'est-ce que cela signifie, mon enfant?.... Tiens-tu donc beaucoup à M. Carrington?

— Oh! Maude!... — s'écria Sibylle d'un ton de reproche, en rougissant si violemment que, même par la demi-obscurité qui régnait dans la pièce, sa sœur ne put faire autrement que de le voir.

Mrs. Lee se leva et, traversant la chambre, s'assit à côté de Sibylle qui était étendue sur la chaise longue et tournait la tête de l'autre côté.

Madeleine lui jeta les bras autour du cou et l'embrassa.

— Ma pauvre... pauvre enfant! — dit-elle d'un ton de commisération. — Je n'avais jamais songé à cela! Quelle folle j'ai été!... Comment ai-je pu être si étourdie!... Dis-moi!... — ajouta-t-elle avec quelque hésitation, — et lui... a-t-il... t'aime-t-il!...

— Non!... non!... — s'écria Sibylle en fondant en larmes, — non!... il n'aime que toi... personne que toi!... Jamais il n'a pensé à moi. Je ne tiens pas tant à lui, — continua-t-elle en essuyant ses larmes; — seulement je me sens si seule depuis qu'il est parti!

Mrs. Lee resta sur la chaise longue, le bras autour du cou de sa sœur, muette, regardant dans le vide, image de la perplexité et de la consternation.

Cela dépassait ses forces.

XI.

Au milieu d'avril, il se produisit un grand mouvement dans la société de Washington; la ville entière, généralement si indolente, était sur pied.

Le Grand-Duc et la Grande-Duchesse de Saxe-Baden-Hombourg étaient arrivés en Amérique, où ils faisaient un voyage d'agrément, et, bien entendu, ils vinrent présenter leurs civilités au premier magistrat de l'Union.

Les journaux s'empressèrent d'informer leurs lecteurs que la Grande-Duchesse était une princesse royale d'Angleterre, et, en l'absence de tout autre événement social, toute personne qui se respectait s'empressa de manifester à ce couple auguste le respect que tous les républicains qui ont acquis une grande fortune dans les affaires ressentent pour la royauté anglaise.

New-York donna un dîner, dont le convive le plus insignifiant possédait au moins un million de dollars et pendant lequel les gentlemen assis aux côtés de la Princesse s'entretinrent pendant une heure ou deux en calculant le total des capitaux représentés à table.

New-York donna également un bal auquel la Princesse assista dans une robe de soie noire mal ajustée, avec de l'imitation de dentelles et des ornements de

jais, au milieu de centaines de toilettes représentant
des centaines de milliers de dollars, qui proclamaient le
goût et la simplicité républicaine de celles qui les portaient.

Après ces réceptions le couple Grand-Ducal alla à
Washington où il fut l'hôte de Lord Skye, ou, pour
mieux dire, où Lord Skye fut son hôte, car il parut lui
abandonner toute la légation, et il avoua à Mrs. Lee,
avec la rude sincérité britannique, que le séjour de ces
personnages étaient pour lui une grande corvée et qu'il
aurait préféré qu'ils fussent restés à Saxe-Baden-Hombourg ou n'importe où, mais que puisqu'ils étaient là,
il était bien forcé d'être leur laquais.

Mrs. Lee s'amusa de cette franchise, bien qu'elle en
fût quelque peu surprise; elle s'expliqua tout en entendant la description qu'il fit de la Princesse : elle se rendait désagréable par ses airs royaux; elle avait terriblement souffert du voyage; elle détestait cordialement les Américains et tout ce qui était américain;
elle était, en outre, et non sans quelque apparence de
raison, jalouse de son mari; enfin, elle endurait des
souffrances continuelles, de très-mauvaise grâce, il est
vrai, plutôt que de perdre un seul instant le Duc de
vue.

Lord Skye fut non-seulement obligé de métamor-
phoser la légation en hôtel, mais dans son enthousiasme de fidèle sujet il fut conduit à se dire qu'il était
de son devoir de donner un bal.

C'était, pensait-il, la façon la plus commode d'acquit-
ter d'une seule fois toutes ses dettes, et si la Princesse

n'était pas bonne à autre chose elle pouvait au moins
servir de spectacle « pour développer l'harmonie entre
deux grandes nations ».

En d'autres termes, Lord Skye voulait exhiber la Princesse à son propre avantage diplomatique, et il le fit.

On aurait pu supposer qu'en cette saison où le Congrès était en vacances, Washington aurait à peine pu
fournir assez de monde pour remplir une salle de bal,
mais au lieu d'être un inconvénient, cette circonstance
était un avantage.

Cela permit au Ministre d'Angleterre de lancer un
nombre illimité d'invitations. Il invita non-seulement le
Président et son Cabinet, la Magistrature et l'Armée, la
Marine et tous les habitants de Washington qui avaient
droit à quelque considération, mais aussi tous les Sénateurs, tous les membres du Congrès, tous les citoyens
éminents et leurs familles dans toute l'Union et le
Canada, et enfin tout particulier, du Pôle Nord à l'Isthme
de Panama, qui lui avait jamais fait quelque politesse
ou qui avait assez d'influence pour avoir droit à une
invitation.

Le résultat en fut que Baltimore promit de venir en
corps, et que Philadelphie manifesta également de bonnes dispositions; New-York fournit plusieurs douzaines
d'invités, et Boston envoya son gouverneur avec une
délégation; le célèbre millionnaire qui représentait la
Californie au Sénat des États-Unis fut même furieux
parce que l'invitation lui ayant été envoyée de façon
arriver un jour trop tard, il n'avait pu amener sa
famille avec une société choisie à travers tout le conti-

nent américain, dans un wagon de directeur de chemin de fer, pour jouir des sourires de la royauté dans les salons du Lion britannique.

Les efforts que des hommes libres sont capables de tenter pour une cause juste sont vraiment étonnants!

Lord Skye personnellement traita toute l'affaire avec une aimable insouciance.

Une après-midi il arriva en flânant dans le salon de Mrs. Lee et la pria de lui donner une tasse de thé.

Il dit qu'il s'était débarrassé de sa ménagerie pour quelques heures en l'envoyant à la légation d'Allemagne et qu'il était en train de chercher un peu de société humaine.

Sibylle, qui était sa grande favorite, voulut qu'il raconta tout ce qu'il savait du bal, mais il soutint qu'il n'en savait pas plus qu'elle.

Un homme de New-York avait pris possession de la légation, mais ce qu'il en ferait, les plus malins auraient été bien embarrassés de le dire.

Des conversations des jeunes membres de sa légation, Lord Skye pouvait conclure que toute la ville de Washington serait couverte d'un toit immense et qu'on attendait quarante millions de personnes; mais son intérêt à la chose était limité aux fleurs qu'il espérait recevoir.

— Toutes les femmes jeunes et belles, — dit-il à Sibylle, — vont m'envoyer des fleurs. Je préfère les roses Jacqueminot, mais j'accepterai n'importe quelle belle variété, pourvu qu'elles ne soient pas montées sur fils de fer. C'est l'étiquette diplomatique que toute dame qui m'envoie des fleurs doit me réserver au moins une danse. Vous aurez la bonté d'inscrire cela tout de suite sur votre carnet, miss Ross.

Ce bal était une bonne fortune pour Madeleine, car il venait juste à temps pour distraire l'esprit de Sibylle des pensées qui la tourmentaient.

Une semaine s'était passée depuis que Sibylle avait ouvert son cœur à Mrs. Lee, que cette révélation avait surprise comme un coup de foudre.

Depuis lors Sibylle avait été nerveuse et irritable, d'autant plus qu'elle se savait surveillée.

En secret, elle avait honte de sa conduite et elle se fût volontiers fâchée contre Carrington, comme s'il était responsable de sa folie; mais elle ne pouvait s'expliquer avec Madeleine sur ce sujet sans parler de Ratcliffe jusqu'à ce qu'il fût bien évident qu'il avait prêté le flanc à une attaque.

Cette réticence trompa la pauvre Mrs. Lee, qui ne voyait dans l'humeur de sa sœur qu'un attachement qui n'était pas payé de retour et pour lequel elle se croyait seule blâmable.

Sa grande négligence à laisser Sibylle exposée à un tel risque pesait lourdement sur son esprit.

Madeleine avait les dispositions d'une vraie martyre et elle se flagellait jusqu'au sang. Elle voyait les roses pâlir rapidement sur les joues de Sibylle et, l'imagination aidant, elle découvrit dans sa physionomie un regard fiévreux et des symptômes de consomption.

Elle en devint malade et se tourmentait tant qu'elle en eut la fièvre, sur quoi Sibylle envoya de son propre chef chercher le médecin et obligea Madeleine à prendre du sulfate de quinine.

En effet, il y avait plus de motifs pour Sibylle de se tourmenter au sujet de Madeleine que pour Madeleine de se tourmenter au sujet de Sibylle; car celle-ci, à part son état nerveux causé par la conscience qu'elle avait de sa responsabilité, était une jeune femme aussi bien constituée et aussi bien portante qu'aucune autre femme en Amérique, et les soucis jusqu'alors ne l'avaient pas privée de cinq minutes de sommeil; son appétit était même devenu un peu plus exigeant qu'auparavant.

Madeleine s'en fut bientôt aperçue, et elle étonna sa cuisinière en lui demandant chaque jour et à toute heure des plats nouveaux et impossibles et, pour les découvrir, elle épuisait une bibliothèque entière de livres de cuisine.

Le bal de Lord Skye et l'intérêt que Sibylle y prenait étaient un grand soulagement pour l'esprit de Madeleine, elle s'adonnait de tout son cœur aux frivolités.

Jamais depuis l'âge de dix-sept ans elle n'avait tant pensé à un bal, jamais elle n'en avait tant parlé qu'elle le faisait pour le bal de la Grande-Duchesse.

Elle se fatiguait le cerveau par les efforts qu'elle faisait pour amuser Sibylle.

Elle l'amena en visite chez la Princesse; elle l'aurait menée chez le Grand Lama s'il était venu à Washington.

Elle lui donna l'idée de commander à New-York une masse des plus belles roses qu'on pût trouver dans cette ville et de les envoyer à Lord Skye.

Elle la poussa à s'occuper de sa toilette quelques

jours plus tôt qu'il n'était nécessaire, se faisant montrer
par elle la fameuse robe, l'examinant, la critiquant, et la
discutant avec un intérêt sans cesse renaissant.

Elle parlait de robe, de Princesse, de bal, sans relâ-
che, sans trêve, si bien qu'enfin sa langue fatiguée et
son cerveau épuisé lui refusèrent tout service.

Du matin au soir, pendant une semaine entière, elle
mangea, elle but, elle respira, en rêvant du bal.

Tout ce que l'affection peut suggérer ou le travail
exécuter, elle le faisait pour amuser et occuper sa sœur.

Elle savait bien que ce n'était là qu'un palliatif temporaire et qu'il convenait de prendre des mesures plus
radicales pour rendre à Sibylle son bonheur.

Elle réfléchit en secret à ce sujet au point de s'en
donner la migraine et des palpitations de cœur.

Une chose, une chose seulement ressortait clairement à ses yeux; si Sibylle aimait Carrington il faudrait le lui donner.

De quelle manière elle espérait amener ce changement dans le cœur de Carrington, c'était son secret.

Elle considérait les hommes comme des créatures
dont les femmes peuvent disposer à leur gré et qu'elles
peuvent se passer de l'une à l'autre suivant leurs désirs,
comme un chèque ou comme un bordereau de bagages.

La première chose à faire était d'amener M. Carrington à comprendre qu'il s'abusait entièrement en se
croyant le droit de disposer de sa personne.

Mrs. Lee ne douta pas un instant qu'elle n'arrivât à
rendre Carrington amoureux de Sibylle à la condition
qu'elle se placerait elle-même hors de sa portée. En

tout cas, quoi qu'il pût arriver, quand même elle serait réduite à accepter le pis aller Ratcliffe, elle devait ne laisser subsister nul obstacle au bonheur de Sibylle.

C'est ainsi qu'il arriva que, pour la première fois, Mrs. Lee en vint à se demander s'il ne valait pas mieux chercher dans le mariage une solution à toutes ses perplexités.

En serait-elle jamais arrivée là sans la conviction qu'elle avait que les intérêts de sa sœur étaient en jeu?

Une question que les sages se garderont de se poser, parce que toute la sagesse des hommes et des femmes ne suffirait pas à trouver une réponse.

Une foule d'ingénieux auteurs ont, au grand amusement du public, épuisé leur esprit sur ce sujet et leurs ouvrages se vendent chez tous les libraires.

Ils en sont venus à cette conclusion que n'importe quelle femme, dans de certaines conditions, peut et doit épouser n'importe qui et n'importe quand pourvu qu'on fasse appel à ses nobles sentiments.

Ce n'est qu'à regret qu'un auteur renonce au plaisir de moraliser sur ce chapitre. *La Belle et la Bête, Barbe-Bleue, Auld Robin Gray,* ont pour les auteurs le double charme d'être très-agréables à lire et d'admettre le sentiment.

Mais dix mille écrivains modernes au moins, et Lord Macaulay à leur tête, ont tellement ravagé et dépouillé la région des contes de fées et des fables qu'une simple allusion même aux *Mille et une Nuits* n'est plus de mise.

La tendance des femmes à contracter des mésal-

15

liances doit être considérée comme la clé de voûte de
la société.

En attendant, le bal avait, il est vrai, chassé de
l'esprit de Sibylle jusqu'au souvenir de Carrington.

La ville se remplissait; les rues regorgeaient d'élégants jeunes gens et d'élégantes jeunes femmes des
provinces de New-York, de Philadelphie, et de Boston,
ce qui donna à Sibylle un excès d'occupation.

Elle recevait des bulletins la tenant au courant des
événements.

Le Président et sa femme avaient consenti à assister
au bal, poussés qu'ils étaient par leur profond respect
pour Sa Majesté la Reine aussi bien que par leur désir
de voir et d'être vus.

Tout le Cabinet devait accompagner le premier
magistrat.

Le Corps Diplomatique paraîtrait en uniforme, de
même que les officiers de l'Armée et de la Marine; le
Gouverneur-Général du Canada arrivait avec son état-
major, ce qui provoqua de la part de Lord Skye cette
remarque, que le Gouverneur-Général était un imbécile.

Le jour du bal fut un jour bien émouvant pour
Sibylle.

Ni Ratcliffe ni Carrington n'étaient en jeu; ils étaient
peu de chose en réalité, en comparaison du grave problème qui se dressait devant elle.

C'est à elle, en effet, qu'incombait le soin d'habiller
sa sœur ainsi qu'elle-même; elle avait toujours été le
véritable auteur des triomphes que Mrs. Lee rempor-
tait par ses toilettes.

Madeleine n'avait d'autre tâche que de donner du cachet à tout ce que sa sœur avait choisi pour elle.

Ce jour là Sibylle avait ses raisons pour être spécialement émue.

Tout l'hiver, deux robes neuves, dont l'une surtout était un chef-d'œuvre de Worth, étaient restées confinées à l'étage supérieur, et Sibylle avait vainement attendu l'occasion de produire au grand jour ces splendides toilettes.

L'un des premiers jours de juin de l'été précédent, Worth avait reçu de la favorite régnante du Roi de Dahomey une lettre lui commandant la création d'une robe de bal qui ferait mourir de jalousie et de désespoir ses soixante-quinze rivales ; elle était jeune et belle ; on ne regarderait pas au prix.

Telles avaient été les propres expressions de son chambellan.

Toute cette nuit-là le grand génie du dix-neuvième siècle se tourna et se retourna dans son lit, agitant le problème dans son esprit. Des visions de nuances couleur de chair entremêlées avec du rouge sang hantèrent son cerveau, mais il les combattit et les écarta ; une telle combinaison de couleurs aurait été trop commune au Dahomey.

Lorsque les premiers rayons du soleil lui montrèrent le reflet de son visage pâli par les préoccupations dans le plafond revêtu de glaces, il se leva et, en proie au désespoir, il ouvrit les croisées.

Sous ses yeux rougis par la veille s'étendait une matinée de juin pure, calme, fraîche, radieuse.

Le grand homme poussa un cri d'inspiration en regardant par la fenêtre et se mit à noter rapidement les détails de sa nouvelle conception.

Avant dix heures il était à Paris dans son cabinet.

Il donna un ordre impérieux et fit apporter dans son salon particulier toute la soie, tout le velours, toute la gaze rose pâle, safran pâle, argent, azur; puis vinrent des gammes chromatiques de couleurs; des combinaisons à humilier l'arc-en-ciel; des symphonies et des fugues; le gazouillis des oiseaux et le grand calme des champs couverts de rosée; la virginité se réveillant dans son innocence : *L'Aube de Juin.*

Le maître était content.

La semaine suivante arriva une commande de Sibylle renfermant entre autres ; « une robe de bal entièrement originale, ne ressemblant à aucune autre expédiée en Amérique ».

M. Worth médita, hésita; il se rappela la physionomie de Sibylle, la pose originale de sa tête; il étudia avec soin la mappemonde et se demanda si le *New-York Herald* avait un correspondant spécial au Dahomey; et enfin, avec une générosité propre aux grandes âmes, il commanda une seconde édition de *L'Aube de Juin* pour Miss S. Ross New-York, États-Unis d'Amérique.

Les Schneidekoupon et M. French, qui étaient revenus à Washington, vinrent dîner chez Mrs. Lee le soir du bal, et Julia Schneidekoupon essaya en vain de savoir ce que Sibylle allait mettre.

— Sois heureuse, ma chère, dans ton ignorance ! —

dit Sibylle. — Tu ne seras que trop tôt déchirée par les
angoisses de l'envie.

Une heure plus tard, sa chambre, excepté la cheminée
où couvait un doux feu de bois, était métamorphosée
en autel pour sacrifier à la divinité de *L'Aube de Juin*.

Son lit, sa chaise longue, ses petites tables, ses fau-
teuils, avec leurs housses de perse, tout était couvert
des parties de la divinité, y compris les souliers et le
mouchoir, les gants et les frais bouquets de roses.

Quand enfin, après de longs efforts, l'œuvre fut
terminée, Mrs. Lee jeta un dernier regard critique sur
le résultat et elle eut la joie d'être complétement
satisfaite.

Jeune, heureuse, radieuse dans la conscience de sa
jeunesse et de sa beauté, Sibylle, Hébé Anadyomène,
sortait de l'écume de moelleux crépelisse qui ondulait
au-dessous de sa longue traine de soie rose tendre,
s'étendant insensiblement jusqu'à la nuance de la délicate primevère, relevée çà et là par des revers de vert
de juin.... ou bien était-ce l'azur de l'aube?.... ou tous
les deux?..... Le tout laissait une impression d'inexprimable fraîcheur.

La femme de chambre ayant modestement fait
remarquer que « les filles, » comme s'appellent entre
elles les servantes dans les maisons américaines, vou-
draient bien déposer leur part d'encens devant la
châsse, fut favorablement accueillie, et on leur permit
de jeter un coup d'œil sur la divinité avant qu'elle
disparût sous son manteau.

Un groupe d'admiratrices, serrées dans l'embrasure

de la porte, fit entendre un murmure d'approbation qui s'étendit depuis la principale « fille, » la cuisinière, une veuve de couleur de quelque soixante hivers, dont l'admiration n'avait pas de bornes, jusqu'à une vieille fille de la Nouvelle-Angleterre, dont la conscience d'anabaptiste était en lutte avec ses intincts, et qui, tout en se montrant très-sévère pour « ces fous de Français, » rendait intérieurement hommage à leurs robes et à leurs chapeaux, hommage que ses lèvres austères refusaient cependant de traduire.

Les applaudissements de ce genre d'auditoire ont, de génération en génération, réjoui les cœurs de myriades de jeunes femmes partant pour leurs petites aventures ; ces lauriers domestiques qui verdissent une demi-heure, perdent toute leur fraîcheur sur le seuil de la salle de bal.

Mrs. Lee s'occupait longuement et sérieusement de la toilette de sa sœur, car n'avait-elle pas été elle-même la jeune fille la mieux mise de New-York? du moins, c'était son avis, et ses anciens instincts se ranimaient chaque fois qu'il fallait préparer Sibylle pour une grande occasion.

Madeleine embrassa affectueusement sa sœur et lui fit des compliments peu ordinaires quand *L'Aube de Juin* fut terminée.

Sibylle était en ce moment l'idéal de la jeunesse heureuse, et Mrs. Lee osa presque espérer que son cœur n'était pas brisé à jamais et qu'elle survivrait peut-être jusqu'au jour où Carrington lui serait rendu.

Sa propre toilette était une affaire bien moins

longue; néanmoins Sibylle faillit perdre patience en attendant qu'elle fût terminée; la voiture était avancée et, au grand désappointement de tous ses serviteurs, elle descendit enveloppée dans son grand manteau d'opéra et elle partit en toute hâte.

Quand les deux sœurs entrèrent enfin dans le salon de réception de la légation d'Angleterre, Lord Skye leur reprocha de n'être pas venues de meilleure heure pour recevoir les invités avec lui.

Sa Seigneurie, portant un grand cordon en sautoir et une étoile sur la poitrine, daigna chaleureusement complimenter *L'Aube de Juin*.

Schneidekoupon, fier de pouvoir utiliser sa connaissance du jargon artistique le plus nouveau, regarda avec respect le satin gris argent de Mrs. Lee et ses dentelles de Venise, dont la disposition avait été fidèlement copiée sur un tableau du Louvre, et il murmura de façon intelligible : —

— Nocturne en gris d'argent !

Puis, se tournant vers Sibylle : —

— Et vous?... Ah! oui, je vois!... Une romance sans paroles !

M. French arriva et s'écria du ton le plus convaincu : —

— Mais, mistress Lee, vous paraissez vraiment belle ce soir !

Jacobi, après un examen approfondi, dit qu'il prenait la liberté d'un vieillard en leur disant que leurs deux toilettes étaient absolument irréprochables.

Le Grand-Duc lui-même fut frappé de la beauté de Sibylle et se fit présenter à elle par Lord Skye; cette

cérémonie accomplie, il l'étourdit en lui demandant
de lui faire le plaisir de lui accorder une valse.

Madeleine la perdit de vue et elles ne se retrouvèrent
qu'au moment où l'aube véritable vint éclairer l'aube
du bal.

Ce bal fut, de l'aveu de tous les journaux, un grand
succès.

Tous ceux qui connaissent la ville de Washington
se souviendront que la résidence de la légation d'Angleterre est le monument qui frappe le plus au milieu
des nombreux et magnifiques édifices que notre propre
gouvernement ou les gouvernements étrangers ont
élevés au bien-être des membres du Cabinet, des ma-
gistrats, des diplomates, des vice-présidents, des
présidents des Chambres, et des Sénateurs. Combinant
en un tout harmonieux les proportions du Palais
Pitti avec les décorations de la Maison d'Or et le
dôme d'une mosquée orientale, ce triomphe de l'architecture offre des ressources extraordinaires pour la
société.

Une description plus détaillée serait inutile, puisque
chacun peut rechercher les journaux de New-York du
lendemain ; il y trouvera le plan exact du rez-de-
chaussée de la maison ; tandis que les journaux illustrés
de la même semaine contiennent d'excellents croquis
des plus jolis effets scéniques, entre autres de la salle
de bal et de la Princesse souriant gracieusement du
haut de son trône.

La dame, qui dans la gravure se trouve juste derrière la Princesse, à sa gauche, est Mrs. Lee ; c'est un

pauvre portrait, mais aisément reconnaissable cependant ; l'artiste, pour des raisons personnelles, l'avait faite un peu plus petite que de raison, en revanche, il avait un peu grandi la Princesse ; il avait en outre orné le visage de cette dernière d'un fort gracieux sourire, ce qui n'était pas précisément conforme à la réalité. En un mot, l'artiste avait été obligé de représenter le monde comme il aurait dû être, et non comme il était, comme il est encore, et comme il restera probablement dans un prochain avenir.

La chose la plus étrange de ce croquis était que l'artiste avait de ses yeux vu Mrs. Lee à l'endroit même où il l'avait mise, tout près de la Princesse, ce qui était à peu près la dernière place où ceux qui connaissaient Mrs. Lee l'auraient cherchée ; ils l'auraient cherchée plutôt partout ailleurs dans la salle qu'à cet endroit.

L'explication de ce curieux accident sera donnée immédiatement, puisque les faits ne sont pas mentionnés dans les comptes rendus publiés du bal qui disent seulement que « derrière Son Altesse Royale la « Grande-Duchesse, se tenait notre charmante et aris- « tocratique compatriote Mrs. Lightfoot Lee, qui a « fait une si grande sensation à Washington cet hiver « et dont la rumeur publique a uni le nom à celui du « Secrétaire du Trésor. C'était à elle que la Princesse « paraissait s'adresser le plus souvent. »

Le coup d'œil était très-joli, et en ce beau soir d'avril il y avait bien des endroits moins agréables que celui-ci.

On avait recouvert d'un toit un grand espace en

15.

dehors de la maison, pour faire une salle de bal, grande comme une salle d'opéra. Au centre d'un des grands côtés il y avait un dais et un divan, et juste en face de l'autre côté il y avait un autre dais et un second divan. Chaque dais avait un baldaquin de velours rouge, l'un portant le Lion et la Licorne, l'autre l'Aigle américaine. L'étendard royal était déployé au-dessus de la Licorne ; les étoiles et les rayures du drapeau de l'Union produisaient un moindre effet au-dessus de l'Aigle.

La Princesse n'étant plus, à vrai dire, une enfant, trouva que le gaz était très-fatiguant pour son teint et obligea Lord Skye à illuminer sa beauté par cent mille bougies, un peu plus, un peu moins, qui furent disposées de façon à rendre très-convenable l'entourage du trône Grand-Ducal, mais aussi de manière à donner trop de clarté à celui de l'établissement d'en face.

Voici les faits exacts.

La Grande-Duchesse qui, nécessairement, pendant la dernière semaine, avait été en contact avec le Président et surtout avec la femme du Président, avait conçu pour cette dernière une antipathie qu'on pouvait à peine exprimer par des mots.

Elle était fermement résolue à maintenir coûte que coûte la compagnie du Président à distance et ce ne fut qu'après une scène orageuse que le Grand-Duc et Lord Skye réussirent à lui faire consentir à être conduite au souper par le Président. Elle n'irait pas plus loin que cela. Elle ne parlerait pas à « cette femme, » ainsi qu'elle appelait la femme du Président, et elle ne resterait pas près d'elle ; elle resterait plutôt toute la soirée dans sa chambre. Elle ne souciait pas le moins du monde de ce qu'en penserait la Reine, elle n'était pas, en somme, un sujet de la Reine.

Le cas était embarrassant pour Lord Skye, qui se demandait anxieusement, devant cette nouvelle manière d'envisager les choses, pour quel motif alors il recevait la Princesse ; mais avec l'aide du Grand-Duc et de Lord Dunbeg, qui était très-remuant et qui se servait avec quelque succès de ses sourires suppliants, Lord Skye trouva moyen de se tirer d'affaire ; et voilà pourquoi il y avait deux trônes dans la salle de bal et pourquoi le trône britannique était éclairé avec un soin si prévoyant pour le teint de la Princesse.

Lord Skye s'épuisait dans les efforts habituels aux ministres anglais et américains pour empêcher le choc des deux grandes puissances. Lui, le Grand-Duc, et Lord Dunbeg s'interposaient comme tampons avec une diligence vigilante et une dextérité qui furent couronnées de succès.

Comme ressource, Lord Skye avait lui-même pensé à Mrs. Lee ; il raconta à la Princesse l'histoire des relations de Mrs. Lee avec la femme du Président, histoire qui n'était pas un secret à Washington, car en dehors du récit personnel que Madeleine en avait fait, la société aurait bien connu sans cela la considération toute particulière dont jouissait Mrs. Lee auprès de la maîtresse de la Maison-Blanche ; les dames de Washington avaient pris l'habitude de faire parler cette dernière de Mrs. Lee, et elle mordait toujours à l'ha-

meçon avec une nouvelle vivacité, au grand amusement et à la grande joie de Victoria Dare et d'autres
personnes qui se faisaient un plaisir de brouiller les
gens.

— Elle ne vous importunera pas tant que vous
pourrez retenir Mrs. Lee auprès de vous, — dit Lord
Skye.

La Princesse, en conséquence, s'empara de Mrs. Lee
et la brandissait, comme un charme contre le mauvais
œil, à la face de la compagnie du Président.

Elle lui fit prendre place juste derrière elle, comme
si elle avait été une dame d'honneur; elle condescendit
même gracieusement à lui permettre de s'asseoir si
près que leurs siéges se touchaient.

Chaque fois que « cette femme » était à portée de
vue, ce qui arrivait presque toujours, la Princesse
adressait la parole uniquement à Mrs. Lee. Elle avait
pris cette précaution même avant l'arrivée du Président et de son entourage; et quand ils firent leur
entrée, Madeleine était déjà tombée dans les griffes
de la Princesse qui l'entraina avec elle recevoir le
Président et sa femme, ce qu'elle fit avec une incli-
naison de tête pleine de majestueuse dignité et de
réserve.

Mrs. Lee s'inclina aussi, ne pouvant faire autrement;
mais pour faire expier ce salut arraché par la nécessité,
elle passa devant la Présidente avec un regard chargé
de haine et de mépris.

Lord Skye, qui conduisait la femme du Président,
en fut terrifié et il se hâta d'entrainer ce potentat

féminin de la démocratie, sous prétexte de lui montrer les décorations.

Il la plaça enfin sur son propre trône, où lui et le Grand-Duc se relevaient tour à tour et montaient la garde toute la soirée durant.

Lorsque la Princesse passa ensuite avec le Président, elle força son mari à donner le bras à Mrs. Lee et à la conduire au trône d'Angleterre, dans le seul et unique but d'exaspérer la femme du Président, qui, du haut de son estrade, observait le cortége d'un sombre regard.

Dans toute cette affaire, Mrs. Lee était la principale victime : personne ne pouvait la relever de son poste auprès de la Princesse, et elle était littéralement parquée à sa place.

La Princesse entretint un feu continuel de propos insignifiants, consistant surtout en expressions de mécontentement et en blâmes que personne n'osait interrompre.

Mrs. Lee en était assommée et, au bout d'un certain temps l'absurdité de la chose cessa même de l'amuser.

Elle eut aussi la malechance de faire une remarque ou deux que la Princesse daigna trouver amusantes ; elle en rit et lui fit comprendre, dans le style des personnages royaux, qu'elle serait ravie de trouver plus d'amusements de ce genre.

De toutes les choses de la vie, ce que Mrs. Lee méprisait le plus était cette espèce de service de cour, car elle était plus que républicaine, elle était un peu communiste au fond du cœur, et le seul sujet sérieux de plainte qu'elle trouvait contre le Président et sa femme était qu'ils voulaient avoir une cour et singer la monarchie.

Elle n'admettait de supériorité sociale pour personne, qu'il fût président ou prince, et être subitement métamorphosée en dame d'honneur d'une petite Grande-Duchesse allemande était un terrible coup pour elle.

Mais que faire?

Lord Skye l'avait embauchée dans le service et elle n'avait pas pu décemment refuser, lorsqu'il était venu auprès d'elle et lui avait dit avec sa franchise ordinaire quels étaient ses embarras et comment il comptait sur elle pour l'en tirer.

Ce jeu continua au souper; il y avait une table royale-présidentielle où trouvaient place environ deux douzaines d'invités et que présidaient les deux grandes dames, aussi éloignées l'une de l'autre qu'il avait été possible de les placer.

Le Grand-Duc et Lord Skye, de chaque côté de la femme du Président, firent leur devoir en hommes et furent récompensés de leur dévouement en recevant d'elle une foule de renseignements sur les arrangements domestiques de la Maison-Blanche.

Mais le Président, qui était assis près de la Princesse, à l'autre bout de la table, était évidemment navré; cela était dû en partie aux procédés de la Princesse qui, en dépit de toute étiquette, avait obligé Lord Dunbeg à conduire Mrs. Lee et à la faire asseoir à côté du Président.

Madeleine essaya de s'échapper, mais la Princesse

l'arrêtant lui parla par-dessus le Président, et lui demanda positivement de rester.

Mrs. Lee regarda timidement son voisin; celui-ci ne fit aucun signe, mais il soupa en silence, répondant seulement de temps en temps à de rares questions.

Mrs. Lee avait pitié de lui et elle se demandait ce que lui dirait sa femme quand ils seraient rentrés chez eux.

Elle surprit un regard de Ratcliffe, qui, placé à l'autre bout de la table, l'observait en souriant; elle essaya de dissimuler sa contrainte en causant beaucoup avec Lord Dunbeg; mais le souper était terminé depuis longtemps et deux heures étaient près de sonner; la société du Président avait pris congé, dans toutes les formes voulues, de la société Grand-Ducale; Lord Skye l'avait accompagnée jusqu'à ses voitures et revint pour dire qu'ils étaient partis, lorsqu'enfin la Princesse lâcha Mrs. Lee et lui permit de se sauver dans l'obscurité!

Pendant tout ce temps le bal avait continué suivant l'habitude ordinaire des bals.

Madeleine du haut de sa grandeur forcée avait pu observer tout ce qui se passait.

Elle avait vu Sibylle tournoyer continuellement avec divers cavaliers, au milieu de la foule des danseurs, s'amusant au possible et envoyant de temps à autre un signe de tête ou un sourire à sa sœur quand leurs regards venaient à se croiser.

Victoria Dare était là aussi, ne paraissant jamais agitée, même lorsqu'elle valsait avec Lord Dunbeg dont l'éducation comme danseur avait été fort négligée.

Il était tout à fait avéré que Victoria menait une flirtation en règle avec Lord Dunbeg et qu'elle s'était imposé le devoir de lui apprendre à valser. Les efforts qu'il faisait et la gravité avec laquelle Miss Dare l'assistait étaient dignes de tout respect.

De l'autre côté de la salle, près du trône républicain, Mrs. Lee avait vu M. Ratcliffe près du Président, qui semblait ne pas vouloir le lâcher d'une semelle et qui lui adressait le peu de paroles qu'il prononçait.

Schneidekoupon et sa sœur étaient mêlés à la foule et dansaient comme si l'Angleterre n'avait jamais favorisé l'hérésie du libre-échange.

Tout bien considéré, Mrs. Lee était satisfaite : si ses souffrances personnelles étaient grandes, elles n'étaient pas sans compensations.

Elle examina avec soin toutes les femmes qui étaient dans la salle de bal et c'est en vain qu'elle en eût cherché une plus jolie que Sibylle. S'il y avait une toilette plus parfaite que celle de Sibylle, Madeleine n'entendait rien du tout à la toilette. Sur ces points, elle avait acquis une entière conviction.

Sa quiétude eût été parfaite, si elle avait pu être tout à fait sûre que la gaieté de Sibylle n'était pas seulement à la surface et ne serait pas suivie d'une réaction.

Elle la surveillait avec émotion pour voir si son visage ne perdait pas, par instants, son expression joyeuse.

Une fois, il lui sembla qu'elle avait l'air triste, mais c'était lorsque le Grand-Duc s'approcha pour réclamer sa valse, et cette expression disparut rapidement lorsqu'ils furent arrivés sur le parquet et que le Grand-Duc commença à tournoyer autour de la salle avec une précision et une force d'impulsion qui auraient fait honneur à tout un régiment de Life Guards.

Il parut être satisfait de cette expérience, car on le vit galoper à plusieurs reprises avec Sybille, au point que Mrs. Lee en fut agacée, car la Princesse fronçait le sourcil.

Après avoir reconquis sa liberté, Madeleine se promena un peu dans la salle de bal pour parler à sa sœur et pour recevoir des félicitations.

Pendant une demi-heure elle fut même plus admirée que Sibylle.

Une foule d'hommes l'entourèrent, amusés du rôle qu'elle avait joué dans la soirée et ne tarissant pas de compliments sur son avancement à la cour.

Lord Skye lui-même trouva le temps de lui offrir ses remerciments d'un ton plus sérieux que celui qu'il affectait d'ordinaire.

— Vous avez beaucoup souffert, — dit-il, — et je vous en suis reconnaissant.

Madeleine lui répondit en riant que ses souffrances lui avaient semblé bien peu de chose quand elle les comparait à celles qu'il avait dû éprouver lui-même.

A la fin, elle se fatigua du bruit et de la lumière éclatante de la salle de bal et, acceptant le bras de son excellent ami le comte Popoff, elle rentra en flânant avec lui dans les salons de la maison.

Là, elle s'assit sur un divan dans la calme embrasure d'une fenêtre, où la lumière était moins vive et où un laurier étendait à propos ses feuilles, formant un berceau de verdure à travers lequel elle pouvait voir les passants sans être vue par eux excepté en faisant un effort.

Si elle avait été plus jeune, ceci aurait été l'endroit propice pour une flirtation, mais Mrs. Lee ne flirtait jamais et l'idée qu'elle flirtait avec Popoff aurait paru risible à tout le monde.

Popoff n'était pas assis, mais adossé contre un angle du mur, et il s'entretenait avec elle, quand tout à coup M. Ratcliffe apparut et prit le siége qui était à côté d'elle, d'un air si délibéré et si convaincu, que Popoff tourna immédiatement les talons et s'enfuit.

Personne ne savait d'où venait le Secrétaire du Trésor, ni comment il avait su qu'elle était là.

Il ne donna aucune explication et elle eut soin de ne pas en demander.

Elle lui fit un récit très-coloré de son service de dame d'honneur et il lui rendit la pareille en lui racontant ses propres épreuves comme huissier du Président, qui, à ce qu'il paraissait, s'était cramponné désespérément à son ancien ennemi faute d'aucun autre rocher auquel se raccrocher.

Ratcliffe avait bien l'air d'un premier ministre en ce moment. Au besoin, il aurait pu tenir son rang dans une cour quelconque, non-seulement en Europe, mais aussi aux Indes et en Chine, où les hommes sont encore forcés d'avoir de la dignité.

Sauf une certaine expression grossière et animale

autour de la bouche et une indéfinissable froideur dans
l'œil, c'était un bel homme et encore dans la force de
l'âge.

Tout le monde remarquait combien son extérieur
s'était amélioré depuis qu'il était entré dans le Cabinet.
Il avait abandonné ses manières sénatoriales : ses vêtements n'étaient plus congressionnels, mais étaient
devenus ceux d'un homme respectable, propres et
décents ; ses chemises ne passaient plus à de mauvais
endroits et ses faux cols n'étaient plus ni éraillés ni
sales ; ses cheveux ne se répandaient plus au hasard sur
ses yeux, ses oreilles, et son habit, comme les poils
d'un terrier Écossais, ils avaient été coupés.

Ayant entendu un jour Mrs. Lee exprimer une opinion peu favorable sur les gens qui ne prenaient pas
un bain froid tous les matins, il avait cru bon d'adopter
cette réforme, mais il aurait bien désiré que ce fait
demeurât généralement ignoré, parce que cela sentait
son aristocrate.

Il s'efforçait enfin de ne plus être dictatorial et d'oublier qu'il avait été le Géant de la Prairie, le matamore
du Sénat.

Bref, grâce à l'influence de Mrs. Lee d'un côté, grâce
d'un autre côté à son émancipation du Sénat avec son
code de mauvaises manières et de mœurs encore pires,
M. Ratcliffe était rapidement devenu un membre respectable de la société ; et un homme qui n'était jamais
allé en prison et qui n'avait jamais fait de politique
aurait parfaitement et en toute sécurité pu avouer
qu'il était de ses amis.

M. Ratcliffe était évidemment venu avec la détermination de se faire écouter.

Après avoir causé assez spirituellement pendant quelque temps des succès du Président comme homme du monde, il changea de sujet et passa aux mérites du Président comme homme d'État, et petit à petit, tout en parlant, il devint plus sérieux et sa voix s'abaissa au ton confidentiel.

Il dit nettement que l'incapacité du Président était à présent devenue notoire pour tous ses adhérents ; que ce n'était qu'au prix des plus grands efforts que son Cabinet et ses amis l'empêchaient de s'exposer cinquante fois par jour au ridicule ; que tous les chefs de parti qui avaient affaire à lui en étaient si entièrement dégoûtés que le Cabinet se voyait obligé de passer son temps à les calmer ; tant que cet état de choses continuerait l'influence de Ratcliffe serait prédominante ; il avait de bonnes raisons de croire que si l'élection présidentielle devait avoir lieu cette année-là, rien ne pourrait s'opposer à sa nomination et à son élection ; dans trois ans même les chances en sa faveur seraient encore dans la proportion de deux à un.

Puis, cet exorde fini, Ratcliffe, toujours parlant à voix basse avec un sérieux de plus en plus grand, dit subitement à Mrs. Lee assise, immobile comme la statue d'Agrippine, les yeux fixés sur le parquet : —

— Je ne suis pas de ceux qui sont heureux dans la vie politique. Je suis politicien parce que je ne puis être autre chose ; c'est le métier pour lequel je suis le plus propre, et l'ambition me le rend supportable. En

politique nous ne pouvons pas conserver nos mains
pures. J'ai fait dans ma carrière politique bien des
choses qui ne peuvent se défendre. Pour agir avec une
honnêteté parfaite et avec le respect de soi-même, il
faudrait vivre dans une atmosphère pure et l'atmosphère de la politique ne l'est pas. Une vie d'intérieur
est le salut de beaucoup d'hommes publics, mais j'en
ai été privé depuis bien des années. J'en suis arrivé à
un point où des responsabilités et des tentations crois-
santes m'obligent à chercher un appui. Il me le faut.
Vous seule pouvez me le donner, Vous êtes bonne,
réfléchie, consciencieuse, généreuse, instruite, plus apte
qu'aucune femme que j'aie vue aux devoirs publics.
Votre place est ici. Vous faites partie de ceux qui
exercent une influence au delà de leur époque. Je vous
demande de prendre la place qui vous appartient.

Cet appel désespéré à l'ambition de Mrs. Lee faisait
partie du plan arrêté d'avance par Ratcliffe.

Il avait bien conscience qu'il visait un noble gibier
et que la puissance de l'appât devait être proportionnée
à la hauteur du vol.

Il ne fut pas embarrassé non plus quand il vit
Mrs. Lee rester silencieuse et pâle, les yeux attachés
au parquet, et les mains jointes sur ses genoux.

L'aigle qui plane le plus haut prend plus de temps
pour s'abattre sur la terre que le moineau ou la caille.

Mrs. Lee avait à penser à mille choses dans un temps
si court, et cependant elle s'aperçut qu'elle ne pouvait
penser à rien du tout ; une succession d'images incom-
plètes et de fragments de pensées traversa rapidement

son esprit, et sa volonté n'exerçait aucun contrôle sur
leur ordre et leur nature.

Une de ces réflexions flottantes était que de toutes
les demandes en mariage qu'elle eût jamais entendues,
celle-ci était la moins sentimentale et ressemblait le
plus à une affaire.

Quoique l'appel de Ratcliffe à son ambition ne l'eût
guère touchée, il aurait fallu qu'une femme fût plus
qu'une héroïne pour entendre des flatteries si évidemment sincères, de la part d'un homme éminent
parmi les hommes, sans en être émue.

Pour elle, cependant, le fait le plus important et le
plus accablant fut qu'elle comprit qu'elle était incapable
de se retirer ou de s'échapper : sa tactique était dé-
jouée, ses barrières renversées.

L'offre était faite.

Que devait-elle en faire ?

Pendant des mois elle avait pensé à ce sujet sans
pouvoir prendre une décision ; quel espoir y avait-il
qu'elle pût se décider à présent, au bal, dans l'espace
d'une minute ?

Alors, comme il arrive souvent, les sentiments contradictoires, les préjugés, et les passions d'une vie
entière se pressent dans un seul instant, l'esprit en est
quelquefois écrasé au point de refuser de penser.

Mrs. Lee demeura tranquille et laissa les choses
suivre leur cours ; dangereux expédient, ainsi que des
milliers de femmes l'ont appris à leurs dépens, car il
les laisse à la merci d'un homme à la volonté forte et
résolu à devenir le maître.

La musique de la salle de bal se faisait toujours entendre. Une foule de personnes passaient devant leur
retraite. Quelques-uns y jetaient un regard ; pas un
n'avait de doute sur ce qui se passait.

Une atmosphère évidente de mystère et d'intérêt
intense entourait ce couple.

Les yeux de Ratcliffe étaient attachés sur Mrs. Lee
et les siens étaient fixés sur le parquet ; ni l'un ni
l'autre ne paraissait parler ni mouvoir.

Le vieux baron Jacobi, qui ne manquait jamais d'être
partout, vit tout en passant et, furieux, proféra un
juron étranger d'une effroyable violence.

Victoria Dare le vit aussi, et la curiosité la dévora à
un tel degré qu'elle put à peine se maîtriser.

Après un silence qui parut interminable, Ratcliffe
poursuivit : —

— Je ne parle pas de mes sentiments personnels,
parce que je sais qu'à moins d'être poussée par une
haute idée de devoir, toute mon affection serait impuissante à vous décider. Mais je le dis en toute sincérité, j'ai appris à compter sur vous à un degré que je
puis à peine exprimer ; et quand je pense à ce que je
serais sans vous, la vie me semble si insupportablement
sombre que je suis prêt à faire tous les sacrifices, à
accepter toutes les conditions pour vous retenir à mes
côtés.

Victoria Dare, quoique profondément intéressée par
ce que Lord Dunbeg lui disait, avait rencontré Sibylle
et s'était arrêtée une seconde pour lui murmurer à
l'oreille : —

— Vous feriez mieux d'aller chercher votre sœur qui est dans l'embrasure de la fenêtre, derrière le laurier, avec M. Ratcliffe !

Sibylle était au bras de Lord Skye et s'amusait excessivement quoique la nuit fût très-avancée, mais lorsqu'elle saisit les paroles de Victoria, l'expression de sa physionomie changea tout à fait.

Toutes les anxiétés, toutes les terreurs de la dernière quinzaine lui revinrent à l'esprit.

Elle entraîna Lord Skye à travers le vestibule et chercha des yeux sa sœur.

Un seul regard lui suffit.

Horriblement effrayée, mais ayant peur d'hésiter, elle alla directement à Madeleine qui était toujours assise comme une statue, écoutant les dernières paroles de Ratcliffe.

Mrs. Lee leva les yeux au moment où sa sœur entra en hâte, remarqua son visage pâle, et se leva vivement.

— Es-tu malade, Sibylle ?... — s'écria-t-elle. — Y a-t-il quelque chose ?

— Un peu fatiguée.... — dit Sibylle hors d'haleine. — Je pensais te trouver prête à partir.

— Oui, — cria Madeleine, — je suis toute prête. Bonsoir, monsieur Ratcliffe. Je vous verrai demain. Lord Skye, faut-il prendre congé de la Princesse ?

— La Princesse s'est retirée il y a une demi-heure, — répondit Lord Skye qui comprenait la situation et qui était tout prêt à aider Sibylle. — Permettez-moi de vous conduire au vestiaire et de faire avancer votre voiture.

M. Ratcliffe se trouva subitément seul, pendant que Mrs. Lee s'enfuyait bien vite, torturée par de nouvelles anxiétés.

Les deux sœurs étaient arrivées au vestiaire et étaient presque prêtes à partir, lorsque Victoria Dare se précipita soudain sur elles avec une vivacité qui ne lui était pas du tout habituelle, et, prenant Sybille par la main, elle l'attira dans une pièce voisine et ferma la porte derrière elles.

— Pouvez-vous garder un secret? — dit-elle brusquement.

— Quoi?... — dit Sibylle, qui la regarda la bouche ouverte de curiosité. — Vous ne pensez pas.... êtesvous vraiment... dites-moi donc vite!...

— Oui! — dit Victoria reprenant son calme. — Je suis fiancée!

— A Lord Dunbeg?

Victoria inclina la tête en signe d'affirmation et Sibylle, dont les nerfs étaient tendus au plus haut degré par l'excitation, la flatterie, la fatigue, la perplexité, et la terreur, partit d'un éclat de rire strident qui effraya jusqu'à la tranquille Miss Dare.

— Pauvre Lord Dunbeg!... ne soyez pas dure pour lui, Victoria! — dit-elle toute haletante quand elle réussit à retrouver sa respiration. — Pensez-vous vraiment à passer le reste de votre vie en Irlande?... Oh! que de choses vous allez leur apprendre, à ces braves Irlandais!...

— Vous oubliez, ma chère, — dit Victoria, après s'être paisiblement installée elle-même sur le pied d'un lit, —

16

que je ne suis pas une mendiante. On m'a dit que le château de Dunbeg était une résidence d'été très-pittoresque et dans la mauvaise saison nous irons bien entendu à Londres ou ailleurs. Je vous offrirai l'hospitalité si vous venez par là. Ne croyez-vous pas qu'une couronne de comtesse m'ira bien ?

Sibylle partit de nouveau d'un éclat de rire si bruyant et si prolongé, que le pauvre Lord Dunbeg lui-même, qui arpentait impatiemment le corridor devant la porte, en fut intrigué.

Le rire de Siyblle alarma Madeleine, qui ouvrit subitement la porte.

Sibylle se remit et, pendant que les larmes coulaient abondamment de ses yeux, elle présenta Victoria à sa sœur.

— Madeleine, permets-moi de te présenter la comtesse Dunbeg !

Mais Mrs. Lee était beaucoup trop anxieuse pour prendre le moindre intérêt à Lady Dunbeg.

Une frayeur subite la frappa.

Si, rappelée au souvenir de son propre désappointement par les fiançailles de Victoria, Sibylle allait être prise de crises de nerfs !

Elle entraîna en toute hâte sa sœur vers leur voiture.

XII.

Elles rentrèrent en silence.

Mrs. Lee était en proie à l'anxiété et au doute, d'une part, au sujet de Ratcliffe, d'autre part, pour sa sœur.

Quant à Sibylle, elle était partagée entre la gaieté que lui avait procuré la conquête de Victoria et les appréhensions que lui causait son intervention dans les affaires de sa sœur.

Son désespoir dépassait ses craintes, cependant.

Elle était décidée à sortir à tout prix de l'incertitude; elle livrerait combat sur l'heure; elle ne pouvait mieux choisir son temps.

Au bout de quelques instants, les deux sœurs furent à leur porte.

Mrs. Lee avait dit à sa femme de chambre de ne pas les attendre; elles furent donc seules.

Le feu brûlait encore dans la cheminée, et Madeleine y jeta quelques autres bûches; puis, elle essaya de décider Sibylle à aller se coucher; mais celle-ci refusa : elle se sentait tout à fait bien, dit-elle, et n'avait nullement sommeil; elle avait bien des choses à dire, dont elle voulait décharger son esprit.

Mais *L'Aube de Juin* méritant avant tout quelques

égards, elle eut soin de mettre d'abord de côté cette toilette qui avait été son triomphe, en quoi Madeleine lui vint en aide.

Elle se revêtit alors d'un peignoir, cacha dans son sein, comme elle l'eût fait d'une arme qu'elle eût voulu dissimuler, la lettre de Carrington, et, rentrant dans la chambre de Madeleine, elle s'installa sur une chaise, devant le feu.

Et ces deux femmes commencèrent à se mesurer.

La partie était presque égale, ce qui rendait le résultat douteux ; car, si Madeleine était la plus habile, Sibylle savait, en revanche, beaucoup mieux ce qu'elle voulait et elle avait une idée nette des moyens qu'elle emploierait pour atteindre son but ; et Madeleine, ne soupçonnant pas l'attaque, n'avait aucun plan de défense.

— Madeleine, — dit Sibylle, d'un ton solennel, tandis que son cœur battait violemment, — je veux que tu me dises quelque chose.

— Qu'est-ce, mon enfant?.... — répondit Madeleine intriguée, quoique devinant qu'il devait y avoir une relation entre la question que sa sœur allait lui poser et son indisposition subite et momentanée du bal.

— As-tu l'intention d'épouser Ratcliffe?

La pauvre Mrs. Lee fut déconcertée par cette attaque directe.

Partout se dressait devant elle cette question fatale.

A peine venait-elle d'y échapper par un hasard heureux qu'elle devait à l'intervention de Sibylle, qu'elle se représentait menaçante comme un pistolet.

La ville entière ne s'adressait-elle pas cette question?

La moitié de Washington devait connaître la proposition de Ratcliffe, et attendre sa réponse comme on attend la proclamation du résultat d'un scrutin.

Elle éprouvait un immense dégoût, et, au lieu de répondre, elle se livra à une rapide enquête.

— Pourquoi cette question?... As-tu entendu dire quelque chose?... T'en a-t-on parlé?...

— Nullement, — répondit Sibylle, — mais je veux savoir à quoi m'en tenir. Est-il besoin qu'on me le dise pour que je m'aperçoive que Ratcliffe veut que tu l'épouses! Je ne suis point poussée par la curiosité. C'est une affaire qui me regarde presque autant que toi-même. Je t'en prie, parle... ne me traite plus en enfant; dis-moi ta pensée... je suis lasse de marcher dans les ténèbres. Tu ne saurais croire combien cette affaire me pèse! Oh! Maude! je ne serai plus jamais heureuse, si tu ne te fies à moi!

Madeleine sentit comme un remords de conscience devant cet appel désespéré, elle entrevoyait une nouvelle complication dans sa situation déjà si inextricable.

Incapable de voir où elle allait, ignorant les motifs de sa sœur, dont le bonheur lui tenait par-dessus tout à cœur, elle se trouvait maintenant accusée de froideur; il n'y avait plus à reculer; cette question directe voulait une réponse formelle.

Pouvait-elle affirmer que son intention était de ne pas épouser Ratcliffe!

En le faisant, elle fermait la porte à tous ses projets d'avenir.

16

S'il fallait répondre, le mieux était de choisir l'affirmative et d'en finir, le mieux était de faire un saut dans le vide et d'attendre ce qui en résulterait.

Faisant un effort, et sans paraître le moins du monde émue, elle dit, comme dans un rêve : —

— Eh bien, Sibylle, je vais te le dire. Je l'aurais fait depuis longtemps si je l'avais su moi-même. Oui, je suis décidée à épouser Ratcliffe.

Sibylle bondit en s'écriant : —

— Et, le lui as-tu dit?...

— Non, tu es venue nous interrompre au moment même où nous en parlions. J'en ai été fort aise, car cela m'a donné le temps de réfléchir. Mais je suis décidée maintenant. Je le lui dirai demain.

Elle ne parlait pas comme une femme dont le cœur bat à l'idée d'avouer son amour; elle s'exprimait machinalement et comme avec répugnance.

Sibylle se précipita avec passion au cou de sa sœur, et, sans attendre un seul argument, elle l'assaillit de ses supplications.

— Oh! non... non... non... ne le fais pas!... Je t'en prie, je t'en supplie, ne fais pas cela, ma chère..., chère Maude! Si tu ne veux pas briser mon cœur, n'épouse pas cet homme. Il est impossible que tu l'aimes, tu ne seras jamais heureuse avec lui. Il t'emmènera à Péonie et tu y mourras. Je ne te reverrai jamais! Il te rendra malheureuse, il te battra, j'en suis sûre. Renvoie-le! Ne consens plus à le revoir. Partons sur-le-champ, par le premier train; je suis toute prête, le temps de faire nos malles. Nous irons à Newport, en Europe...

n'importe où, où nous serons hors de son atteinte!

Puis, elle se jeta tour à tour aux genoux de sa sœur et enlaça sa taille de ses bras, en gémissant comme si on lui eût brisé le cœur.

Si Carrington l'avait vue en ce moment, il eût été obligé de convenir qu'elle exécutait ses ordres à la lettre.

Mais elle était sincère dans ses démonstrations. Elle sentait ce qu'elle disait, et ses larmes étaient vraies; elle leur donnait libre cours après les avoir pendant des semaines contenues.

Malheureusement sa logique était faible.

Elle avait du caractère de Ratcliffe une idée fort vague et elle ne pouvait faire que des suppositions sur la vie d'intérieur du Géant de la Prairie à Péonie.

Ses idées sur Péonie elle-même n'étaient guère plus arrêtées.

Elle entrevoyait comme dans une vision sa sœur assise sur un canapé de crin devant un poêle en fonte, dans une petite chambre aux murs blancs et nus, ornés de quelques lithographies coloriées, et, dans chaque coin, une table de marbre avec un bouquet de fleurs desséchées, à l'aspect funèbre; pour toute littérature, lisant le recueil périodique de Franck Leslie et *le New-York Ledger* [1]. Partout une forte odeur de cuisine et sa sœur recevant les visites des commères du voisinage, les femmes des voisins et des électeurs qui venaient lui rapporter les cancans du pays.

[1] Recueils périodiques sans valeur, publiant des romans sans prétention dont la classe moyenne est très-friande.

Cette idée que Sibylle se faisait de Péonie n'était pas trop inexacte, bien qu'elle ignorât complétement les mœurs de l'Ouest et qu'elle fût imbue des préjugés les moins raisonnables contre ses habitants, ses villes, et ses campagnes, bref contre tout ce qu'on y voyait, contre sa politique même et ses politiciens, qu'elle considérait dans sa naïveté comme le plus mauvais des produits de l'Ouest [1].

Quand viendrait pour Ratcliffe l'heure fatale du repos et de la vie privée, heure qui tôt ou tard sonne pour les politiciens dans l'ingrat pays de l'Illinois, que ferait-il alors de sa femme?

Elle qui s'ennuyait à mourir à New-York et qui n'avait pas su trouver d'attrait permanent à la société d'Europe, pouvait-il sérieusement espérer la faire vivre dans le romanesque village de Péonie! Ou bien, pensait-il qu'ils trouveraient le bonheur au milieu des plaisirs que leur procureraient à Washington les revenus de Mrs. Lee?

Dans la violence de sa passion il avait d'avance accepté toutes les conditions que Mrs. Lee lui imposerait; mais s'il espérait que cet ange viendrait dorer de pourpre son crépuscule, il se méprenait étrangement sur la puissance des femmes et de l'argent, et cette erreur ne faisait guère honneur à son expérience.

Quels que pussent être les projets de Ratcliffe, ils ne

---

[1] *Western products.* — Expression fort usitée en Amérique, et signifiant les blés, les viandes, les fruits qui viennent principalement de l'Ouest; — comme les *Yankees notions* sont les articles fabriqués dans l'Est.

satisfaisaient point Sibylle; car, si elle avait sur les
Géants des Prairies des idées quelque peu erronées,
elle connaissait du moins les femmes; elle connaissait
surtout sa sœur bien mieux que Ratcliffe.

Sur ce point elle avait raison, et elle aurait sagement
agi en n'ajoutant pas autre chose.

Mrs. Lee, un moment ébranlée par l'impétuosité des
supplications de Sibylle, revint à sa décision première
en présence de l'absurdité de ses craintes.

Cette opposition systématique qui paraissait dictée
par les nerfs révolta Mrs. Lee, qui reprit sa fermeté et
gronda sévèrement sa sœur.

— Sibylle..., Sibylle... — dit-elle, — ne sois pas si
violente. Sois femme et ne te conduis pas en enfant
gâtée!

Comme la plupart des personnes qui ont à répondre
à des enfants, gâtés ou non, Mrs. Lee se montrait
sévère pour cacher son embarras.

Au fond, elle était fort mal à l'aise et fort chagrine.
Elle n'était rien moins que satisfaite elle-même des
motifs qui la guidaient.

Le doute l'obsédait et cette sœur précisément, dont
elle croyait faire le bonheur, était son plus grand tyran.

Quoi qu'il en soit, elle réussit à calmer Sibylle. Ses
plaintes cessèrent et elle se leva d'un air décidé.

— Madeleine, — dit-elle, — comptes-tu réellement
épouser Ratcliffe?

— Que veux-tu que je fasse, ma chère Sibylle?... Je
veux faire pour le mieux... je pensais te faire plaisir...

— Tu pensais me faire plaisir?... — s'écria Sibylle. —

Quelle idée étrange!... si tu m'en avais jamais parlé, je t'aurais dit que je le hais et que je ne puis comprendre comment tu arrives à le supporter. Mais plutôt que de te le voir épouser, je l'épouserais moi-même. Je sais que tu seras malheureuse à en mourir. Ma Maude, je t'en prie, dis-moi que tu ne feras pas cela!

Et la jeune fille recommença ses doux gémissements, tout en couvrant sa sœur de caresses.

La situation de Mrs. Lee était devenue intolérable.

Heurter de front ses amis, c'était déjà pénible, mais se montrer dure et cruelle pour l'être dont le bonheur lui tenait le plus à cœur, c'était plus qu'elle n'en pouvait supporter.

Mais en vérité, une femme qui s'est dit une bonne fois qu'elle épouserait un homme tel que M. Ratcliffe pouvait-elle, uniquement pour un caprice d'enfant gâtée, se manquer de parole à elle-même?

Sibylle était décidément plus enfant qu'elle ne le croyait. Elle ne savait même point comprendre son propre intérêt.

Elle ne connaissait pas plus Ratcliffe que s'il eût été quelque géant de conte de fées, perché sur une tige de fève.

Il fallait donc la traiter en enfant, avec douceur et patience, mais aussi avec décision et fermeté. Pour son propre bien il fallait lui refuser ce qu'elle demandait; Madeleine prit donc un ton décidé qui était bien peu en harmonie avec son trouble intérieur.

— Ma chère Sibylle, — dit-elle, — je suis décidée à

épouser M. Ratcliffe parce que je ne vois pas d'autre moyen de rendre tout le monde heureux. N'aie pas peur de lui, il est bon et généreux. D'ailleurs je saurai veiller à mon bonheur comme au tien, n'en parlons plus. Voilà le jour et nous sommes toutes deux bien fatiguées.

Sibylle alors se plaça résolûment devant sa sœur et, comme si leurs rôles eussent subitement été intervertis, elle dit : —

— Ainsi, tu es bien décidée, et rien de ce que je pourrais dire ne modifierait ta résolution.

Mrs. Lee la regarda avec étonnement; elle ne trouva pas la force de répondre et se contenta de secouer la tête avec tristesse, mais d'un air décidé.

— Dans ce cas, il ne me reste plus qu'une chose à faire. Lis ceci!

Et elle tira la lettre de Carrington et la présenta à sa sœur.

— Pas maintenant, Sibylle, — répondit Mrs. Lee qui redoutait une longue lutte. — Je lirai cela quand nous aurons pris un peu de repos. Va te coucher maintenant.

— Je ne sortirai pas d'ici et je n'irai pas me coucher avant que tu aies lu, — répondit Sibylle en reprenant sa place devant le feu de l'air décidé qu'on prête à la Reine Élisabeth, — dussé-je rester jusqu'à ton mariage. J'ai promis à Carrington de te faire lire cette lettre immédiatement; je suis forcée de tenir ma promesse.

Poussant un soupir, Madeleine s'approcha de la fenêtre et tirant le rideau, brisa le cachet et, à la grise lueur du jour naissant, elle lut ce qui suit : —

« Washington, le 2 avril.

« Chère mistress Lee,

« Cette lettre ne vous sera remise que s'il y a nécessité absolue pour vous d'en connaître le contenu. Seule la nécessité peut m'excuser de l'avoir écrite. Pardonnez-moi de me mêler une fois encore de vos affaires ; ne pas le faire en cette circonstance serait vous donner le droit de vous plaindre de moi.

« Vous me demandiez dernièrement si pour expliquer la mauvaise opinion que j'ai du caractère de M. Ratcliffe je connaissais sur son compte quelque chose qui fût ignoré du public. J'éludai à ce moment votre question, lié que j'étais par les règles de ma profession qui m'interdisent de révéler des faits dont j'ai eu connaissance sous le sceau du secret professionnel. Ces règles, je vais les violer, parce que je crois avoir envers vous des devoirs qui priment tous les autres.

« Je connais en effet sur M. Ratcliffe des faits qui justifient la mauvaise opinion que j'ai de lui, et qui le rendent indigne, non-seulement d'être votre mari, mais de compter parmi vos relations.

« Vous savez que je suis l'exécuteur testamentaire de Samuel Baker. Vous savez qui était cet homme. Vous avez vu sa femme. Elle vous a dit, elle-même, que je l'aidais à examiner et à détruire des documents ayant un caractère privé et que son mari sur son lit de mort lui a fait promettre de détruire. Voici l'une des premières découvertes que je fis parmi ces papiers et que Mrs. Baker compléta.

« Il y a juste huit ans, la grande *Compagnie Inter-Oceanic Mail Steamship*, voulant étendre ses opérations au monde entier, demanda au Congrès une forte subvention. M. Baker fut chargé d'arranger cette affaire. Toutes les copies de sa correspondance avec le Président de la Compagnie sont tombées en ma possession. Les lettres de Baker étaient chiffrées, cela va sans dire, et il se servait d'un chiffre différent chaque fois. La clef de ces chiffres se trouvait parmi ses papiers; mais Mrs. Baker eût tout pu expliquer sans chiffre.

« Il résultait de cette correspondance que le bill avait été voté par la Chambre des Représentants, mais que le Sénat l'avait renvoyé à une Commission, ce qui laissait peu d'espoir pour l'adoption du bill. La fin de la session approchait; les avis des Sénateurs étaient partagés, mais le Président de la Commission était décidément hostile au projet.

« Or, le Président de cette Commission n'était autre que le Sénateur Ratcliffe dont le nom, dans ces lettres, figurait toujours en chiffres et avec les plus grandes précautions. Si vous tenez à vérifier le fait et à retrouver tout l'historique de ce bill avec le rapport, les observations, et les votes de M. Ratcliffe, vous n'aurez qu'à parcourir les journaux et les comptes rendus des débats de cette année-là.

« Finalement, Baker écrivit à la Compagnie que le Sénateur Ratcliffe avait mis le bill en poche et qu'à moins de trouver un moyen de vaincre sa résistance, il ne ferait pas de rapport et la subvention ne serait jamais votée. Tous les moyens ordinaires de persuasion avaient été employés, toutes les influences avaient été mises en jeu. A bout de ressources, Baker proposa d'essayer de l'argent, ajoutant qu'il serait inutile d'offrir de petites sommes. A moins de pouvoir affecter cent mille dollars à ce but, il valait mieux abandonner l'affaire.

« Par retour du courrier, Baker fut autorisé à disposer d'une somme quelconque, jusqu'à concurrence de cent cinquante mille dollars. Deux jours après il put répondre que le rapport était prêt et que le bill serait voté en moins de quarante-huit heures. Il félicita la Compagnie d'avoir réussi avec cent mille dollars.

« Ainsi que Baker l'avait prédit, le bill fut alors rapporté et voté et eut force de loi, et la Compagnie n'a pas cessé depuis lors de recevoir la subvention en question. Mrs. Ba-

17

ker se souvient même que son mari avait payé la somme au Sénateur Ratcliffe en coupons de Bons des États-Unis.

« Cet acte joint à la tortuosité de la politique de M. Ratcliffe explique la méfiance qu'il n'a cessé de m'inspirer. Vous comprendrez aisément pourquoi tous ces papiers ont été détruits. On ne pourrait décider Mrs. Baker à faire au public ces révélations au risque de son repos. Dans son propre intérêt, la Compagnie garde le secret, ses livres ne portent nulle trace de cette transaction. Si je dirigeais cette accusation contre M. Ratcliffe, je ne nuirais qu'à moi-même. Il nierait en me riant au nez. Je ne pourrais fournir aucune preuve. Je suis donc plus directement intéressé que lui-même à ne rien dévoiler.

« En vous confiant ce secret, je compte fermement que vous n'en parlerez à personne,.... pas même à votre sœur. Vous pourrez montrer cette lettre à une seule personne, si vous le désirez.... et cette personne sera M. Ratcliffe lui-même. Cela fait, je vous prie de la brûler immédiatement.

« Recevez mes souhaits les plus sincères et croyez à mon éternel dévouement.

« JOHN CARRINGTON. »

Quand elle eut achevé cette lecture, Mrs. Lee resta un moment silencieuse, les yeux fixés sur le square, en bas.

Le jour était venu et le ciel brillait de la fraîche lumière d'un soleil d'avril.

Elle ouvrit la fenêtre et aspira les tièdes effluves printanières.

Elle avait besoin de tout ce calme et de toute cette pureté, car au fond de l'âme elle était blessée, humiliée, révoltée, exaspérée.

Contre l'avis de tous ses amis, elle s'était laissée aller à croire en cet homme; elle s'était monté l'esprit au point de consentir à l'épouser, lui, qui aurait dû être au fond d'un cachot si loi et justice étaient une seule et même chose.

Sa colère ne connut d'abord plus de bornes : elle avait hâte de le voir et de le démasquer.

Elle exprimerait une bonne fois toute l'horreur que lui inspirait la meute des politiciens. Elle verrait si cet être ressemblait aux autres créatures; s'il lui restait une ombre d'honneur; si l'on pourrait découvrir dans son âme un coin qui ne fût point souillé.

Puis elle se dit qu'après tout on pouvait se tromper, que M. Ratcliffe trouverait moyen d'expliquer l'affaire.

Mais à cette pensée se rouvrait une autre blessure faite à son orgueil.

Non-seulement elle croyait en l'accusation, mais elle était encore certaine que Ratcliffe chercherait à défendre cette action.

Et elle avait voulu épouser un homme capable d'une pareille infamie!...

Elle frémit à l'idée qu'une telle accusation pourrait frapper un homme qui serait son mari, et qu'elle ne pourrait, au fond du cœur, la repousser un seul instant par l'incrédulité ou par le mépris et l'indignation.

Comment en était-elle arrivée là?

Comment s'était-elle engagée dans un tel bourbier?

En quittant New-York, son intention avait été de rester simple spectatrice de ce qu'elle verrait à Washington.

Elle n'y serait jamais venue si elle avait pu supposer que ce voyage la conduirait à l'idée de se remarier ; car elle était fière de la fidélité qu'elle gardait à son premier époux et elle avait les secondes noces en horreur.

Au milieu de sa vie agitée de Washington elle avait oublié tous ces principes.

Valait-il bien la peine de vivre si l'on n'avait ni époux, ni enfants ?

La famille résumait-elle tout ce que le monde peut offrir ? Ne pourrait-elle trouver quelque autre chose qui pût l'intéresser ?

Et, poursuivant ce feu follet d'une chose digne d'intérêt, elle était venue échouer dans cette fondrière de la politique, en dépit de toutes les remontrances, contre la voix de sa propre conscience.

Elle se leva et arpenta la chambre tandis que Sibylle étendue sur le canapé l'observait du coin de l'œil.

Elle était de plus en plus irritée contre elle-même et sa colère contre Ratcliffe s'évanouissait à mesure.

Il ne l'avait jamais trompée, il lui avait maintes fois déclaré qu'en politique il ne reconnaissait point de loi morale ; que là où la vertu ne le menait pas au but, il employait le vice.

Comment pourrait-elle le blâmer pour des actes que vingt fois en sa présence il avait défendus et auxquels elle avait donné son approbation tacite, alors qu'il se basait sur les principes qui pouvaient aussi bien excuser cette dernière vilenie que toutes les autres ?

Ce qui était plus grave, c'est que cette découverte lui ouvrait les plus secrets replis de son cœur.

Elle s'était méconnue jusqu'alors elle-même, naïvement elle se croyait guidée par l'intérêt de Sibylle et par le souci de son bonheur.

En réalité, elle découvrait au fond de son âme des mobiles bien différents.

Ce qu'elle y découvrait, c'était l'ambition, la soif du pouvoir, une tendance inquiète à se mêler de choses qui ne la regardaient point, le besoin de se soustraire au tourment de voir tout le monde occupé et satisfait, tandis que sa vie à elle était vide et triste.

Elle s'était depuis quelque temps laissée gagner par l'illusoire espérance de trouver quelque part un vaste champ où elle pût se rendre utile; elle espérait que de grandes occasions de faire le bien combleraient le vide de son existence depuis son veuvage; enfin elle croyait avoir trouvé une façon de gaspiller gaiement ce qui lui restait de son existence, alors même qu'elle aurait su d'avance qu'elle la gaspillerait en pure perte.

Ce rêve était fini, sa vie lui apparaissait plus morne que jamais.

Sa désillusion n'était rien; la découverte qu'elle avait faite de sa faiblesse et la déception qu'elle en avait éprouvée l'affectaient bien davantage.

Brisée par cette longue émotion et par la veille, elle était incapable de lutter contre les idées que lui suggérait son imagination surexcitée. Une crise était indispensable pour mettre fin à cette tension extrême de son système nerveux.

Cette crise arriva enfin.

— Quelle chose horrible que la vie! — s'écria-t-elle

en se tordant les bras avec un geste de rage impuissante. — Oh! je voudrais être morte!... Je voudrais
voir tout l'univers détruit de fond en comble!...

Et elle se laissa tomber à côté de Sibylle, en fondant
en larmes.

Sibylle, qui avait assisté en silence à toute cette
scène, attendit que la première crise fût passée.

Elle n'y voyait pas de mal. Elle ne pouvait intervenir utilement que lorsqu'un peu de calme serait
revenu.

Madeleine eut un moment de repos.

Mais bientôt d'autres pensées vinrent la rejeter dans
son trouble.

Elle se fit des reproches au sujet de Carrington ;
elle s'en fit encore pour Sibylle, elle la trouva brisée
et pâlie ; de fait, elle était exténuée de fatigue.

— Sibylle, — dit-elle enfin, — il faut te coucher. J'ai
bien tort de te laisser veiller si tard. Tu es trop fatiguée pour rester plus longtemps. Va, prends un peu
de repos.

— Je n'irai pas me coucher avant toi, Maude, —
répondit-elle tranquillement.

— Va, mon enfant, — reprit-elle. — Tout est fini.
Je n'épouserai pas M. Ratcliffe, tu n'as plus besoin de
te chagriner à ce propos.

— Es-tu bien malheureuse ?

— Non... Seulement bien fâchée contre moi. J'aurais
dû suivre plus tôt le conseil de M. Carrington.

— Oh! Maude! — s'écria Sibylle comme prenant une
résolution subite, — tu devrais épouser M. Carrington.

Cette remarque attira de nouveau l'attention de Mrs. Lee.

— Certes, chère Sibylle, — dit-elle, — tu ne parles pas sérieusement.

— Mais si, très-sérieusement, — répondit Sibylle d'un ton très-décidé. — Je sais que tu me crois moi-même amoureuse de M. Carrington, mais cela n'est pas vrai. J'aimerais bien mieux l'avoir pour beau-frère que pour mari. Il est certainement et de beaucoup l'homme le plus aimable que je connaisse, et... et tu pourrais venir en aide à ses sœurs.

Mrs. Lee eut un moment d'hésitation, car elle ne jugeait pas prudent de sonder une blessure en voie de guérison; mais voulant à tout prix décharger son cœur de tous les poids qui l'oppressaient, elle surmonta sa répugnance et dit : —

— Es-tu bien sûre, Sibylle, de dire la vérité? Pourquoi donc m'as-tu avoué que tu tenais beaucoup à lui, et pourquoi son départ t'a-t-il rendue si malheureuse?

— La raison est bien simple. Je pensais comme tout le monde que tu épouserais M. Ratcliffe et, dans ce cas, j'aurais été obligée de m'en aller vivre seule ; et tu me traitais toujours en enfant... et tu ne voulais pas m'accorder ta confiance... et M. Carrington était la seule personne qui pût me conseiller... et lui une fois parti je me trouvais seule pour lutter contre toi et Ratcliffe réunis... et personne n'était là pour me guider dans cette lutte... A ma place, tu aurais été plus malheureuse que moi.

Madeleine regarda un moment sa sœur.

Cela durerait-il ?... Sibylle connaissait-elle elle-même la profondeur de sa blessure ?...

Mais que pouvait faire Mrs. Lee en ce moment ?

Peut-être sa sœur se trompait elle elle-même. Cette période troublée une fois passée, l'image de Carrington se représenterait à son esprit, trop souvent peut-être pour sa tranquillité....

Mais à chaque jour sa peine ne suffit-elle pas ?...

Madeleine attira sa sœur près d'elle et lui dit : —

— Sibylle, j'ai commis une terrible méprise. Pardonne-moi !...

XIII.

Mrs. Lee ne reparut qu'après midi; elle ne dit pas si elle avait beaucoup dormi, mais ses traits fatigués ne dénotaient pas un repos bien long ni bien doux.

Si elle n'avait guère dormi, elle avait, en revanche, beaucoup réfléchi et la réflexion avait quelque peu calmé la tempête qui avait grondé au fond de son âme.

Si ce n'était point encore le soleil, c'était du moins le calme qui suit l'orage.

Pendant les longues heures qu'elle passa à attendre un sommeil qui s'obstinait à ne point venir, elle se sentit d'abord profondément humiliée en pensant qu'elle avait été assez vaine pour se croire appelée à être d'une utilité quelconque en ce bas monde.

Elle souriait même en se voyant en train de réformer Ratcliffe, et Krebs, et Schuyler Clinton.

Maintenant qu'elle voyait avec quelle facilité Ratcliffe l'avait roulée autour du doigt, elle se tordait de rage; et elle frissonna en pensant à ce qu'elle serait devenue en l'épousant, et à toutes les culbutes morales qu'il lui aurait fait exécuter.

17.

Elle avait échappé à grand'peine au danger de se voir traînée sous les roues de la machine politique et de mourir d'une fin prématurée.

En y songeant elle éprouvait une envie folle de se venger de toute la gent politique, de Ratcliffe tout d'abord.

Elle composa pendant des heures entières les discours vengeurs qu'elle se proposait de lui jeter au visage.

A mesure qu'elle se radoucit, les crimes de Ratcliffe perdirent de leur horreur.

La vie en somme n'était pas entièrement perdue pour elle. Cette expérience, tout amère qu'elle était, lui servirait ; n'était-elle pas venue à la recherche d'un homme assez puissant pour donner de l'ombre ?

Et n'était-ce rien que l'ombre de Ratcliffe ?

N'avait-elle pas pénétré dans les plus sombres recoins de la politique ?

N'avait-elle pas appris que la simple possession du pouvoir pouvait faire d'un caprice de campagnard imbécile le cauchemar qui troublait le sommeil des nations ?

Les bouffonneries des Présidents et des Sénateurs avaient été amusantes, si amusantes que pour un peu elle se fût laissée entraîner à jouer les bouffons avec eux.

Elle avait pénétré jusqu'au fond de ce gouvernement démocratique, et elle avait vu qu'il ne valait pas mieux qu'un autre.

Son propre bon sens aurait dû le lui apprendre.

Mais maintenant que l'expérience l'avait instruite, elle était contente de quitter la mascarade et de retourner à la vraie démocratie, à ses indigents et à ses prisons, à ses écoles et à ses hôpitaux.

Quant à M. Ratcliffe, elle n'éprouvait aucune difficulté à en finir avec lui.

Que M. Ratcliffe et les géants, ses collègues, parcourent tant qu'ils voudront les prairies de la politique, à la chasse des emplois lucratifs!

Son but à elle était différent; elle n'avait plus l'ambition de se joindre à eux; elle n'avait plus de haine pour Ratcliffe; elle n'avait pas la moindre intention de l'insulter ou de se quereller avec lui.

Ce qu'il avait fait comme politicien, il l'avait fait suivant son propre code de morale; ce n'était pas à elle de le juger.

Elle ne réclamait que le droit de se protéger elle-même.

Elle espérait le tenir à distance, mais tout en ne pouvant lui garder son amitié, si Carrington avait écrit la vérité, elle ne voyait aucune raison pour rompre entièrement avec lui.

Si cette manière d'envisager son devoir était étroite, cela prouvait qu'elle avait appris quelque chose de Ratcliffe, à moins que ce ne fût une preuve qu'elle avait encore à apprendre à mieux connaître Ratcliffe lui-même.

Deux heures avaient sonné et Madeleine n'était point encore sortie de sa chambre; Sibylle non plus n'avait point encore paru.

Madeleine sonna et donna ordre de recevoir M. Ratcliffe, s'il se présentait, mais elle ajouta que pour tout autre visiteur elle n'y serait pas.

Puis elle écrivit quelques lettres et fit quelques préparatifs de départ; car elle devait se hâter de quitter la ville pour échapper aux cancans, qui menaçaient de fondre sur elle comme une avalanche.

Quand enfin Sibylle parut, beaucoup plus reposée que sa sœur, elles passèrent une heure ensemble à arranger différentes petites affaires.

Elles étaient toutes deux de bonne humeur et Sibylle était radieuse.

Plusieurs visites furent annoncées; les unes, visites d'amitié, la plupart, visites de curiosité, car la subite disparition de Mrs. Lee du bal avait été remarquée.

Pour tous ces visiteurs la porte demeura impitoyablement close.

Enfin, elle renvoya même Sibylle pour avoir le champ entièrement libre.

Sibylle, délivrée de toutes ses alarmes, sortit pour se donner le plaisir d'interrompre une entrevue de Lord Dunbeg avec sa comtesse, et pour s'amuser de la dernière phase de Victoria.

Vers quatre heures on vit la grande stature de Ratcliffe sortir du Ministère des Finances et descendre les marches du perron occidental.

Le ministre se dirigea lentement vers le square, traversa l'avenue, s'arrêta à la porte de Mrs. Lee, et sonna.

Il fut immédiatement introduit.

Mrs. Lee était seule au salon.

Elle se leva avec une certaine gravité en le voyant entrer, mais elle le reçut néanmoins avec toute la cordialité possible.

Elle voulait couper nettement court à ses espérances, mais sans le blesser cependant.

— Monsieur Ratcliffe, — dit-elle, — je suis certaine qu'il vous sera agréable que je parle sur-le-champ et en toute franchise. Je n'ai pu vous répondre hier soir. Je vais le faire sans retard. Il m'est impossible d'accepter votre demande. Je préférerais même ne pas avoir à la discuter, n'en parlons plus, et revenons à nos anciennes habitudes.

Elle ne put arriver, quelque effort qu'elle fît, à proférer une parole de gratitude pour ses sentiments affectueux, ou de regret de ne pouvoir les partager.

Il lui semblait qu'une stricte politesse était tout ce qu'on était en droit d'exiger d'elle.

Ratcliffe remarqua ce changement dans les manières de Mrs. Lee.

Il s'était attendu à une lutte, mais non à un échec si brusque.

Il devint grave, hésita un moment avant de parler; quand enfin il répondit, il s'exprima avec autant de fermeté que Mrs. Lee elle-même.

— Une telle réponse, — dit-il, — est inacceptable. Je ne prétends pas avoir droit à une explication, je n'ai envers vous aucun droit. Mais je crois pouvoir vous demander cette explication comme une faveur, et j'ose espérer que vous ne me la refuserez pas. Voulez-vous me dire les raisons qui vous ont dicté cette décision si dure et si rapide?

— Je ne conteste pas votre droit à une explication, monsieur Ratcliffe; et si vous voulez en user, je suis prête à vous donner toutes les explications désirables; mais je préférerais ne pas vous voir insister. Si j'ai

parlé avec une certaine dureté, c'était pour vous épar-
gner l'ennui encore plus grand du doute. Puisque
j'étais forcée de vous causer de la peine, ne valait-il
pas mieux parler tout de suite, et n'était-ce pas plus
honnête de ma part? Nous avons été amis... Je compte
partir bientôt. J'éviterai, d'ici là, de dire ou de faire
quoi que ce soit qui puisse altérer nos relations.

Mais Ratcliffe ne prêta nulle attention à ces paroles
et n'y répondit pas; il était trop ferré en matière de
controverse pour se laisser détourner par de telles
bagatelles, quand il avait besoin de toutes ses facultés
pour songer à un moyen de clouer son adversaire au mur.

— Votre décision est-elle toute récente? — demanda-
t-il.

— Elle date de fort loin, monsieur Ratcliffe; seulement j'ai eu le tort de m'en laisser détourner. La
réflexion m'y a ramenée.

— Puis-je vous demander quels motifs vous y ont
ramenée? Certainement il a fallu de graves raisons
pour vous décider.

— Je veux vous parler franchement. Si mon apparente hésitation vous a induit en erreur, je le regrette
vivement. Ce n'était vraiment pas mon intention. J'hési-
tais parce que je me demandais si réellement ma vie
serait utilement employée, si je la consacrais à vous
aider. Ma décision m'a été dictée par la certitude que
j'ai acquise que nous ne sommes pas faits l'un pour
l'autre. Nos existences sont lancées dans des directions
différentes. Nous sommes trop vieux tous deux pour
changer aujourd'hui.

'Ratcliffe secoua la tête comme soulagé d'un grand poids.

— Vos raisons ne sont pas solides, mistress Lee ; il n'y a pas dans nos deux existences une telle contradiction. Je puis au contraire donner à la vôtre le champ qui lui est nécessaire, et je suis seul à le pouvoir, et vous, vous pouvez donner à la mienne ce qui lui a manqué jusqu'à présent. Si ce sont là vos seules raisons, je suis sûr de les combattre aisément.

Madeleine ne parut pas goûter énormément ce raisonnement. Elle répondit d'un ton un peu piqué : —

— Inutile d'argumenter à ce sujet, monsieur Ratcliffe. Vous et moi nous avons de la vie une conception différente ; je ne puis accepter celle que vous en avez et vous ne sauriez modifier la mienne.

— Montrez-moi un seul exemple d'une telle divergence, — répondit Ratcliffe, — et je n'ajouterai pas un mot de plus.

Mrs. Lee hésita.

Elle le regarda un moment comme pour s'assurer qu'il parlait sérieusement.

Il y avait dans ce défi une impudence qui la déconcertait.

Si elle ne le relevait sur-le-champ, elle ne savait pas combien il pourrait en résulter d'ennuis pour elle.

Ouvrant donc le tiroir de son pupitre, elle en tira la lettre de Carrington et là tendit à Ratcliffe.

— Voici un tel exemple, qui est venu tous récemment à ma connaissance. Je voulais dans tout les cas vous le montrer, mais j'aurai préféré attendre.

Ratcliffe prit la lettre qui lui était présentée, l'ouvrit

lentement, chercha la signature, et lut sans donner le moindre signe de surprise ou de trouble.

On ne se serait pas douté qu'à la seule vue du nom de Carrington, il savait aussi bien ce que la lettre contenait que s'il l'eût écrite lui-même.

Son premier sentiment fut la colère à la vue de ses projets avortés.

Il ne put comprendre tout d'abord comment les choses s'étaient passées.

L'idée que Sibylle pouvait y avoir mis la main ne lui était pas venue.

Il avait décidé dans son esprit que Sibylle était une jeune fille sotte, frivole, qui ne comptait pour rien dans les actions de sa sœur.

Il avait commis cette méprise fréquente chez les hommes, et qui consiste à confondre la vivacité de l'intelligence avec la force des caractères.

Sans être métaphysicienne, Sibylle, quand elle voulait quelque chose, le voulait plus obstinément que sa sœur, dont la volonté était déjà fatiguée.

Ce point avait échappé à Ratcliffe, et il en était à se demander ce qui était venu se placer en travers de sa route, et comment Carrington s'était arrangé pour être en même temps présent et absent, pour occuper une position lucrative à Mexico et contrecarrer en même temps ses plans à Washington.

Il n'avait pas crédité Carrington de tant d'habileté.

Cet échec l'irritait au plus haut degré.

Encore un peu, pensait-il, et il eût été tranquille de ce côté, et il avait probablement raison.

Une fois qu'il aurait eu sur Mrs. Lee une prise suffisante, il lui aurait lui-même raconté l'histoire, en la
colorant à sa manière, et il se croyait sûr d'obtenir son
assentiment.

Mais maintenant que Mrs. Lee était prévenue contre
lui, la tâche serait beaucoup plus difficile.

Il ne désespérait pas cependant; car il était persuadé
qu'au fond du cœur Mrs. Lee désirait aussi ardemment
que lui-même se trouver à la tête de la Maison-Blanche
et sa retenue apparente n'était que l'histoire de la
femme tentée qui fait mine de refuser.

Il employait donc tous ses efforts à trouver le
moyen de faire reprendre le dessus aux idées ambi-
tieuses de Mrs. Lee.

Une seconde fois, il s'agissait de chasser Carrington
de la place.

C'est pourquoi, ayant lu la lettre pour savoir quel
en était le contenu, il la relut lentement pour gagner
le temps de la réflexion; puis, la remettant dans son
enveloppe, il la rendit tranquillement à Mrs. Lee.

Celle-ci, avec tout autant de flegme, la reprit et,
comme si désormais cette lettre ne devait plus avoir
d'intérêt pour elle, elle la jeta négligemment au feu,
où elle se consuma sous les yeux de Ratcliffe.

Il suivit un moment le papier du regard; puis, se
tournant enfin il dit avec son imperturbable sang-froid
ordinaire : —

— J'avais l'intention de vous entretenir moi-même
de cette histoire; je suis fâché que M. Carrington ait
cru devoir me devancer. Il avait sans doute des motifs

tout personnels pour se livrer de la sorte à l'étude de mon caractère.

— Ainsi, c'est vrai!... — dit Mrs. Lee, avec plus de vivacité qu'elle n'aurait voulu.

— C'est vrai quant aux points principaux, faux quant aux détails et à l'impression que ce fait mérite de vous laisser. Lors de l'élection présidentielle qui eut lieu il y a huit ans, en automne, la lutte des partis était, vous vous en souvenez, très-vive et les forces étaient à peu près égales. Je n'avais pas encore à ce moment dans mon parti l'importante situation que j'y ai acquise depuis. Mais le résultat de cette élection était presque aussi décisif pour l'avenir de la nation que l'issue de la guerre elle-même; notre défaite eût mis le gouvernement entre les mains des rebelles d'autrefois, lesquelles étaient encore souillées de notre sang; les desseins de ces hommes étaient plus que douteux et, alors même qu'ils auraient été guidés par les meilleurs sentiments, ils n'auraient pu arrêter la violence de leurs partisans. Nous fîmes donc des efforts désespérés. On dépensa l'argent sans compter, plus même que nos ressources ne le permettaient. A quoi cet argent a-t-il été employé, je ne saurais le dire. Je ne m'occupais point de ces détails qui concernaient le Comité Central National, dont je n'étais point membre. La grande question était que nous avions emprunté de fortes sommes sur billets garantis et qu'il fallait payer à tout prix. Les membres du Comité National et plusieurs Sénateurs discutèrent cette question et je pris part aux délibérations. Le résultat en fut qu'un beau jour je vis venir chez moi le

Chef du Comité en compagnie de deux Sénateurs qui me dirent, sans rien m'avouer de plus et sans que je pusse faire une objection, que j'avais à cesser l'opposition que j'avais persisté à faire à la subvention de la Compagnie des Paquebots à vapeur. La déclaration qu'ils firent, comme chefs responsables du parti, de l'utilité d'une telle attitude de ma part me suffit. Je ne me crus pas le droit de persister plus longtemps dans une opinion qui m'était personnelle et qui pouvait, après tout, être fausse. Je rapportai le bill et je le votai avec la grande majorité de mes collègues. Mrs. Baker se trompe en disant que l'argent me fut remis à moi-même. Si réellement il a été versé, ce dont je ne sais que ce que cette lettre prétend m'apprendre, c'est qu'il aura été remis entre les mains du représentant du Comité National. Je nie quant à moi, avoir reçu de l'argent dont je n'avais que faire; je suppose qu'on l'aura employé à payer les dettes de notre campagne électorale.

Mrs. Lee avait tout écouté avec un vif intérêt.

Alors seulement elle sentait qu'elle avait pénétré jusqu'au cœur de la politique et qu'elle pouvait comme un médecin avec son stéthoscope en rechercher la maladie organique.

Elle comprenait pourquoi le pouls de ce corps avait des battements si inégaux, signes de troubles graves, qui remplissaient les hommes d'une anxiété dont ils ne pouvaient ou dont ils ne voulaient connaître la cause.

L'intérêt que lui inspirait la maladie lui fit surmonter le dégoût que lui inspirait la pourriture qui lui était révélée.

Il serait inexact de dire que cette découverte lui fit

plaisir, car la surexcitation du moment faisait taire toute autre sensation.

Ce n'est que plus tard qu'elle comprit combien était absurde, devant une histoire du genre de celle-ci, son projet de réforme dans la politique.

Et cette réforme avec l'aide de Ratcliffe encore!

L'impudence de cet homme lui eut paru sublime si elle avait été sûre qu'il sût faire une distinction entre le bien et le mal, entre le mensonge et la vérité, et qu'il pût causer de vice et de vertu autrement qu'un aveugle, de rouge et de vert.

Il ne voyait pas comme elle. Forcé de choisir par lui-même, il n'avait rien pour se guider.

Était-ce la politique qui avait de la sorte atrophié son sens moral, en ne lui fournissant jamais l'occasion de s'exercer?

En attendant, elle se trouvait en présence d'un fou moral qui n'avait même pas assez de raison pour comprendre l'absurdité de ses prétentions!

Il prétendait l'entraîner sur les rives de cet océan de corruption et lui faire reprendre le rôle du Roi Canut ou de Dame Partington avec son sceau et son balai.

Que faire d'un tel animal?

Un spectateur désintéressé de cette scène, mis au courant de l'affaire, eut trouvé une autre cause de gaieté dans la naïveté de Mrs. Lee.

Avec toute son expérience elle était un bébé en présence de ce grand politicien. Tout en trouvant la légende de Ratcliffe aussi inacceptable que possible, elle était prête à l'admettre.

Mais si les compagnons de Ratcliffe avaient été présents, ils n'auraient manqué de se regarder avec un sourire d'orgueil professionnel et ils auraient juré leurs grands dieux que Ratcliffe était sans contredit l'homme le plus fort que le pays eût jamais produit, et qu'il ne pourrait manquer d'en devenir le Président. Ils n'auraient pas raconté leur rôle dans cette histoire s'ils avaient pu s'en dispenser; mais entre eux, ils auraient énoncé les faits à peu de chose près dans les termes suivants : —

Ratcliffe leur avait fait dépenser des sommes énormes pour gagner l'Illinois, son État, au parti, mais en même temps pour assurer sa réélection. Ils avaient essayé de l'en rendre responsable, mais il avait esquivé cette responsabilité. On avait chaudement discuté, quand enfin Ratcliffe avait suggéré tout bas l'idée de recourir à M. Baker qu'il avait préparé d'avance ; il les força donc pour sauver son crédit à accepter de l'argent.

Si Mrs. Lee avait entendu cette version, elle en eût peut-être été plus irritée contre Ratcliffe, mais son opinion n'en eût pas été modifiée.

En tout cas elle en avait assez entendu.

Elle était renversée dans son fauteuil, faisant des efforts désespérés pour réprimer son dégoût, quant Ratcliffe eut achevé.

Voyant qu'elle ne répondait pas, il poursuivit : —

— Je n'entreprendrai pas de défendre cette affaire, c'est l'acte de ma vie publique que je regrette le plus ; je regrette non de l'avoir fait, mais d'avoir été forcé de le faire. Mon opinion sur ce point ne diffère nullement de la vôtre. Je ne puis vous accorder qu'il y a là une véritable divergence de vues.

— Je crains, — répondit simplement Mrs. Lee, — de ne pouvoir tomber d'accord avec vous.

Cette brève réponse avec la pointe de sarcasme dont elle était relevée avait échappée à Madeleine.

Ratcliffe en sentit la dureté et ne put garder ce calme étudié qu'il affectait jusqu'alors.

Il se dressa devant Mrs. Lee et entonna de sa voix et de son geste de Sénateur une harangue bien peu faite pour lui reconquérir les sympathies de la jeune femme.

— Mistress Lee, — dit-il avec emphase et componction, — les actes tout à fait indifférents mis à part, il entre dans toutes les décisions de la vie des devoirs contraires. Quoi que nous fassions, de quelque manière que nous agissions, nous sommes sûrs de violer une règle de morale. Tout ce qu'on peut nous demander, c'est que nous nous laissions guider par des considérations de l'ordre le plus élevé. Au temps où cette affaire se fit, j'étais Sénateur des États-Unis; j'étais également un membre influent d'un grand parti politique, qu'en mon âme et conscience je croyais représenter la nation elle-même. En cette double qualité, j'avais des devoirs à remplir envers mes électeurs, envers le gouvernement, envers la nation. Il y avait deux manières d'envisager mon devoir; une large et une étroite. Je pouvais dire : périsse le gouvernement, périsse l'Union, périsse ce peuple, mais je ne me souillerai pas les mains. Ou je pouvais dire, comme j'ai dit, comme je dirais encore : Advienne de moi ce que voudra, mais cette grande et glorieuse Union, l'espoir suprême de l'humanité aux abois ne saurait périr!

Il y eut un silence.

Mrs. Lee le regarda un moment fixement; puis elle suivit du regard le feu de la cheminée, perdue dans les méditations sans fin où la plongeaient les théories de ce Sénateur si plein d'imagination.

Ratcliffe crut comprendre qu'il y avait dans son argumentation un défaut qui lui faisait perdre de son effet et, tout en ne voyant pas quel pouvait être ce défaut, il s'engagea dans une voie différente.

— Vous ne devriez pas me blâmer, — reprit-il, — vous ne le pouvez pas!... J'en appelle à votre sentiment de justice. Vous ai-je jamais caché mes opinions en pareille matière?... Ne nous les ai-je pas bien au contraire toujours franchement avouées?... Ne me suis-je pas glorifié ici même, à cette place, devant vous, alors que j'étais mis au défi par ce même Carrington, d'un acte infiniment plus blâmable?... Ne vous disais-je pas alors que j'étais allé jusqu'à violer la sainteté d'une grande élection, et que j'en avais faussé les résultats?... C'est là ma seule mauvaise action. A côté d'elle, celle que vous me reprochez est une pure bagatelle! Qui se trouve lésé quand une compagnie maritime souscrit, cent mille, un million de dollars en faveur d'une campagne électorale? Quels droits sont méconnus? Peut-être les actionnaires toucheront-ils un dollar de moins de dividende, mais, s'ils ne s'en plaignent pas, qui pourrait le faire? Tandis que dans cette élection, j'ai privé un million d'électeurs d'un droit qui leur appar-

tient au même titre que leurs maisons. Vous ne pouviez trouver cette action mauvaise. Vous n'avez jamais
prononcé, à ce sujet, un mot de blâme ou de critique.
S'il y avait crime, vous me l'avez pardonné. Et certes,
vous m'avez laissé supposer que vous n'y voyiez point
de crime. Pourquoi donc vous montrez-vous si sévère
pour un acte moins coupable?

Le coup avait porté.

Mrs. Lee tremblait visiblement et son calme l'abandonnait. C'était précisément le reproche qu'elle se faisait à elle-même, et auquel elle n'avait pu trouver de
réponse.

— Monsieur Ratcliffe, — s'écria-t-elle avec une certaine vivacité, — moi aussi je réclame de la justice. J'ai
fait tous mes efforts pour ne point me montrer sévère ;
je n'ai rien dit depuis que vous êtes entré qui ressem-
blât à un blâme ou à une critique. Je ne me reconnais
nul droit à juger vos actes. Je ne trouve à blâmer que
moi, et Dieu sait que je ne me suis point épargné les
reproches!...

Elle avait des larmes aux yeux en prononçant ces
derniers mots et sa voix tremblait.

Ratcliffe comprit qu'il avait entamé la position
ennemie.

Il s'assit plus près de Mrs. Lee, parla plus bas, et,
poursuivant ses avantages, il dit : —

— Vous m'avez rendu justice alors, pourquoi ne pas
le faire aujourd'hui? Vous étiez persuadée, à ce moment,
que j'avais agi pour le mieux ; j'ai toujours agi de la
sorte. Je n'ai jamais prétendu justifier tous mes actes

selon les règles d'une morale abstraite. Où donc est
cette grande divergence que vous prétendez découvrir
dans nos caractères ?

Mrs. Lee n'essaya pas de répondre à ce dernier
argument; elle revint à sa première manière de voir.

— Monsieur Ratcliffe, — dit-elle, — je ne veux point
discuter avec vous cette question. Je ne doute nullement de votre supériorité en matière d'argumentation.
Peut-être est-ce de mon côté affaire plutôt de sentiment que de raisonnement. Mais une vérité est évidente pour moi; je ne suis pas faite pour la politique.
Je ne ferais qu'enrayer votre marche. Laissez-moi être
juge de ma propre faiblesse. N'insistez pas et ne me
pressez pas davantage !

Elle avait honte de cet appel fait à la générosité
d'un homme qu'elle ne pouvait estimer ; elle se faisait
suppliante, se livrant à sa discrétion ; elle redoutait le
reproche de l'avoir induit en erreur, et elle voulait à
toute force y échapper.

Ces signes non douteux de faiblesse ne faisaient
qu'encourager davantage Ratcliffe.

— Je dois insister, mistress Lee, — dit-il en prenant
son air le plus grave. — Mon avenir est trop profondément troublé par votre réponse pour que je consente à
croire qu'elle est irrévocable. Votre aide m'est nécessaire. Il n'est rien que je ne fisse pour l'obtenir. Vous
faut-il de l'affection ?... Celle que j'ai pour vous est
sans bornes. Je suis prêt à le prouver par toute une vie
de dévouement. Doutez-vous de ma sincérité ?... Met-
tez-la à l'épreuve de la manière qu'il vous plaira. Crai-

18

gnez-vous de tomber au niveau des politiciens ordinaires?... Mon grand souhait serait d'arriver avec
votre aide, à purifier la politique. Quelle plus noble
ambition peut-il y avoir que celle de servir son pays
dans un tel but? Votre sentiment du devoir est trop
vif pour que vous ne reconnaissiez pas que les mobiles
les plus nobles, les plus dignes d'inspirer une femme
supérieure, sont ici réunis pour vous montrer la voie
où vous devez vous engager.

Mrs. Lee se sentait fort mal à l'aise, tout en ne se
sentant pourtant nullement ébranlée par ces sophismes.

Elle comprit qu'elle devait montrer plus de décision,
si elle voulait couper court à ces importunités; elle
répondit donc : —

— Je ne doute ni de votre affection, ni de votre sincérité, monsieur Ratcliffe. Vous m'avez accordé, cet
hiver, une grande confiance; et, si je ne sais pas de la
politique tout ce qu'on peut en savoir, j'en connais assez
pour comprendre que rien ne serait plus absurde que de
me croire capable d'en réformer quoi que ce soit. Si je
me croyais ce pouvoir, je ne serais ni plus ni moins que
la femme futile et ambitieuse qu'on me croit. L'idée de
purifier la politique est ridicule. Pardon de la vivacité
de mes expressions, mais je pense tout ce que je dis. Je
n'attache pas à la vie une bien grande valeur et j'estime
fort peu la mienne; je ne voudrais pas cependant la
compliquer de la sorte, je ne veux pas bénéficier du
vice; je ne veux pas devenir recéleuse, ni me trouver
dans une situation où je serais continuellement forcée
de prétendre que l'immoralité est une vertu.

Elle s'anima en causant et ses paroles prenaient une aigreur qu'elle ne voulait point leur donner.

Ratcliffe en sentit l'amertume et en fut irrité.

Son visage s'assombrit et ses yeux prirent leur expression la plus mauvaise. Il ouvrit même la bouche pour donner libre cours à sa colère, mais il se maîtrisa par un effort suprême et reprit son argument.

— J'avais espéré, — dit-il avec solennité, — trouver en vous un courage élevé qui eût dédaigné de tels obstacles. Si tous les hommes et toutes les femmes dignes de ce nom parlaient comme vous, le gouvernement ne tarderait pas à disparaître. Si vous consentiez à partager mon existence et ma carrière vous n'y trouveriez peut-être point, je l'avoue, toutes les satisfactions que je voudrais vous procurer. Mais c'est mourir avant la mort que de se placer comme une statue de sainte, au haut d'une colonne solitaire. Je crois défendre votre propre cause en défendant la mienne. Ne sacrifiez pas votre vie.....

' Mrs. Lee était au désespoir.

Elle fut sur le point de dire qu'épouser un assassin ou un voleur n'était pas un moyen de diminuer le crime; mais ces mots ne pouvaient sortir de ses lèvres.

Elle avait déjà dit quelque chose d'analogue et elle craignait de dépasser les bornes qu'elle s'était fixées.

Elle trouva plus simple de retourner à son premier thème.

— Encore faut-il, monsieur Ratcliffe, — dit-elle, — que chacun juge suivant sa propre conscience. Je ne puis que répéter ce que j'ai dit d'abord; je suis fâchée de

paraître insensible aux sentiments que vous exprimez
à mon égard. Mais je ne puis faire ce que vous demandez. Gardons nos anciennes relations, si vous le désirez, mais n'insistez pas davantage sur ce point.

Ratcliffe devint de plus en plus sombre, il se voyait
sur le point d'être défait.

Il était tenace dans ses entreprises et jamais de sa vie
il n'avait abandonné un projet qui lui eût tenu tant à
cœur que celui-là. Aussi entendait-il ne pas y renoncer
encore.

Il subissait si réellement le charme de Mrs. Lee
qu'en ce moment il aurait plutôt renoncé à la Présidence qu'à cette femme.

Il l'aimait aussi sincèrement que son tempérament lui
permettait d'aimer quelque chose.

A son obstination, il voulut opposer une obstination
plus grande encore.

Mais en attendant, son plan d'attaque était dérangé
et il ne savait comment poursuivre.

N'y avait-il pas moyen de changer de terrain?...
Quelque chose était-il plus capable de frapper plus vivement l'imagination d'une femme que la Présidence elle-
même?... L'ambition, l'amour du faste, de la parade?

— Ne puis-je donc vous donner aucun gage, vous
faire accepter aucun sacrifice? — reprit-il. — Vous
n'aimez pas la politique? Eh bien?... Voulez-vous que je
quitte cette vie qui vous répugne? Je ferai tout plutôt
que de vous perdre. Je pourrais, par exemple, me faire
nommer Ministre en Angleterre. Le Président préfé-
rerait me voir là qu'ici. Supposez que j'abandonne la

politique et que j'accepte la légation d'Angleterre, ce sacrifice vous toucherait-il?... Vous passeriez quatre ans en Angleterre où il n'y a pas de politique et où votre situation serait la plus agréable du monde, et ce chemin menerait à la Présidence presque aussi sûrement que l'autre.....

Mais, voyant qu'il ne faisait pas plus de progrès qu'avant dans l'esprit de Mrs. Lee, il jeta le masque du calme et se laissant entraîner par une émotion non moins étudiée, il s'écria : —

— Mistress Lee!... Madeleine... je ne puis vivre sans vous. Le son de votre voix... le contact de votre main... le bruissement même de votre robe... sont ma vie. Pour l'amour de Dieu ne me jetez pas dans l'abîme!...

Il comptait emporter la place par un vigoureux assaut.

De plus en plus ému, il alla jusqu'à se pencher vers elle et à chercher à lui saisir la main ; mais elle la retira, comme devant le contact d'un reptile.

Cette obstination, ce manque d'égards, ces tentatives diverses de séduction, cette renonciation à toute prétention aux vertus publiques, tout dans cet homme l'exaspérait.

A la seule pensée de sentir sur sa personne le toucher de ce monstre, elle fut dégoûtée comme d'une lèpre hideuse.

Elle résolut de lui infliger une leçon dont il se souvint, et, d'un ton où perçait un mépris évident, elle dit : —

— Monsieur Ratcliffe, on ne peut m'acheter. Il n'est rang, ni dignité, ni considération, ni expédient capables

18.

de me faire changer d'avis. Ainsi n'en parlons plus!

Dans le cours de cette conversation, Ratcliffe avait été plus d'une fois sur le point de s'emporter.

Naturellement violent, il n'avait pris l'habitude de se maîtriser qu'à la suite d'un long et rigide apprentissage, mais quand sa passion prenait le dessus, il avait encore des emportements terribles.

Le dégoût que Mrs. Lee avait mis dans sa voix, plus encore que ce qu'elle avait dit, avait poussé sa patience à bout.

Bien qu'elle ne fût pas elle-même très-patiente et qu'elle fût loin d'être calme, elle frissonna en voyant le visage de Ratcliffe devenir écarlate, ses yeux jeter des flammes, ses mains trembler de rage.

— Ah!... — s'écria-t-il, en se tournant vers elle, avec un accent rude et comme sauvage, qui la fit trembler. — J'aurais dû m'y attendre!... Mrs. Clinton m'avait averti à temps!... Elle m'avait prévenu que je ne trouverais en vous qu'une coquette sans cœur!...

— Monsieur Ratcliffe!... — s'écria Mrs. Lee, en se dressant de toute sa hauteur.

Sa voix était menaçante; elle était aussi emportée presque que le Sénateur lui-même.

— Une coquette sans cœur!... — répéta-t-il d'une voix plus rude encore. — Elle m'avait prédit de point en point comment vous agiriez!... que votre intention était de me tromper... que vous ne viviez que de flatterie... que vous ne seriez jamais qu'une coquette... et que si je vous épousais, je m'en repentirais toute ma vie..... Je vois maintenant qu'elle disait vrai!

Madeleine aussi était vive de nature; elle aussi bouillonnait de rage, elle eût voulu réduire cet homme en poussière.

Mais se sentant victorieuse, elle eut d'autant moins de peine à se dominer; d'une voix calme, mais pleine de mépris, elle lui jeta enfin à la face ces dernières paroles qui toute la journée avaient tinté dans ses oreilles : —

— Monsieur Ratcliffe, je vous ai écouté avec beaucoup plus de patience et de respect que vous n'en méritez. Pendant toute une heure, je me suis abaissée à discuter avec vous la question de savoir si je devais épouser un homme qui, de son propre aveu, a trahi les devoirs les plus sacrés, la plus haute confiance dont on pouvait l'honorer; qui, Sénateur, a accepté de l'argent pour son vote, et se trouve par l'effet de fraudes heureuses, fonctionnaire de l'État, alors qu'il devrait être sous les verroux. Je ne veux plus entendre un mot à ce sujet. Sachez, une fois pour toutes, qu'un abîme infranchissable sépare votre vie de la mienne. Je ne doute point que vous ne réussissiez à être Président, mais quoi que vous soyez et où que vous me rencontriez, ne me parlez jamais et n'ayez pas l'air de me connaître !

Il la regarda fixement, avec une rage sourde, et semblait vouloir répondre, mais elle passa rapidement devant lui, et, avant qu'il pût se reconnaître, il se trouvait seul.

Ivre de colère, mais conscient de son impuissance, il sortit après un moment d'hésitation.

A peine fut-il sur le trottoir qu'il se trouva nez à nez

avec le baron Jacobi qui, ayant des raisons toutes particulières de vouloir savoir si Mrs. Lee s'était reposée des fatigues et des émotions du bal, se trouvait là par hasard.

Un seul regard jeté sur le Sénateur suffit au baron pour lui faire deviner que quelque chose avait mal tourné dans la carrière de cet homme d'État, dont la fortune politique lui avait toujours inspiré tant de mépris.

Poussé par le démon du mal qui toujours l'inspirait, il résolut de sonder la blessure de son bon ami.

Ils étaient si près l'un de l'autre, devant la porte de la maison, qu'il était impossible de feindre qu'ils ne s'étaient point vus.

Avec son plus mauvais sourire, le baron tendit la main au Sénateur et lui dit du ton le plus diabolique : —

— J'espère pouvoir offrir mes félicitations à Votre Excellence.

Ratcliffe fut heureux de trouver une victime pour déverser sur elle sa colère.

Il avait à régler avec cet homme un vieux compte d'humiliation ; cette dernière insulte surtout était sanglante.

D'un geste, il repoussa en jurant la main de Jacobi et, le prenant par l'épaule, il le poussa hors du chemin.

La peur et la lâcheté étaient les moindres défauts de Jacobi ; et l'on ne dit pas s'il était homme à supporter une insulte.

La main de Ratcliffe était encore appuyée sur son épaule, qu'il avait déjà levé sa canne, et avant que le ministre pût se garantir il lui en cingla de toute sa force la figure.

Ratcliffe chancela et pâlit; mais il était subitement redevenu calme.

Une seconde de réflexion lui suffit pour savoir s'il devait ou non écraser son adversaire d'un coup de son poing vigoureux; il se persuada que ce serait, de la part d'un homme jeune et robuste comme lui, une grande maladresse d'attaquer en pleine rue un diplomate vieux et infirme.

Jacobi, de plus en plus excité, levait une seconde fois sur lui sa canne, quand il fit brusquement demi-tour et disparut sans mot dire.

Lorsque Sibylle entra un moment après, elle ne trouva personne au salon.

Elle alla dans la chambre de sa sœur et trouva celle-ci étendue sur le sopha, pâle et brisée; mais son visage était calme et un faible sourire se jouait sur ses lèvres. On eut dit qu'elle venait de faire une action que sa conscience applaudissait.

Elle appela Sibylle, et lui prenant la main elle dit : —

— Ma chère Sibylle, veux-tu voyager avec moi?

— Certainement que je le veux, — répondit la jeune fille, — j'irais avec toi au bout du monde.

— Je veux aller en Égypte, — dit Madeleine avec un doux sourire. — La démocratie a brisé mes nerfs. Oh! quel repos ce serait de vivre dans la Grande Pyramide, à jamais perdue dans la contemplation de l'Étoile Polaire!...

ÉPILOGUE.

SIBYLEL A CARRINGTON.

« ew-York, 1er mai.

« MON CHER MONSIEUR CARRINGTON,

« J'ai promis de vous écrire, et je vous envoie cette
lettre pour tenir ma promesse, et aussi parce que ma sœur
désire que je vous informe de nos projets. Nous avons
quitté Washington, pour toujours j'en ai peur, et nous
partons pour l'Europe le mois prochain. Il faut que vous
sachiez que, il y a une quinzaine de jours, Lord Skye a
donné un grand bal à la Grande-Duchesse de quelque part
dont le nom est inorthographiable. Je n'ai jamais pu faire
de descriptions, mais c'était très-beau. J'avais mis un
amour de robe neuve et j'ai obtenu un très-grand succès,
je vous assure. Madeleine aussi, quoiqu'elle ait été forcée
de rester assise presque toute la soirée auprès de la Princesse... Quel paquet!... Le Duc a dansé avec moi plusieurs
fois ; il ne sait pas changer de pied, mais il paraît que cela
ne fait rien chez un Grand-Duc. Eh bien! à la fin de la
soirée le moment critique est arrivé. J'ai suivi vos instructions et, après que nous fûmes rentrées à la maison, j'ai
donné votre lettre à Madeleine. Elle dit qu'elle l'a brûlée.
Je ne sais ce qui est arrivé après, une scène épouvantable,
je le crains, mais Victoria Dare m'écrit de Washington que
tout le monde parle du refus de M. R. par M..., et de
quelque chose de terrible qui s'est passé sur notre perron

même entre M. R. et le baron Jacobi, le lendemain du bal.
Miss Dare dit qu'il y a eu là une véritable bataille rangée
et que le baron l'a frappé au visage avec sa canne. Vous
vous souvenez comme Madeleine avait peur qu'ils ne fissent
quelque chose de ce genre-là dans notre salon même. Je
suis heureuse qu'ils aient attendu qu'ils fussent dans la rue.
Mais n'est-ce pas horrible ? On dit que le baron doit être
renvoyé, ou rappelé, ou quelque chose comme cela. J'aime
ce vieux gentilhomme et je suis ravie à cause de lui que le
duel soit passé de mode, quoique je ne croie pas beaucoup
que M. Silas P. Ratcliffe puisse toucher quoi que ce soit.
Le baron a passé par ici il y a trois jours, il va faire son
voyage d'été en Europe. Il nous a laissé sa carte, mais nous
étions sorties et nous ne l'avons pas vu. Nous partons en
juillet avec les Schneidekoupon, et M. Schneidekoupon a
promis d'envoyer son yacht dans la Méditerranée, de sorte
que nous naviguerons par là, après en avoir fini avec le
Nil, et nous verrons Jérusalem, Gibraltar, et Constantinople.
Je me figure que cela sera tout à fait charmant. J'ai horreur des ruines, mais je m'imagine qu'on peut acheter des
choses délicieuses à Constantinople. Bien entendu, après ce
qui est arrivé, nous ne pouvons plus jamais retourner à
Washington. Nos promenades à cheval me manqueront
horriblement. J'ai lu *La Dernière Promenade*, de Browning,
comme vous me l'aviez dit; je trouve que c'est très-beau
et parfaitement clair, sauf un petit passage. Auparavant
je n'aurais jamais pu comprendre un mot de cet auteur,
aussi je n'avais jamais essayé. Qui croyez-vous qui soit
fiancée?... Victoria Dare, à une couronne de comte et à une
tourbière, et à Lord Dunbeg par-dessus le marché. Victoria
dit qu'elle ne s'est jamais trouvée si heureuse dans aucune
de ses autres liaisons; aussi pense-t-elle que celle-ci est la
vraie. Elle dit qu'elle a trente mille dollars de rente gagnés
sur les pauvres d'Amérique, et qu'ils pourront tout aussi
bien servir au soulagement d'un pauvre Irlandais. Vous
savez que son père était agent de réclamations, ou quelque

chose de ce genre-là, et on dit qu'il a gagné son argent en trompant ses clients. L'idée de devenir comtesse la rend absolument folle et elle se promet de faire petit à petit du château de Dunbeg un séjour délicieux et de nous y recevoir tous. Madeleine dit qu'elle a tout ce qu'il faut pour avoir un grand succès à Londres. Madeleine se porte très-bien et vous envoie ses bons souvenirs. Je crois qu'elle va ajouter un post-scriptum. Je lui ai promis de lui laisser lire ceci, quoique je doute qu'une lettre chaperonnée soit quelque chose de très-amusant à écrire ou à recevoir. J'espère avoir bientôt de vos nouvelles.

« Votre très-sincère,

« SIBYLLE ROSS. »

Un petit bout de papier, sur lequel se trouvaient encore écrits quelques mots de Sibylle, fut ajouté, au dernier moment, à la lettre, à l'insu de Mrs. Lee.

« Si j'étais à votre place, j'essaierais quand elle sera revenue. »

Le post-scriptum de Mrs. Lee était très-court : —

« Le plus triste de cette horrible histoire, c'est que les neuf dixièmes de nos compatriotes diront que j'ai eu tort. »

PARIS. TYPOGRAPHIE DE E. PLON ET Cie, RUE GARANCIÈRE, 8.

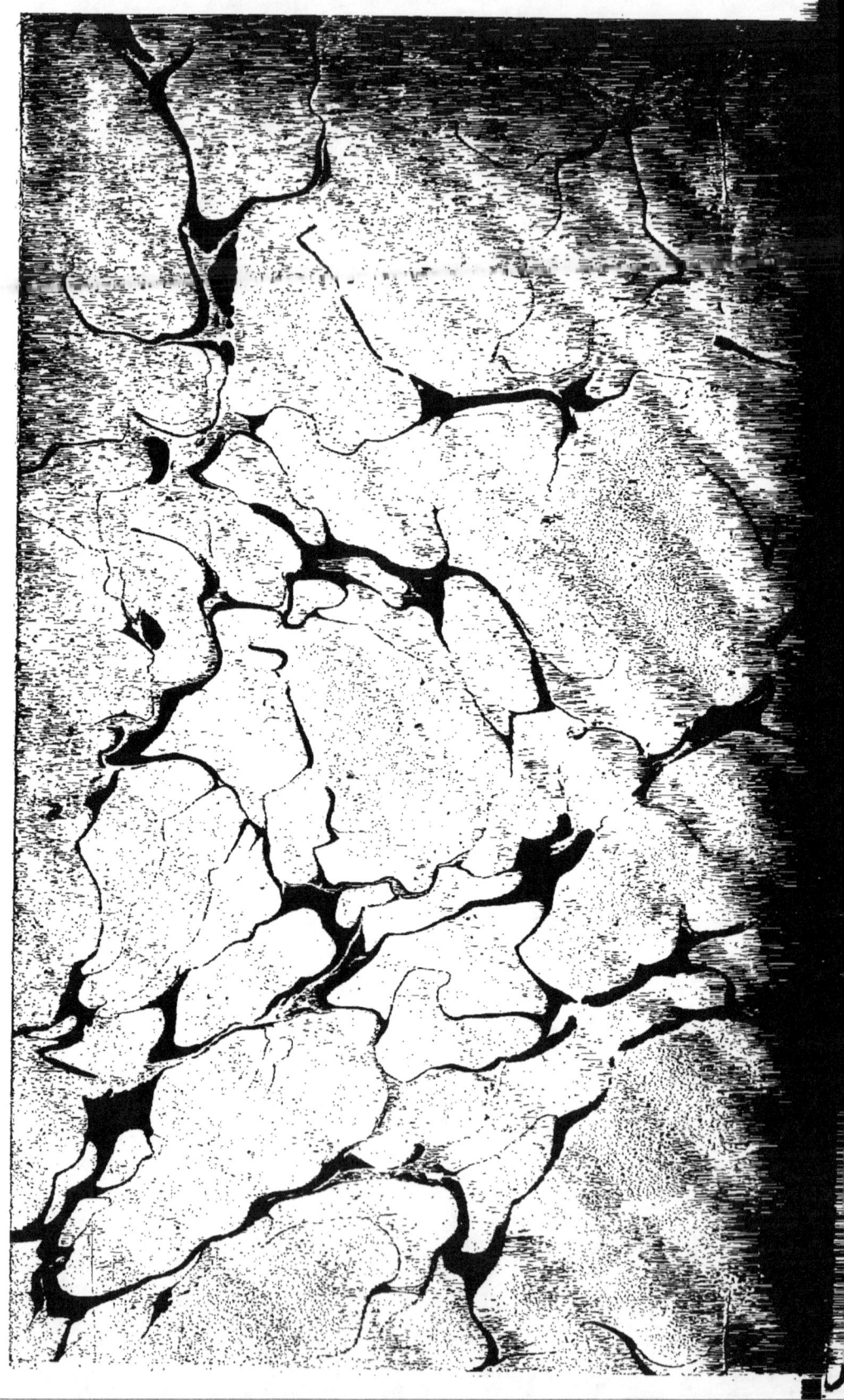

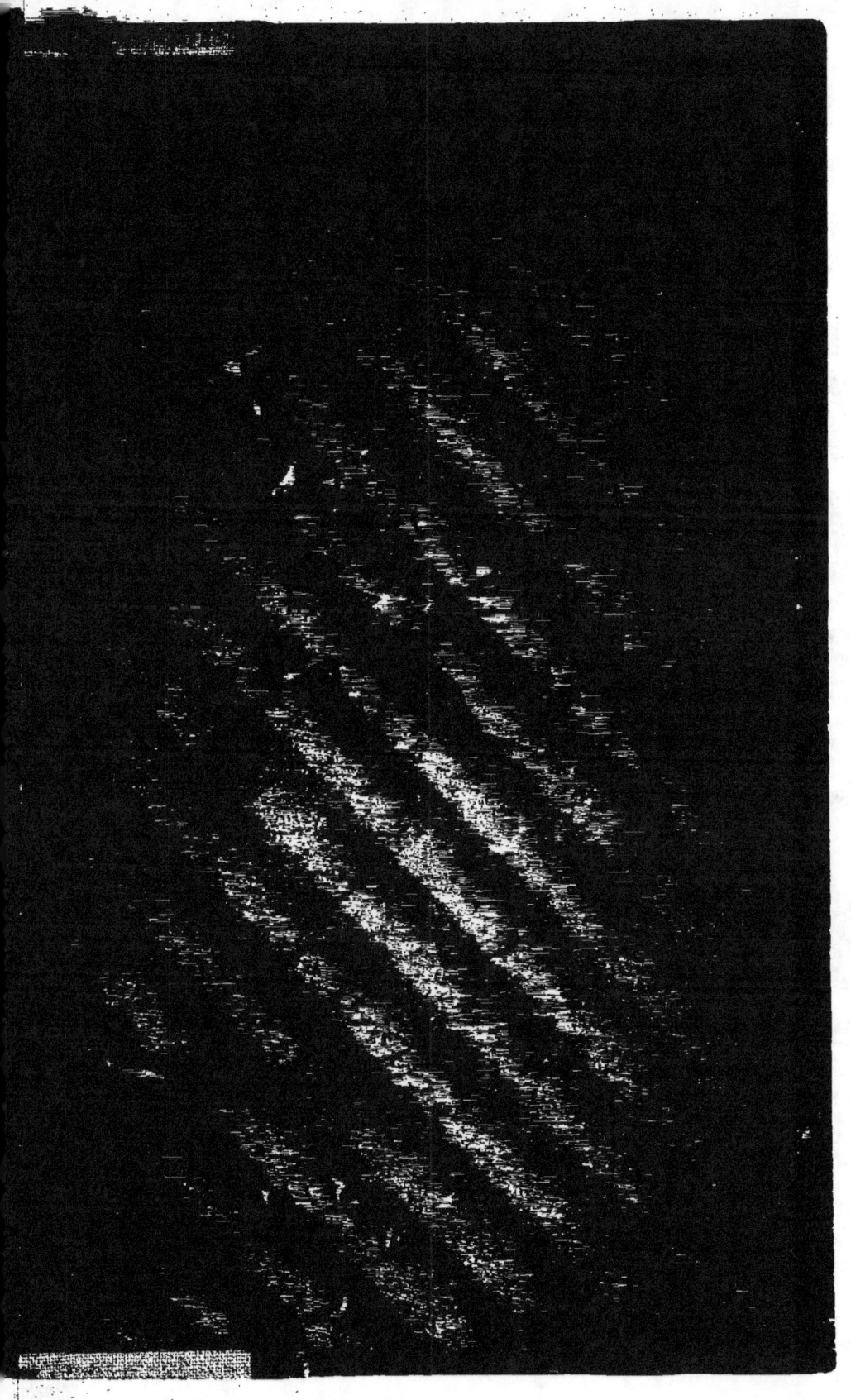

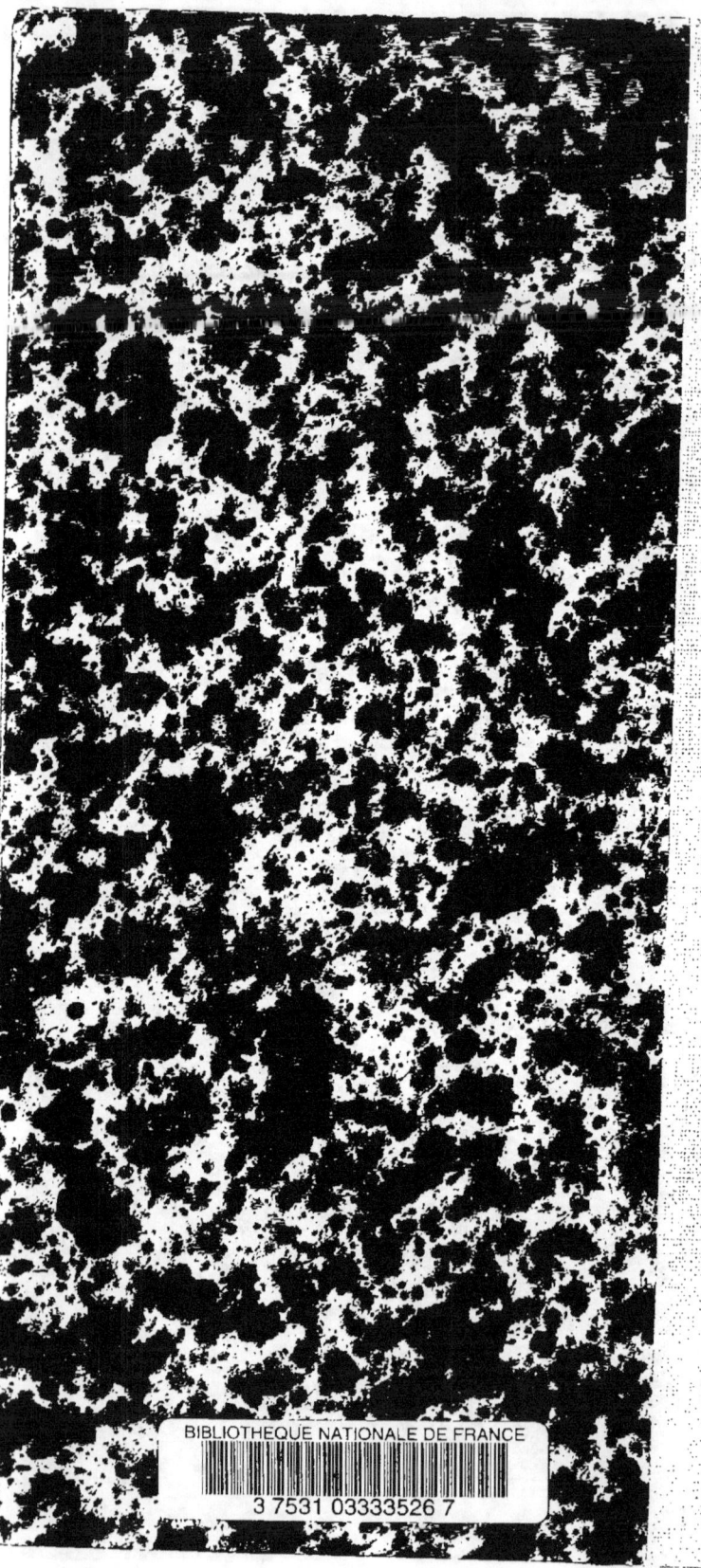

www.ingramcontent.com/pod-product-compliance
Lightning Source LLC
Chambersburg PA
CBHW072348030726
47505CB00014B/1256